suhrkamp taschenbuch 3632

Hans Magnus Enzensberger hat sich seit seinen literarischen Anfängen immer wieder mit naturwissenschaftlichen Themen, mit Wissenschaftsgeschichte und mit den Erkenntnismethoden und Biographien der Forscher beschäftigt. Für ihn ist es ganz selbstverständlich, daß die Poesie und die Wissenschaften nicht nur eine gemeinsame Wurzel haben, sondern ihre Begegnung auf Augenhöhe heute mehr denn je zukunftsträchtig und notwendig ist. Daß ein Poet sich mit Mathematik und Chemie, Medizin und Teilchenphysik und Genetik zu beschäftigen hat, wenn er in der Literatur ernst genommen werden will, gilt ihm als ausgemacht; um so mehr, als die Entdeckung der Poesie in den Wissenschaften selbst »unseren trägen Hirnen ein gewisses Fitneß-Training und ganz ungewohnte Lustgefühle verschaffen könnte«.
Für diesen Band hat Enzensberger Gedichte aus seinem Gesamtwerk bis hin zu seinem zuletzt erschienenen Band *Leichter als Luft* (1999) und acht umfangreiche, zum Teil bislang ungedruckte Aufsätze zusammengestellt.
Hans Magnus Enzensberger, 1929 in Kaufbeuren geboren, lebt in München.

Hans Magnus Enzensberger
Die Elixiere der Wissenschaft

Seitenblicke in
Poesie und Prosa

Suhrkamp

suhrkamp taschenbuch 3632
Erste Auflage 2004

Druck: Nomos Verlagsgesellschaft, Baden-Baden
Printed in Germany
ISBN 3-518-45632-6

1 2 3 4 5 6 – 09 08 07 06 05 04

There is no science without fancy and no art without facts.

Vladimir Nabokov

I

Hommage à Gödel

Münchhausens Theorem, Pferd, Sumpf und Schopf,
ist bezaubernd, aber vergiß nicht:
Münchhausen war ein Lügner.

Gödels Theorem wirkt auf den ersten Blick
etwas unscheinbar, doch bedenk:
Gödel hat recht.

»In jedem genügend reichhaltigen System
lassen sich Sätze formulieren,
die innerhalb des Systems
weder beweis- noch widerlegbar sind,
es sei denn das System
wäre selber inkonsistent.«

Du kannst deine eigene Sprache
in deiner eigenen Sprache beschreiben:
aber nicht ganz.
Du kannst dein eignes Gehirn
mit deinem eignen Gehirn erforschen:
aber nicht ganz.
Usw.

Um sich zu rechtfertigen
muß jedes denkbare System
sich transzendieren,
d.h. zerstören.

»Genügend reichhaltig« oder nicht:
Widerspruchsfreiheit
ist eine Mangelerscheinung
oder ein Widerspruch.

(Gewißheit = Inkonsistenz.)

Jeder denkbare Reiter,
also auch Münchhausen,
also auch du bist ein Subsystem
eines genügend reichhaltigen Sumpfes.

Und ein Subsystem dieses Subsystems
ist der eigene Schopf,
dieses Hebezeug
für Reformisten und Lügner.

In jedem genügend reichhaltigen System,
also auch in diesem Sumpf hier,
lassen sich Sätze formulieren,
die innerhalb des Systems
weder beweis- noch widerlegbar sind.

Diese Sätze nimm in die Hand
und zieh!

Zugbrücke außer Betrieb oder Die Mathematik im Jenseits der Kultur

Eine Außenansicht

Es sind immer die gleichen Töne: »Hören Sie auf! Mit Mathematik können Sie mich jagen.« – »Eine Qual, schon in der Schule. Keine Ahnung, wie ich damals durchs Abitur gekommen bin.« – »Ein Albtraum! Völlig unbegabt, wie ich nun mal bin.« – »Die Mehrwertsteuer kriege ich gerade noch hin, mit dem Taschenrechner. Alles andere ist mir zu hoch.« – »Mathematische Formeln – das ist Gift für mich, da schalte ich einfach ab.«

Solche Beteuerungen hört man alle Tage. Durchaus intelligente, gebildete Leute bringen sie routiniert vor, mit einer sonderbaren Mischung aus Trotz und Stolz. Sie erwarten verständnisvolle Zuhörer, und an denen fehlt es nicht. Ein allgemeiner Konsens hat sich herausgebildet, der stillschweigend, aber massiv die Haltung zur Mathematik bestimmt. Daß ihr Ausschluß aus der Sphäre der Kultur einer Art von intellektueller Kastration gleichkommt, scheint niemanden zu stören. Wer diesen Zustand bedauerlich findet, wer etwas vom Charme und von der Bedeutung, von der Reichweite und von der Schönheit der Mathematik murmelt, wird als Experte bestaunt; wenn er sich als Amateur zu erkennen gibt, gilt er im besten Fall als Sonderling, der sich mit einem ausgefallenen Hobby beschäftigt, so als züchte er Schildkröten oder sammle viktorianische Briefbeschwerer.

Wesentlich seltener trifft man Leute, die mit ähnlicher Emphase behaupten, es bereite ihnen schon der Gedanke, einen Roman zu lesen, ein Bild zu betrachten oder ins Kino zu gehen, unüberwindliche Qualen; seit dem Abitur hätten sie jede Berührung mit den Künsten, gleich welcher Art, peinlich vermieden; an frühere Erfahrungen mit der Literatur oder der Malerei möchten sie lieber nicht erinnert werden. Und so gut wie nie hört man Bannflüche auf die Musik. Gewiß gibt es Leute, die, möglicherweise nicht zu Unrecht, behaupten, sie seien unmusikalisch. Der eine singt eher laut und falsch, der andere spielt kein Instrument, und die wenigsten Zuhörer eilen mit der Partitur unterm Arm ins Konzert. Aber wer würde im Ernst behaupten, er kenne keine Lieder? Gleichgültig, ob es sich um die Spice Girls oder die Nationalhymne, um Techno oder den gregorianischen Choral handelt, niemand ist der Musik gegenüber gänzlich immun. Und das aus gutem Grund. Die Fähigkeit, Musik zu machen und zu hören, ist genetisch verankert; sie gehört zu den anthropologischen Universalien. Das bedeutet natürlich nicht, daß wir alle gleichermaßen musikalisch begabt wären. Wie alle anderen Gaben und Eigenschaften folgt auch dieser Aspekt unserer Ausstattung der Gaußschen Normalverteilung. Ebenso selten wie extreme Hochbegabungen finden sich in jeder x-beliebigen Population Menschen, die musikalisch vollkommen taub sind; das statistische Maximum wird im Mittelfeld erreicht.

Ganz genau so verhält es sich selbstverständlich mit den mathematischen Fähigkeiten. Auch sie sind im menschlichen Gehirn genetisch angelegt, und auch sie verteilen sich in jeder Bevölkerung exakt nach dem Modell der Glockenkurve. Es ist folglich eine abergläubische Vorstellung, das mathematische Denken sei eine rare Ausnahmeerscheinung, eine exotische Laune der Natur.

Wir stehen vor einem Rätsel. Woher kommt es, daß die Mathematik in unserer Zivilisation so etwas wie ein blinder Fleck geblieben ist, ein exterritoriales Gebiet, in dem sich nur wenige Eingeweihte verschanzt haben?

Wer sich die Antwort leichtmachen will, wird sagen, daran seien die Mathematiker selber schuld. Diese Erklärung hat den

Vorzug der Schlichtheit. Außerdem bestätigt sie ein Klischeebild, das sich die Außenwelt seit jeher von den professionellen Vertretern der Disziplin gemacht hat. Man stellt sich unter einem Mathematiker einen profanen Hohepriester vor, der eifersüchtig seinen speziellen Gral hütet. Den gewöhnlichen Dingen dieser Welt wendet er den Rücken zu. Ausschließlich mit seinen unverständlichen Problemen beschäftigt, fällt ihm die Kommunikation mit der Außenwelt schwer. Er lebt zurückgezogen, faßt die Freuden und Leiden der menschlichen Gesellschaft als lästige Störung auf und frönt überhaupt einer Eigenbrödelei, die an Misanthropie grenzt. Mit seiner logischen Pedanterie geht er seinerseits der Mitwelt auf die Nerven. Vor allem aber neigt er zu einer schwer erträglichen Form von Hochmut. Intelligent, wie er nun einmal ist – niemand macht ihm diesen Titel streitig –, betrachtet er die hilflosen Versuche der andern, den einen oder andern Gedanken zu fassen, mit geringschätziger Herablassung. Deshalb würde es ihm niemals einfallen, für seine Sache zu werben.

Soweit die Karikatur, die allerdings oft genug für bare Münze genommen wird. Das ist natürlich Unsinn. Abgesehen von ihrer Tätigkeit unterscheiden sich Mathematiker vermutlich wenig von anderen Leuten, und ich kenne Männer und Frauen vom Fach, die lebenslustig, weltgewandt, witzig und zuweilen sogar unvernünftig sind. Dennoch steckt im Klischee wie gewöhnlich ein wahrer Kern. Jeder Beruf hat seine eigenen Risiken, seine spezifischen Pathologien, seine *déformation professionelle*. Bergleute leiden unter ihrer Staublunge, Schriftsteller an narzißtischen Störungen, Regisseure an Größenwahn. Alle diese Defekte lassen sich auf die Produktionsbedingungen zurückführen, unter denen die Patienten arbeiten.

Was die Mathematiker betrifft, so verlangt ihre Tätigkeit vor allem extreme und lang andauernde Konzentration. Es sind sehr dicke und sehr harte Bretter, die sie zu bohren haben. Kein Wunder, daß dabei jede von außen kommende Irritation als

Zumutung empfunden wird. Zum andern verhält es sich so, daß die Zeit der Universal-Mathematiker vom Schlage eines Euler oder eines Gauß schon seit langem abgelaufen ist. Niemand überblickt heute mehr alle Gebiete seiner Wissenschaft. Das bedeutet aber auch, daß in der Forschung der Kreis der möglichen Adressaten schrumpft. Arbeiten, die wirklich originell sind, werden zunächst nur von wenigen Fachkollegen verstanden; sie zirkulieren per e-mail unter einem Dutzend Lesern zwischen Princeton, Bonn und Tokyo. Das hat in der Tat eine gewisse Isolation zur Folge. Den Versuch, sich Außenseitern verständlich zu machen, haben solche Forscher längst aufgegeben, und es mag wohl sein, daß diese Haltung auch auf andere, weniger fortgeschrittene Arbeiter im Weinberg der Mathematik abfärbt.

Bezeichnend dafür ist eine Redensart, die bereits das Erstsemester in jeder beliebigen Vorlesung über Funktionentheorie oder Vektorräume zu hören bekommt. Diese Ableitung oder jene Zuordnung, heißt es da, sei »trivial«, und damit basta. Jede weitere Erklärung erübrigt sich; sie wäre sozusagen unter der Würde des Mathematikers. Nun ist es in der Tat mühselig und langweilig, jedes einzelne Glied einer Beweiskette jedesmal von neuem aufzudröseln. Deshalb sind Mathematiker darauf trainiert, wiederkehrende Zwischenschritte zu übergehen, das heißt, ihre tausendfach erprobte Gültigkeit einfach vorauszusetzen. Das ist zweifellos ökonomisch. Doch beeinflußt es das kommunikative Verhalten in einer ganz bestimmten Richtung. Als gesprächsfähig kann unter Fachleuten nur der gelten, für den das Triviale trivial ist, sich also von selbst versteht. Alle, auf die das nicht zutrifft, also mindestens 99 % der Menschheit, sind in diesem Sinn hoffnungslose Fälle, mit denen sich zu unterhalten einfach nicht lohnt.

Dazu kommt, daß die Mathematiker nicht nur, wie andere Wissenschaftler, über eine eigentümliche Fachsprache, sondern auch über eine Notation verfügen, die sich von der gewohnten Schrift unterscheidet und die für ihre Binnenkommunikation unentbehrlich ist. (Auch hier kann man von einer Analogie zur Musik sprechen, die ebenfalls ihren eigenen Code ausgebildet hat.) Nun geraten aber die meisten Menschen, kaum daß sie einer Formel ansichtig werden, in Panik. Schwer zu sagen, woher dieser Fluchtreflex rührt, der wiederum den Mathematikern unbegreiflich ist. Sie sind nämlich der Ansicht, daß ihre Notation wunderbar deutlich und jeder natürlichen Sprache weit überlegen ist. Deshalb sehen sie gar nicht ein, weshalb sie sich die Mühe machen sollten, ihre Ideen ins Deutsche oder ins Englische zu übersetzen. Ein solcher Versuch käme in ihren Augen einer schrecklichen Verballhornung gleich.

Somit wären also die Mathematiker an der insulären Lage ihrer Wissenschaft selber schuld? Sie selber hätten der Gesellschaft den Rücken zugewandt und die Zugbrücke zu ihrer Disziplin mutwillig hochgezogen? So leicht kann sich die Antwort nur machen, wer das Problem und seine Tragweite unterschätzt. Es ist einfach nicht plausibel, den Schwarzen Peter einer Minderheit von Experten zuzuschieben, solange eine überwältigende Mehrheit aus freien Stücken darauf verzichtet, sich ein kulturelles Kapital von immenser Bedeutung und von größtem Reiz anzueignen.

Bekanntlich ist die Ignoranz eine Himmelsmacht von unbesiegbarer Stärke. Die meisten Menschen sind vermutlich überzeugt davon, daß es sich ganz gut ohne mathematische Kenntnisse leben läßt, und daß diese Wissenschaft unwichtig genug ist, um sie den Wissenschaftlern zu überlassen. Viele hegen sogar den Verdacht, daß es sich dabei um eine brotlose Kunst handelt, deren Nutzen keineswegs auf der Hand liegt. In diesem Irrtum dürfen sie sich bestärkt fühlen durch die Ansichten mancher Mathematiker, die mit starken Worten die Reinheit ihres Schaffens verteidigen. So der eminente englische Zahlentheoretiker Godfrey Harold Hardy, der das folgende berühmte

Bekenntnis abgelegt hat: »Ich habe nie etwas gemacht, das ›nützlich‹ gewesen wäre. Für das Wohlbefinden der Welt hatte keine meiner Entdeckungen – ob im Guten oder Schlechten – je die geringste Bedeutung, und daran wird sich auch vermutlich nichts ändern. Ich habe mitgeholfen, andere Mathematiker auszubilden, aber Mathematiker von derselben Art, wie ich einer bin, und ihre Arbeit war, zumindest soweit ich sie dabei unterstützt habe, so nutzlos wie meine eigene. Nach allen praktischen Maßstäben ist der Wert meines mathematischen Lebens gleich Null, und außerhalb der Mathematik ist es ohnehin trivial.« – Da ist es wieder, das ominöse Wort *trivial,* mit dem alles gebrandmarkt wird, was der Autor verachtet. – »Ich habe nur eine Chance,« fährt Hardy fort, »dem Verdikt vollkommener Trivialität zu entgehen, und zwar dadurch, daß man mir zugesteht, etwas geschaffen zu haben, das sich zu schaffen lohnte. *Daß* ich etwas geschaffen habe, ist nicht zu bestreiten; die Frage ist nur, ob es etwas wert ist.« (*A Mathematician's Apology*, Cambridge 1967.)

Wunderbar gesagt! Eine Bescheidenheit, die von aristokratischem Hochmut kaum zu unterscheiden ist. Nichts liegt einem Mathematiker wie Hardy ferner, als um die Anerkennung seiner Mitmenschen zu buhlen und sich auf den praktischen Nutzen seiner Arbeit zu berufen. Damit hat er recht und unrecht zugleich. Seine Haltung kommt der eines Künstlers nahe. Unter rein betriebswirtschaftlichen Gesichtspunkten hätten es nicht nur Ovid und Bach schwer gehabt, sondern auch Pythagoras und Cantor. Ihre Arbeit würde kaum jene 15 % sofortiger Rendite abgeworfen haben, die heute unter dem Banner des *shareholder value* als Richtmaß gelten. Freilich wären die allermeisten menschlichen Tätigkeiten unter diesem Gesichtspunkt hinfällig. (Nebenbei bemerkt, gehört die mathematische Forschung zu den preiswertesten Kulturleistungen. Während der neue Teilchenbeschleuniger des Genfer CERN auf vier bis fünf Milliarden veranschlagt wird, nimmt das Max-Planck-Institut für reine Mathematik in Bonn, ein Forschungszentrum von Weltruf, nur 0,3 % vom Haushalt der Max-Planck-Gesellschaft in Anspruch. Große Mathematiker wie Galois oder Abel waren zeit ihres Lebens bettelarm. Billigere Genies dürften schwer zu finden sein.)

Die Autonomie, die Hardy für seine Grundlagenforschung einfordert, findet ihr Gegenstück in den Künsten, und es ist durchaus kein Zufall, daß den meisten Mathematikern ästhetische Kriterien nicht fremd sind. Es genügt ihnen nicht, daß ein Beweis stringent ist; ihr Ehrgeiz zielt auf »Eleganz«. Darin drückt sich ein ganz bestimmter Schönheitssinn aus, der die mathematische Arbeit seit ihren frühesten Anfängen charakterisiert hat. Dies wirft natürlich von neuem die Rätselfrage auf, warum das Publikum zwar gotische Kathedralen, Mozarts Opern und Kafkas Erzählungen, nicht jedoch die Methode des unendlichen Abstiegs oder die Fourier-Analyse zu schätzen weiß.

Was aber den gesellschaftlichen Nutzen angeht, so ist es ein leichtes, Hardys Behauptungen zu widerlegen. Ein Ingenieur, der einen ganz gewöhnlichen Elektromotor zu berechnen hat, bedient sich mit der größten Selbstverständlichkeit der komplexen Zahlen. Davon konnten Wessel und Argand, Euler und Gauß nichts ahnen, als sie um die Wende zum 19. Jahrhundert die theoretischen Grundlagen für diese Erweiterung des Zahlensystems schufen. Ohne den binären Zahlencode, den Leibniz entwickelt hat, wären unsere Computer undenkbar. Einstein hätte seine Relativitätstheorie ohne Riemanns Vorarbeiten nicht formulieren können, und Quantenmechaniker, Kristallographen und Nachrichtentechniker stünden ohne die Gruppentheorie mit ziemlich leeren Händen da. Die Erforschung der Primzahlen, ein Zweig der Zahlentheorie von unerschöpflichem Reiz, galt von jeher als esoterische Spezialität. Ein paar Jahrtausende lang, nicht erst seit Eratosthenes und Euklid, haben sich die besten Köpfe mit diesen höchst kapriziösen Zahlen beschäftigt, ohne daß sie hätten angeben können, wozu das gut sei – bis in unserem Jahrhundert plötzlich Geheimdienstleute, Programmierer, Militärs und Banker erkannten, daß man mit Faktorzerlegungen und Falltürcodes Kriege führen und Geschäfte machen kann.

Die unvermutete Brauchbarkeit mathematischer Modelle hat etwas Verblüffendes. Es ist keineswegs klar, warum höchst präzise Hirngespinste, die fern von aller Empirie, gewissermaßen als *l'art pour l'art,* erdacht worden sind, derart geeignet sind, die reale Welt, so wie sie uns gegeben ist, zu erklären und zu manipulieren. Mehr als einer hat sich über »the unreasonable effectiveness of mathematics« gewundert. Für gläubigere Zeiten war diese prästabilierte Harmonie kein Problem; Leibniz konnte noch in aller Ruhe behaupten, mit Hilfe der Mathematik könnten wir »einen erfreulichen Einblick in die göttlichen Ideen gewinnen«, einfach deshalb, weil der Allmächtige persönlich der erste Mathematiker war. Heute tun sich die Philosophen damit erheblich schwerer. Der alte Streit zwischen Platonikern, Formalisten und Konstruktivisten scheint mit einem matten Unentschieden zu versanden. Die Mathematiker kümmern sich in ihrer Praxis kaum um solche Fragen. Eine naheliegende Erklärung, die sich allerdings bei den Hütern der Tradition keiner großen Beliebtheit erfreut, könnte man darin sehen, daß es ein und dieselben Evolutionsprozesse sind, die das Universum und unser Gehirn hervorgebracht haben, so daß ein schwaches anthropisches Prinzip dafür sorgt, daß wir dieselben Spielregeln in der physischen Realität und in unserem Denken wiederfinden.

Konrad Knopp konnte in seiner Tübinger Antrittsrede von 1927 triumphierend erklären, die Mathematik sei »die Grundlage aller Erkenntnis und die Trägerin aller höheren Kultur«. Hoch gegriffen und pathetisch formuliert, aber nicht falsch. Nur daß der greifbare Nutzen, die technische Anwendung, sich gewöhnlich erst hinterher, gewissermaßen hinter dem Rücken der mathematischen Pioniere einstellt, die wie Hardy rücksichtslos ihre eigenen Wege gehen, von denen niemand im voraus sagen kann, wohin sie führen werden. Die Vermittlungen zwischen reiner und angewandter Mathematik sind oft schwer zu durchschauen; auch das mag ein Grund dafür sein, daß der Stellenwert der mathematischen Forschung in den heutigen Gesellschaften phantastisch unterschätzt wird. Im übrigen dürfte es auch kein zweites Gebiet geben, auf dem der kulturelle *time lag* derart enorm ist. Das allgemeine Bewußtsein hinkt hinter der Forschung um Jahrhunderte zurück, ja, man kann kaltblütig feststellen, daß große Teile der Bevölkerung über den Stand der griechischen Mathematik nie hinausgekommen sind. Ein vergleichbarer Rückstand auf anderen Feldern, etwa der Medizin oder der Physik, wäre vermutlich lebensgefährlich. Auf weniger direkte Weise dürfte das auch für die Mathematik gelten; denn noch nie hat es eine Zivilisation gegeben, die bis in den Alltag hinein derart von mathematischen Methoden durchdrungen und derart von ihnen abhängig war wie die unsrige.

Das kulturelle Paradox, mit dem wir es zu tun haben, ließe sich noch weiter zuspitzen. Man kann nämlich mit gutem Grund der Ansicht sein, daß wir in einem goldenen Zeitalter der Mathematik leben. Jedenfalls sind die zeitgenössischen Leistungen auf diesem Feld sensationell. Die bildenden Künste, die Literatur und das Theater würden bei einem Vergleich, wie ich fürchte, ziemlich schlecht abschneiden.

Eine solche Behauptung genauer zu begründen traue ich mir nicht zu. Als hoffnungsloser Laie kann ich den Argumenten der Mathematiker nur in den allergröbsten Zügen folgen. Oft muß ich schon froh sein, wenn ich kapiere, worum es ihnen eigentlich geht. Auch für mich bleibt die Zugbrücke zu ihrer Insel hochgezogen. Das hindert mich jedoch nicht daran, den einen oder anderen Blick auf das andere Ufer zu werfen. Was ich dort erkennen kann, versetzt mich immerhin in die Lage, meine These durch ein paar Beispiele plausibel zu machen.

Wahrscheinlich haben die meisten Leute nie vom Klassenzahl-Problem gehört. Es handelt sich um eines der schwierigsten Rätsel der Zahlentheorie. 1801 von Gauß formuliert, konnte es nach langwierigen Vorarbeiten 1983 von Zagier und Gross endgültig gelöst werden. Ebensolange hat es gedauert, bis das sogenannte Klassifikationstheorem bewiesen worden ist. Dabei ging es darum, die unendliche Vielfalt der einfachen Gruppen zu ordnen, die ihren Namen völlig zu Unrecht tragen, denn sie sind verdammt komplizierter Natur. Erst hundertachtzig Jahre nach der Begründung der Gruppentheorie haben Aschbacher und Solomon den Schlußstein gefunden. Weitere Belege kann ich mir ersparen. Die beiden Unvollständigkeitssätze Gödels, der vermutlich der genialste Mathematiker des Jahrhunderts war, sind bekannt genug. Auch dürfte sich herumgesprochen haben, daß Fermats letzter Satz, an dem sich drei Jahrhunderte die Zähne ausgebissen haben, im Jahre 1995 von Andrew Wiles bewiesen worden ist. Die Fußballmeisterschaft möchte ich sehen, die mit solchen Triumphen konkurrieren könnte – von den Documenta-Ausstellungen und Theatertreffen der letzten Jahre ganz zu schweigen.

Trotzdem bleiben die Begeisterungsstürme des Publikums aus, womit wir wieder bei der Ausgangsfrage meiner Überlegungen angelangt wären. Und an diesem Punkt bleibt nur noch ein einziger Sündenbock übrig, nämlich unsere intellektuelle Sozialisation, genauer gesagt: die Schule. Dabei geht es nicht nur um die akute Überforderung, unter der diese Institution heute leidet. Die Versäumnisse liegen tiefer und haben ältere Wurzeln. Man kann sich fragen, ob es in den ersten fünf Jahren des Curriculums überhaupt so etwas wie einen mathematischen Unterricht gibt. Was dort gelehrt wird, hat man früher völlig zu Recht als »Rechnen« bezeichnet. Auch heute noch werden die Kinder jahrelang fast ausschließlich mit öden Routinen gepeinigt, ein Verfahren, das auf die Epoche der Industrialisierung zurückgeht und inzwischen völlig veraltet ist. Bis um die Mitte

des zwanzigsten Jahrhunderts verlangte der Arbeitsmarkt von der Mehrzahl der Beschäftigten nur drei rudimentäre Fertigkeiten: Lesen, Schreiben und Rechnen. Die Elementarschule war dazu da, notdürftig alphabetisierte Arbeitskräfte zu liefern. Das dürfte die Erklärung dafür sein, daß sich in der Schule ein rein instrumentelles Verhältnis zur Mathematik durch- und festgesetzt hat. Nun will ich nicht bestreiten, daß es sinnvoll ist, das Einmaleins zu beherrschen und zu wissen, wie man einfache Dreisatz- oder Bruchrechnungen auszuführen hat. Aber mit mathematischem Denken hat das alles nichts zu tun. Es ist so, als würde man Menschen in die Musik einführen, indem man sie jahrelang Tonleitern üben läßt. Das Resultat wäre vermutlich lebenslänglicher Haß auf diese Kunst.
In den höheren Schulklassen geht es meist nicht viel anders zu. Die analytische Geometrie wird vorwiegend als eine Sammlung von Rezepten behandelt, ebenso die Infinitesimalrechnung. Das hat zur Folge, daß man gute Noten erzielen kann, ohne eigentlich verstanden zu haben, was man tut. Das gute Abschneiden sei jedem Abiturienten gegönnt, um so mehr, da er auf Lehrplan und Methode nicht den geringsten Einfluß hat. Nur darf man sich nicht darüber wundern, daß ein solcher Unterricht letzten Endes den mathematischen Analphabetismus fördert. Seinen funktionellen Sinn hat er ohnehin längst verloren, weil sich die Standards des Arbeitsmarktes und der Technik in den letzten Jahrzehnten entscheidend verändert haben. Kein Sechzehnjähriger wird einsehen, warum er sich mit langweiligen Berechnungen abgeben soll, die jeder Kaufhaus-Taschenrechner rascher und besser erledigen kann.
Aber der übliche Mathematikunterricht langweilt nicht nur, er unterfordert vor allem die Intelligenz der Schüler. Es scheint eine fixe Idee der Pädagogik zu sein, daß Kinder nicht in der Lage sind, abstrakt zu denken. Das ist natürlich ein reiner Köhlerglauben. Eher ist das Gegenteil richtig. Der Begriff des unendlich Großen und des unendlich Kleinen beispielsweise ist

jedem Neun- oder Zehnjährigen intuitiv unmittelbar zugänglich. Viele Kinder sind ausgesprochen fasziniert von der Entdeckung der Null. Was ein Grenzwert ist, kann man ihnen durchaus erklären, und der Unterschied zwischen konvergenten und divergenten Folgen leuchtet ihnen ohne weiteres ein. Viele Kinder zeigen ein spontanes Interesse an topologischen Problemen. Selbst mit elementaren Fragen der Gruppentheorie oder der Kombinatorik kann man sie amüsieren, wenn man sich ihren angeborenen Sinn für Symmetrien zunutze macht, und so weiter und so fort. Wahrscheinlich ist ihre Aufnahmefähigkeit für mathematische Ideen überhaupt größer als die der meisten Erwachsenen; diese nämlich haben den üblichen Bildungsgang bereits hinter sich gebracht. Von den Beschädigungen, die sie dabei erlitten, werden sie sich in den meisten Fällen nie wieder erholt haben.

Es wäre allerdings unfair, wollte man die Mathematiklehrer allein für das Desaster verantwortlich machen. Diese bedauernswerten Menschen sind nicht nur mit den Vorgaben der Didaktiker und ihrer Moden geschlagen, sie müssen auch am Gängelband der Ministerialbürokratie operieren, die ihnen ganz brutale Lehrpläne und Lernziele vorschreibt. Vielleicht ist der Beamtenstatus daran schuld, daß der Lehrkörper, wie sich am Beispiel der sogenannten Rechtschreibreform zeigen läßt, zum vorauseilenden Gehorsam neigt. Eine gewisse Ängstlichkeit hindert viele daran, den Freiraum zu nutzen, den die faktische Unkündbarkeit ihnen eröffnet. Es gibt jedoch Lehrer, die sich den obsoleten Routinen, die man ihnen zumutet, widersetzen und die es fertigbringen, ihre Schüler mit den Schönheiten, Reichtümern und Herausforderungen der Mathematik bekannt zu machen. Ihre Erfolge sprechen für sich.

Auch außerhalb des Bildungssystems gibt es vereinzelte Symptome, die hoffen lassen, daß der Tiefpunkt der mathematischen Ignoranz erreicht und vielleicht sogar durchschritten ist. Zunächst scheint sich an der Haltung der Wissenschaftler einiges zu ändern. Die heutige Generation von Mathematikern entspricht weniger denn je dem Klischeebild des introvertierten, weltabgewandten Eigenbrödlers. Das gilt vor allem für die angelsächsische Welt. Nicht nur naheliegende äußere Motive wie der Kampf um Forschungsmittel sprechen für einen solchen Mentalitätswandel. Er hat vor allem innermathematische Gründe. Die sogenannte Grundlagenkrise der ersten Jahrhunderthälfte mag dazu beigetragen haben, daß sich ein weniger rigider Habitus durchzusetzen beginnt. Auch ist der traditionelle Abstand zwischen reiner und angewandter Forschung geschrumpft, seitdem sich Auftraggeber und Nutznießer davon überzeugen ließen, daß sich aus der Grundlagenforschung rascher denn je Gewinne ziehen lassen. Völlig neue Möglichkeiten hat auch die experimentelle, computergestützte Mathematik eröffnet, obwohl deren Methoden lange unter dem Verdacht mangelnder Stringenz standen. Und was den traditionellen Hochmut der Disziplin betrifft, so habe ich den Eindruck, daß er heutzutage durch einen Anflug von Ironie gebrochen ist. Mehr als früher sind sich die Mathematiker ihrer Fehlbarkeit bewußt; sie sind sich darüber im klaren, daß ihre Kathedrale nie fertiggestellt werden wird und daß es für dieses Werk nicht einmal einen lückenlosen Bauplan geben kann. Viele sind sogar bereit, mit Nicht-Mathematikern zu reden.

Daß dies zu Verständigungsschwierigkeiten führen muß, ist kein Wunder. Es ist ein gutes Zeichen, daß sich in den letzten Jahrzehnten immer mehr Dolmetscher gefunden haben, die darauf spezialisiert sind, die formale Sprache des Faches in natürliche Sprachen zu übersetzen. Das ist ein äußerst heikles, aber auch äußerst lohnendes Unterfangen. Auch auf diesem Gebiet sind angelsächsische Autoren führend. Berühmte Brükkenmeister wie Martin Gardner, Keith Devlin, John Conway und Philip Davis haben hier Pionierarbeit geleistet; in Deutschland sind Zeitschriften wie *Spektrum der Wissenschaft* und Publizisten wie Thomas und Gero von Randow wichtige Vermittlerdienste zu verdanken. Gelegentlich haben sich sogar die Massenmedien mathematischer Themen bemächtigt, so im Jahre 1976, als Appel und Haken das Vierfarbenproblem lösten, das vielleicht weniger relevant als berüchtigt war. Das Risiko, daß es dabei zu modischen Verzeichnungen kommt, wie im Fall der Chaos- und der Katastrophentheorien, muß wohl in Kauf genommen werden. Hier spielen nicht nur semantische Mißverständnisse eine Rolle. Die Sokal-Affäre hat gezeigt, zu welchen Blamagen es führen kann, wenn Dilettanten wissenschaftliche Begriffe ihrem Kauderwelsch einverleiben, ohne zu wissen, wovon sie reden. Auf der anderen Seite ist es ein verheißungsvolles Indiz, daß *Fermats letzter Satz,* ein durchaus seriöser wissenschaftlicher Thriller von Simon Singh, zu einem internationalen Bestseller geworden ist.

Es gehört eine gewisse Kühnheit dazu, in einer Kultur, die sich durch ein profundes mathematisches Nichtwissen auszeichnet, derartige Übersetzungsversuche zu unternehmen. Ich kann der Versuchung nicht widerstehen, aus einem Dialog zu zitieren, den Ian Stewart, ein professioneller Mathematiker, der glänzend schreibt, seinem Buch *The Problems of Mathematics* vorangestellt hat. Ein Experte unterhält sich hier mit einem imaginären Laien.

Der Mathematiker: Es handelt sich um eine der wichtigsten Entdeckungen des letzen Jahrzehnts.

Der Laie: Können Sie mir das in Worten erklären, die für gewöhnliche Sterbliche verständlich sind?

Der Mathematiker: Das geht nicht. Sie können keinen Eindruck davon bekommen, wenn Sie die technischen Details nicht verstehen. Wie soll ich über Mannigfaltigkeiten sprechen, ohne zu erwähnen, daß die Sätze, um die es geht, nur dann funktionieren, wenn diese Mannigfaltigkeiten endlichdimensional, parakompakt und hausdorffsch sind, und wenn sie einen leeren Rand haben?

Der Laie: Dann lügen Sie eben ein bißchen.

Der Mathematiker: Das liegt mir aber nicht.
Der Laie: Warum nicht? Alle andern lügen doch auch.
Der Mathematiker (nahe daran, der Versuchung nachzugeben, aber im Widerstreit mit einer lebenslangen Gewöhnung): Aber ich muß doch bei der Wahrheit bleiben!
Der Laie: Sicher. Aber Sie könnten sie ein bißchen verbiegen, wenn dadurch verständlicher wird, was Sie eigentlich treiben.
Der Mathematiker (skeptisch, aber von seinem eigenen Wagemut beflügelt): Meinetwegen. Es käme auf einen Versuch an.
Es ist der Versuch einer Alphabetisierung, auf den es ankäme: ein langwieriges, aber vielversprechendes Projekt, das im zarten Alter zu beginnen hätte und unseren viel zu trägen Gehirnen ein gewisses Fitness-Training und ganz ungewohnte Lustgefühle verschaffen könnte.

Die Mathematiker

Wurzeln, die nirgends wurzeln,
Abbildungen für geschlossene Augen,
Keime, Büschel, Faltungen, Fasern:
diese weißeste aller Welten
mit ihren Garben, Schnitten und Hüllen
ist euer Gelobtes Land.

Hochmütig verliert ihr euch
im Überabzählbaren, in Mengen
von leeren, mageren, fremden
in sich dichten und Jenseits-Mengen.

Geisterhafte Gespräche
unter Junggesellen:
die Fermatsche Vermutung,
der Zermelosche Einwand,
das Zornsche Lemma.

Von kalten Erleuchtungen
schon als Kinder geblendet,
habt ihr euch abgewandt,
achselzuckend,
von unseren blutigen Freuden.

Wortarm stolpert ihr,
selbstvergessen,
getrieben vom Engel der Abstraktion,
über Galois-Felder und Riemann-Flächen,
knietief im Cantor-Staub,
durch Hausdorffsche Räume.

Dann, mit vierzig, sitzt ihr,
o Theologen ohne Jehova,
haarlos und höhenkrank
in verwitterten Anzügen
vor dem leeren Schreibtisch,
ausgebrannt, o Fibonacci,
o Kummer, o Gödel, o Mandelbrot,
im Fegefeuer der Rekursion.

Gottfried Wilhelm Leibniz
1646-1716

Wir kennen nicht seine Gefühle. Die Peripherie wirkt korrekt
wie bei einem perfekten Gerät. Der Staatsrock des Hofrats
ist mit Schnallen und Spitzen und Schärpen und Knöpfen
bedeckt.
Hinter der Drahtperücke liegen die Schaltkreise, aufgedampft,
in sehr dichter Packung. Bewegungslose Bewegung herrscht
unter der Hirnschale. Es werden Daten erfaßt und codiert,
verarbeitet und gespeichert: *Eintäfeln der Kenntnisse.*
Monatliche Auszüge, Journal des Savants, Acta eruditorum.
Was er einer ratlosen Welt hinterläßt, ist ein Heuschober
voller Annalen, Gutachten, Aide-mémoires, Kataloge,
Miszellaneen; ein Wirrwarr von Abstracts und Abstracts
von Abstracts und Abstracts von Abstracts von Abstracts ...

(Wir von der Abwehr waren nie sehr glücklich mit L. Gewiß,
er ist ein Genie, das bestreitet niemand. Doch etwas fehlt ihm:
und zwar sind das die Fehler. Seine »menschlichen Züge«,
eine gewisse *Liebe zum Geld, ein leichtes Podagra,* sind
Camouflage,
raffinierte Schleifen in seiner Programmstruktur, Tricks,
um uns irrezuführen. Das wäre beinah geglückt. Beweis:
Im regierenden Hause hat bislang niemand Verdacht geschöpft.
Wir aber sagen ganz offen: L. ist ein Artefakt, und vermutlich
steht er, summend, im Dienst einer fernen und fremden Macht.)

Ausgerechnet Hannover, wo die Häuser so engbrüstig sind!
Diese Vorliebe für knickrige Käffer, für Residenzen
in der deutschen Provinz, schlecht beleumundet und beleuchtet,
kurzum, für das Unauffällige, gibt zu denken. Fossile Tiere

sammelt er, und gleicht selbst einem Petrefakt. Aber rappelnd
baut er sein Netz aus, tastet ab, registriert. Trifft Spinoza
in Amsterdam, Newton in London, Kircher in Rom, in Basel
die Bernoullis. Chinesische Interessen: korrespondiert
mit Peking. *Novissima Sinica:* Über das binäre Zahlensystem
und das *I Ching*. Gespräche in Parks über Forschungsplanung,
Verhandlungen in Kanzleien. So holpert er in seiner Kutsche
und schnurrt, als eine ganze Akademie, über die Karrenwege
Europas hin.

(Aus unsern Dossiers, sagt die CIA, ergibt sich folgendes Bild.
Privatleben: fehlt. Sexuelle Interessen: gleich null. Emotional
ist L. ein Kretin. Seine Beziehung zu andern ist der Diskurs
und sonst nichts. Was einen ferner schier rasend macht,
ist dieser wahnwitzige Fleiß. Unter allen Umständen, überall,
jederzeit schreibt er, liest oder rechnet. Seine kleine Maschine,
die Wurzeln zieht, hat er stets zur Hand. Die Staffelwalze
rotiert.
Wie ein Automat. Wie ein Automat, der einen Automaten
gebaut hat.)

Seine Programme schreibt er sich selbst. Die Algorithmen sind
neu:
Infinitesimalkalkül, Wahrscheinlichkeitsrechnung. Lullischen
Künsten
brütet er nach, dem totalen Trip: *Characteristica universalis.*
Daß die Weltmaschine zwar unbewußt doch vernünftig sei,
setzt er summend voraus. Nur darum soll es sich handeln,
ihre jene Vernunft zu entlocken. O Kombinatorik!
O Köhlerglauben!
I Ching: Man pflückt ein paar Schafgarben, teilt die Stengel
und zählt, und teilt und zählt die Stengel und teilt, und gibt
ein Orakel,
eine allgemeine Methode an, mit deren Hilfe sich alle
Wahrheiten

der Vernunft zurückführen ließen auf eine Art von Kalkül. Zugleich wäre damit eine Sprache oder ein Code gegeben, der die Vernunft zu leiten, den Irrtum zu brechen vermöchte.

(Wir vermuten aber, daß es in der Natur der Automaten liegt,
den Optimismus zu optimieren. Die Harmonie ist ihre fixe Idee.
Ihr Bewußtsein, das ein glückliches ist, verrät sie unweigerlich.
Davon abgesehen frägt sich die Kommission, wie dieser L.
zweihundert Jahre zu früh an die Boolesche Algebra kam,
und sie antwortet, daß es hierfür nur eine Erklärung gibt:
L. ist ein automatischer Astronaut, eine extraterrestrische
Sonde.)

Druckt eine Menge metaphysischer Sätze aus, die unzählbar ist,
und emittiert eine Wolke von Philosophemen, darin sich
verhüllt
sein Herrschaftswissen von *Schiffahrt, Commercien,
Manufacturen:*
Die Vortheile dieser Dinge fließen von Wissenschaft der Natur
und Mathematick. Bei der Ausbeutung der Erzgewerke im Harz
z.B.
stellen sich Fragen der Wasserhaltung; Kettenräder und Becher,
Göpel und Haspeln reichen nicht aus. Auch die Wetterlosung
versagt.
Also entwirft er sinnreiche Fahr- und Windkünste,
Grubenpumpen
und Wetterbrücken. Ferner beschäftigen ihn die Rätsel des
Phosphors,
der Rübsamenanbau, die Münzreform; ferner schlägt er
Sternwarten vor,
Girobanken, Farbenfabriken; ferner plant er, ohne Skrupel zu
fühlen,
die Stützung des Silberkurses und die Eroberung von Ägypten.

(Das Hl. Offizium stellt fest: Wir teilen nicht die Bedenken,
die man gegen ihn erhebt; denn L. ist eine *bloße Maschine,*
und *höhere Wesen, denen die Erde zum Wohnplatz
beschieden worden,*
bedienen sich seiner. Es *drängen und bewegen sich* in der Welt
tausend unsichtbare Hände, die der Engel, welche die seinigen
nur statt der Handschuhe brauchen, zu Zwecken, die wir
nicht ahnen.)

*Die Wahrheit tritt uns sehr häufig geschminkt entgegen,
geschwächt,*
von blasser Gesichtsfarbe, schwachem Haarwuchs, die Hände
kalt,
oder vermummt, ja verderbt und verstümmelt: bewegt sich steif
und gemessen, puppenhaft summend, zweck- und
gleichmäßig fort,
*was ihren Wert und Nutzen verringert. Auf meiner Zunge
spüre ich einen Eisengeschmack:* Da sagt er es endlich selbst.
Phantasie hat er nicht. *Doch wenn man sie kenntlich machte*
(die Wahrheit), *würde man Gold aus dem Kot, aus der Grube
den Diamanten,*
*und das Licht aus der Finsternis ziehen, und auf das deutlichste
den Fortschritt unsrer Erkenntnisse sichtbar machen.* Ach ja!
Ein Unbekannter behauptet, *er habe, in seinen letzten Tagen,
sich damit befaßt, die Sprache der Engel zu dechiffrieren.*

Antoine Caritat de Condorcet
1743-1794

Die Güte leuchtete ihm aus den Augen. Scheinbar überhaupt, wie Schlemihl,
schattenlos: vernünftig, edel, Zierde der Wissenschaft, war er zwar Aristokrat,
doch *die Liebe zur Menschheit führte ihn bald auf die Bahn der Revolution.*
In seinem letzten Versteck schrieb er *Das Licht* kurz vor dem Ende
der Aufklärung garantiert uns, daß wir beim Schein eines Kerzenstummels
einer glücklichen Zukunft entgegengehn. Kopf oder Wappen: Wie schade,
daß der Bürger Marquis beides zugleich verlor. Wir kondolieren. Doch ist
der Terror stets eine Art von Tric-Trac: ein stochastisches Spiel.

Vorderhand galt er als kühler, gewandter Kopf. Inspektor der Münze,
Schiffahrts-Direktor, Ständiger Sekretär der Akademie. Karriere mäßig,
doch vielseitig, eingedenk des gemeinen Wohls. Befaßte sich mit der Theorie
der Kometen, mit dem Dreikörperproblem und mit der Handelsstatistik.
Doch scheint sein immer weiter strebender Geist sich mehr in Andeutungen
als in Ausführungen zu gefallen. Aha! In Andeutungen! Also her mit dem Haftbefehl.
Er taucht unter, zum Tod verurteilt. Kein Wunder. Wer so tugendhaft ist,

so liberal, aus so gutem Hause, der wird gewöhnlich zuerst
liquidiert.

Die üblichen Beiwörter aus dem Repertoire der Nachrufe und
Elogen:
»geistvoll«, »empfindsam«, »zärtlicher Gatte und Vater«.
Gewiß, gewiß.
Nur läßt das Parlando der Pietät allerhand Fragen offen. Z.B.
die weiße Schleife im Haar: Trifft es zu, daß seine Mutter ihn
aus Bigotterie der Heiligen Jungfrau weihte, und daß er unter
Prälaten ging,
bis er fünfzehn war, in Häubchen und Krinoline, eingesülzt in
Gebete?
Hängt es hiermit zusammen, und wenn ja, wie, daß dieser
schüchterne Mensch,
rosig und distinguiert, zum Ahnherrn der rüdesten
Technokraten ward?

Im Reich der Erfahrung herrscht die Wahrscheinlichkeit: d.h.,
die Staatskunst,
der Wille des Volkes, Handel und Industrie sind eine Art von
Tric-Trac,
für die es mathematische Modelle zu finden gilt. Bruch und
Schwund
werden berechenbar, und die Schamanen der Theorie
belehren uns fortan
*Über den Vortheil, den sich, wer sein Spiel zu kalkulieren
versteht,*
*demjenigen gegenüber verschaffen kann, der sich auf den
Instinkt verläßt*
oder auf die Routine. Wir haben für Markov-Maschinen zu
danken
und für das Minimax-Prinzip: Wir drücken dem Bürger
Marquis die Hand.

Der Guillotine kam er zuvor. Doch wenn es zutrifft, daß man
ihn in der Zelle fand,
durch ein Gift getödtet, das er schon längst bei sich trug, was
folgt hieraus
im Hinblick auf sein *Gemählde vom Fortschritt des
menschlichen Geistes?*
Tupfer von philosophischem Weiß, Sätze, so weich wie Watte.
Schrieb er sie etwa
mit dem Gift auf der Zunge? Wir raten zur Vorsicht beim
Inhalieren.
Die Barbarei ist für immer besiegt. Ein naives Fluidum steigt
uns in die Nase,
und wir fragen uns, was es mit dieser Philosophie für eine
Bewandtnis hat:
ist sie Beschwörung, wohlriechender Hohn, Stoßgebet,
idée fixe, oder Bluff?

Charles Babbage
1792-1871

Von etwas abwegigem Charakter. Massig, jähzornig, hilflos:
ein erbitterter Junggeselle mit schmerzenden Ohren.
Mit hocherhobenem Stock verfolgt er ein Rudel
von Gassenjungen, Trompetern und Drehorgelmännern.
Vor seiner Nichte weicht er zurück: ein Stickrahmen
über blassen Kinderknien. Kein Biograph erwähnt
diese hitzigen Träume von Dampfmaschinen und goldenen
Locken.

Einst, an der Hand seiner Mutter, erblickte er
in einem hell erleuchteten Haus am Hanover Square
einen Automaten von Vaucanson (Die metallische Tänzerin),
und das Räderwerk setzte sich in Bewegung. Ein Knirschen
im Kopf des Knaben, ein leises beharrliches Knirschen.
Siebzig Jahre lang stand das Getriebe nicht still.

Aufgaben: *Die relative Häufigkeit diverser Gründe*
für den Bruch ungewölbter Fensterscheiben zu berechnen;
die Wahrscheinlichkeit dafür anzugeben, daß ein Mensch
von den Toten aufersteht (Lösung: 1:1012);
zwanzigtausend wahllos in einen Kasten geworfene Nadeln
derart zu ordnen, daß ihre Spitzen sämtlich
in ein und dieselbe Richtung zeigen;
eine Methode zu finden, die es erlaubt,
von beliebigen Hervorbringungen der Natur
und des menschlichen Fleißes Facsimiles herzustellen.

Seine Reisen quer durch Europa in einer selbstentworfenen
Kutsche,
in der er schlafen und Eier abkochen konnte; ihre Fächer
enthielten
Konstruktionspläne, Fräcke und Teleskope, ferner eine
Magenpumpe.
Seine Expedition zum Vesuv: eine Phiole mit Riechsalz,
ein in Flammen aufgehender Spazierstock: Reminiszenzen
an Spallanzanis Wanderungen, und an die Romantik.

Als aber der arme Tennyson ihm seine Verse zusandte
(Every minute dies a man / Every minute one is born),
schlug er ihm vor, *in der nächsten Auflage*
Ihr treffliches Werk dergestalt zu verbessern,
daß es lautet: »Täusch dich nicht, in jeder Minute
erblicken eins Komma eins sechs sieben Menschen das Licht.«

Nächstens wird er eine Maschine erfinden, die Romane schreibt,
meinte Emerson. Darauf jener: *Der Saumarkt zu Padua*
und die Leipziger Buchmesse – ein und dieselbe Menagerie.

Der Automat, den er stattdessen baute, warf keine Literatur,
sondern Logarithmen aus. Jedesmal, wenn das Gerät
auf eine imaginäre Wurzel stieß, gab es ein Klingelzeichen.

Achtzehnhundertvierunddreißig, im Jahr des *Hessischen
Landboten,*
konzipierte Charles Babbage, Zwangsneurotiker, Fellow
der Royal Society, Begründer der Operatorenrechnung, die
Lochkarte.

Die Herstellung einer Stecknadel teilte er in sieben
Einzelvorgänge auf:
Ziehen Ausrichten Spitzen Drehen Mit einem Kopf versehen
Verzinnen und Packen,

und den Lohnaufwand errechnete er bis auf einen Millionstel
Penny genau.
Mehrere Steinwürfe weit vom Kamin des Herrn Babbage
entfernt saß ein Kommunist
im British Museum, prüfte die Rechnung nach und befand sie
für richtig.
Es war ein nebliger Abend. Aus den Mahl- und Speicherwerken
der Industrie
drang ein leises, unaufhörliches Knirschen.

Die großen unvollendeten Werke: *Das Kapital* und die
Analysis-Maschine.
Vierzig viktorianische Jahre. Der erste Digitalrechner,
ohne Vakuumröhre, ohne Transistor. Fünf Tonnen schwer,
so groß wie ein Zimmer, ein Räderwerk aus Messing,
Hartzinn und Stahl, angetrieben von Federn und von
Gewichten,
jeder Rechnung fähig, imstande, Schach zu spielen,
Sonaten zu komponieren, mehr als das: *jeden Prozeß zu
simulieren,*
*der die Beziehungen zwischen beliebig vielen Elementen
verändert.*

Brütend über Plänen, die ein ganzes Stockwerk bedecken,
habe ich, weil die Bedingungen des Problems es erfordern,
die Unendlichkeit des Raumes in die der Zeit transformiert,
um eine endliche Maschine für Berechnungen einzurichten,
deren Ausmaß durchaus unbegrenzt ist. In diesem Augenblick
erscheint in der Tür des Labors Lady Lovelace, verschleiert,
und sie erklärt uns den Zweck dieser Zahnräder, Schnecken,
und Nockenwellen: *Er webt auf seiner Maschine*
algebraische Muster, so wie der Stuhl von Jacquard
Blüten und Blätter webt. (Sie war Byrons Tochter.)

Und sie war zum größten Theil in wunderbarer Schönheit vollendet
(die Maschine), *als eine Unterbrechung in ihrem Bau eintrat.*
Der Aufwand war bis auf zwanzigtausend Pfund Sterling gestiegen,
und da die vollständige Ausführung auf das Doppelte veranschlagt ward,
so ließ man die Sache liegen.

Unbewegt liegt sie seitdem, wie ein Mammut, eine Grille der Evolution,
ein Fossil aus der Zukunft, im Erdgeschoß des Museums zu Kensington.
Eine Fabrik, in der alle Fabriken enthalten sind. Eine Ruine.

Das Geheul der Leierkästen, das Mr Babbage, Fellow der Royal Society,
die Ohren durchbohrt, ist programmgesteuert. Ein Satz Lochkarten
dudelt, bestimmt den Stückakkord, und hält den Krankenstand fest.

Das Räderwerk, im Gehirn eines Achtjährigen in Gang gesetzt
durch den Anblick einer silbernen Tänzerin. *Ich frage mich,*
ob ich in meinem Leben auch nur einen Tag lang glücklich gewesen bin.

Ein leises Knirschen, in dem jeder Schrei erstickt.

Alan Mathison Turing
1912-1954

Fest steht, daß er nie eine Zeitung gelesen hat; daß er sich seine Handschuhe selber strickte; daß er fortwährend Koffer, Bücher, Mäntel verlor; und daß er, sofern er bei Tisch sein hartnäckiges Schweigen brach, in *ein schrilles Gestotter* verfiel oder *krähend lachte*. Seine Augen waren von einem strahlenden, anorganischen Blau, *wie aus gemaltem Glas*.

Also gut. Denken wir uns nun einen universellen Automaten A, der in der Lage ist, jeden beliebigen andern Automaten A_n zu simulieren. A ist ein schwarzer Kasten, der mit einem endlosen Papierstreifen gespeist wird; dieses Band ist die Außenwelt der Maschine. Es ist in Felder aufgeteilt, deren jedes einzelne entweder leer oder mit einem Zeichen markiert ist. Wir denken uns nun, daß A geduldig ein Feld nach dem andern abliest, den Streifen um jeweils ein Feld vor oder rückwärts bewegt und/oder ein Zeichen löscht und/oder setzt; und wir nennen dieses Gerät, nach seinem Erfinder, eine Turing-Maschine.

Wir wissen ferner, daß er sich sorgfältig isoliert hat; daß er Zerlumptes trug, im Zwischendeck reiste, in Absteigen schlief. Offenbar war er darauf bedacht, sich zu löschen. Eines Nachts hat er sich in seinem Landhaus, einer Bruchbude, wie in einem Roman von Agatha C., aus Versehen vielleicht, mit Zyankali vergiftet. Jede Ähnlichkeit mit lebenden oder toten Personen ist reiner Zufall.

Weiter gilt, daß jeder spezielle Automat, möge dieser Satellitenbahnen berechnen, Mazurkas schreiben oder seinerseits Automaten erzeugen, nur ein Zustand A_n von A ist. Dies gilt auch für den Fall, daß A_n doppelt so groß oder x-mal so kompliziert wie A ist.

Zahnräder schnitt er sich selber, an einer Drehbank in seinem Kartoffelkeller. *Aus Überdruß an öffentlichen Verkehrsmitteln lief er oft meilenweit über Land.* Radios und andere Geräte pflegte er mit Bindfäden zu reparieren. Der Geheimdienst schätzte ihn, weil er jeden Code brechen konnte. Allerdings wurde er leicht ohnmächtig, auch ohne ersichtlichen Grund.

Wir sind uns darüber im klaren, daß es unmöglich ist, von vornherein lückenlos anzugeben, welche Lösungen der Automat auswerfen kann und welche nicht. In jedem geschlossenen System von genügender Reichhaltigkeit gibt es unentscheidbare Sätze. Es mag komisch klingen, aber Tatsache ist, daß der Beweis nur durch den Beweis erbracht werden kann. Im übrigen halten wir fest, daß der universelle Automat unendlich träge, und daß er niemals gebaut worden ist.

Davon abgesehen, pflegte er durch den Regen zu radeln; dabei fand er es praktisch, sich einen Küchenwecker an den Gürtel zu schnallen und eine Gasmaske aufzusetzen; jenes, um immer pünktlich zu sein, dieses aus Furcht vor dem Heuschnupfen, denn er litt an Asthma; immerhin ist das ein menschlicher Zug, der beruhigend wirkt. Warum er es stets vermied, die Haut anderer Personen, einerlei welchen Geschlechts, zu berühren, darüber wissen wir nichts.

Was aber die Turing-Maschine betrifft, so schlagen wir einen Versuch vor. Einer von uns – wir wollen ihn B nennen – tritt mit ihr in Verbindung (über Datensichtgerät oder Fernschreiber). C, ein Zensor, soll das Zwiegespräch überwachen. A simuliert einen Menschen, desgleichen B; und nun soll C entscheiden, wer von den beiden der Mensch, und wer die Maschine ist. Diese Versuchsanordnung wollen wir, nach ihrem Erfinder, ein Turing-Spiel nennen.

Man kann in der Automaten-Kunst Meisterwerke vollbringen, ohne daß man auch nur eine einzige Maschine ausgeführt oder betrieben hätte, so wie man Methoden ersinnen kann, um die Bahn eines Gestirns zu berechnen, das man niemals erblickt hat. (Condorcet.)

Jedesmal nun, wenn die Maschine sich verrät (sei es, indem sie einen Fehler, oder sei es im Gegenteil, indem sie keinen Fehler macht), verbessert sie ihr Programm. Sie lernt und lernt. Es erhebt sich die Frage, wie die Partie enden wird. Wir beantworten diese Frage nicht, halten jedoch fest, daß das Spiel sehr lange dauern kann, und daß es niemals gespielt worden ist.

Jedenfalls will das Gerücht nicht verstummen, man könne ihn, oder sein Simulacrum, zuweilen, an feuchten Oktobertagen besonders, in der Umgebung von Cambridge, auf abgemähten Stoppelfeldern, unberechenbar Haken schlagend, im Nebel querfeldein laufen sehen.

John von Neumann
1903-1957

Doppelkinn, Mondgesicht, leichtes Watscheln –
das muß ein Komiker sein
oder ein Generalvertreter in Teppichböden,
ein Bonvivant aus dem Rotary Club.

Aber wehe, wenn Jáncsi aus Budapest
anfängt zu denken!
Unerbittlich tickt unter der Schädeldecke
sein weicher Prozessor,
ein Flimmern geht durch den Datenspeicher
und blitzartig wirft er ballistische Gleichungen aus.

Eichmann und Stalin hat er mattgesetzt
in drei Zügen: Göttingen–Cherbourg,
Cherbourg–New York, New York–Princeton.
Erster Klasse verließ er die Todeszone.

Mehr brauchte er nicht als vier Stunden Schlaf,
reichlich Schlagobers auf den Mohnstrudel
und ein paar Bankkonten in der Schweiz.

Auch wer nie von ihm gehört hat
(und das sind die meisten),
der setzt mit der Maus in der Hand
seine Schaltalgebra in Gang.
Und was die Künstliche Intelligenz betrifft –
ohne die seinige wäre sie vielleicht heute noch
ein Wechselbalg ohne Adresse.
Ganz egal, ob es um eine Knobelpartie

oder um einen Hurrikan geht,
um fruchtbare Automaten oder um Schußtabellen,
die Kreide in seiner Hand hinkt hinterher –
so schnell ist sein neuronales Netz.

Manisch kritzelt er Hilbert-Räume,
Ringe und Ideale hin. Unbeschränkt
operiert er mit unbeschränkten Operatoren.
Hauptsache: *elegante Lösungen,*
um den Planeten zum Tanzen zu bringen.

Ein altes Wunderkind mit Schnittstelle zum Geheimdienst.
Wummernd landen die Helikopter auf seinem Rasen.
»Fat Man« auf Nagasaki: reine Mathematik.
Der Krieg als Droge. *Eine zu große Waffe*
kann es nicht geben. Immer gut gelaunt
beim Lunch mit den Admirälen.
Eigentlich ist er schüchtern, und es gibt Rätsel,
vor denen seine Black Box versagt.
Die Liebe zum Beispiel,
die Dummheit, die Langeweile.

Pessimismus = Sünde gegen die Wissenschaft.
Energie aus der Dose, Klimakontrolle, ewiges Wachstum!
Island in ein tropisches Paradies zu verwandeln –
kein Problem. Der Rest ist *nebbich.*

Dann der Betriebsausflug auf eine andere Insel,
im Zweireiher, mit geschwärzter Brille: Bikini.
»Operation Wendepunkt.« Der Test war gelungen.
Zehn Jahre brauchte der Strahlenkrebs,
um seine Synapsen abzuschalten.

Isotop

Reffen wir ruhig die Regenschirme!
Die nächste Sintflut wird seicht sein.
Das alte Verfahren, Majore und Kühe
auf Hochspannungsmasten, der allgemeine
Andrang zum Ararat, zu den Alpenvereinen,
das Inlett plötzlich geplatzt, Panik
unter den Klempnern und pampige Tauben
mit oder ohne Ölzweig, das alles
hat sich nicht recht bewährt: Immer
dieselben Gerechten entstiegen der Arche
und begaben, den Wasserleichen zum Hohn,
Wandelanleihen und Päpste al pari.

Heute sind im Ural und in Arizona
Nobelpreisträger in Rudeln dabei,
den Wirkungsgrad zu verbessern,
um die Knöchel der Damen zu schonen.
Zuversicht herrscht in den Labors,
aus den Türritzen dringt ein Tau,
ein Ausschlag, feucht und human,
bomben-, tod- und betriebssicher, fett,
ein heiserer hauchdünner Schweiß.

Vorbei ist die Zeit der Versuche,
aus den Poren de Welt kriecht längst
eine dürre Flut, und wir ersaufen,
diszipliniert vor den Fahrkartenschaltern
kniend in Kuckucksuhren und Jod.

II

Giovanni de' Dondi
1318-1389

Giovanni de' Dondi aus Padua
verbrachte sein Leben
mit dem Bau einer Uhr.

Einer Uhr ohne Vorbild, unübertroffen
vierhundert Jahre lang.
Das Gangwerk mehrfach,
elliptische Zahnräder,
verbunden durch Gelenkgetriebe,
und die erste Spindelhemmung:
eine unerhörte Konstruktion.

Sieben Zifferblätter
zeigen den Zustand des Himmels an
und die stummen Revolutionen
aller Planeten.
Ein achtes Blatt,
das unscheinbarste,
wies die Stunde, den Tag und das Jahr:
A.D. 1346.

Geschmiedet mit eigener Hand:
eine Himmelsmaschine,
zwecklos und sinnreich wie die *Trionfi*,
eine Uhr aus Wörtern,
erbaut von Francesco Petrarca.

Aber wozu vergeudet ihr eure Zeit
mit meinem Manuskript,

wenn ihr nicht fähig seid,
es mir nachzutun?

Dauer des Tageslichts,
Knoten der Mondbahn,
bewegliche Feste.
Ein Rechenwerk, und zugleich
der Himmel noch einmal.
Aus Messing, aus Messing.
Unter diesem Himmel
leben wir immer noch.

Die Leute von Padua
sahen nicht auf die Uhr.
Ein Putsch folgte dem andern.
Pestkarren rollten über das Pflaster.
Die Bankiers
stellten ihre Positionen glatt.
Es gab wenig zu essen.

Der Ursprung jener Maschine
ist problematisch.
Ein Analog-Computer.
Ein Menhir. Ein Astrarium.
Trionfi del tempo. Überbleibsel.
Zwecklos und sinnreich
wie ein Gedicht aus Messing.

Nicht Guggenheim sandte
Francesco Petrarca Schecks
zum Ersten des Monats.
De' Dondi hatte keinen Kontrakt
mit dem Pentagon.

Andere Raubtiere. Andere
Wörter und Räder. Aber
derselbe Himmel.
In diesem Mittelalter
leben wir immer noch.

Jacques de Vaucanson
1709-1782

Das Publikum war exquisit. Ein Knistern
ging durch die seidenen Toiletten: Phantastisch!
Ein Chef-d'œuvre: die mechanische Ente.
Auch Diderot war begeistert. Der Automat
watschelte, planschte im Wasser:
Welche Delikatesse in allen Teilen!

Die Flügel glitzerten in der Sonne,
zwei mal vierhundert bewegliche Teile.
Ein metallisches Flirren, ein Schnattern
aus Stahl und Lack. Der Künstler errötet.
Bescheiden, reizend, ein wenig linkisch.

Aber *je größer und komplexer eine Maschine,*
desto mehr Verbindungen finden statt
zwischen ihren einzelnen Teilen;
je weniger man diese Verbindungen kennt,
desto mehrdeutiger wird unser Urteil sein.

Bravo! Der Kardinal de Fleury umarmt nach der Vernissage
den Erfinder, und flugs beruft er ihn an die Spitze
der Seidenmanufaktur zu Lyon.
Welcher Fall tritt also ein, wenn die Maschine
in jeder Hinsicht unendlich ist?

Sonderbar, wie sich der neue Inspekteur
einschließt. Fragt niemand, zeichnet fieberhaft.
Der Traum der Vernunft gebiert Ungeheuer:
Maschinen zum Bau von Maschinen.

Der automatische Webstuhl, angetrieben
von einem einzigen Wasserrad (oberschlächtig)
über endlose Ketten. *Vollkommenheit, Ökonomie.*

Der geglättete Eisendraht, geschnitten
in immergleiche Stücke, und immer gleich
an jedem Ende gebogen zu gleichen Gliedern;
ein Haken, immer gleich, nimmt den Draht auf,
der das nächste Glied zu bilden bestimmt ist.

Von der Haspelei bis zum Walkwerk
ein integrierter industrieller Komplex,
gut ausgeleuchtet, voll klimatisiert:
ein Entwurf von unerhörter Eleganz.
(Zwischen Rendite und Ingenium
finden gewisse Verbindungen statt.)

Von nun an bringen die Arbeiter von Lyon
jede wache Stunde ihres Lebens
in einem riesigen Spielzeug zu,
in dem sie gefangen sind: *dergestalt,*
daß ein jeder fortwährend den immer gleichen
einfachen Handgriff ausführt,
und zwar immer besser und rascher.

Welcher Fall tritt also ein,
wenn die Weber sich wehren?
Zerbrecht das Haspelwerk!
Steinigt den Blutsauger!

Dem aufsässigen Pöbel zur Strafe
konstruierte er einen Esel,
welcher ein geblümtes Zeuch webte.
Und so fort. *(Wer aber den Menschen*

das Licht der Aufklärung bringt,
der muß gefaßt sein auf Nachstellungen.)

Dann Jacquard. Jacquard war der Nächste
mit seinen Lochkarten. Fortschritte,
Barrikaden. *Die Blutbäder*
waren unvermeidlich.

Auch die Ente wurde verbessert:
Schließlich pickte sie Körner auf,
verdaute sie sorgfältig, und *der Gestank,*
der sich jetzt im Raume verbreitet,
ist unerträglich. Wir möchten dem Künstler
die Freude ausdrücken, die seine zauberhafte
Erfindung uns allen bereitet hat.

Étienne Jules Marey
1830-1904

Sein Rauschgift waren die Tatsachen. Immer korrekt,
Weinhändlerssohn von der Côte d'Or, wohlbeleibt,
Positivist im Stehkragen, Zwickerträger,
zugeknöpft lauert er, unbewegt,
hinter seinem Gerät jeder Bewegung auf, jagt
nach der flüchtigsten Beute: der *Sprache*
der Phänomene selbst, einem Phantom. In der Rue
de l'Ancienne Comédie wird ein neues Schauspiel gegeben.

Der Professor mietet Bühne, Zuschauerraum, Garderoben.
Verschläge, flüchtig gezimmert: der kleine Salon
mit dem Klavier, die mechanische Werkstatt, und
(über Hühnerleitern erreichbar) Studierzimmer,
Bett und Archiv. Übrig bleibt ein riesiger Raum,
die Manege, glänzend gebohnert, in der sich,
vor schwarzen und weißen Tüchern, auf Schaukeln,
an Schnüren, im Lampenlicht, die Tatsachen zeigen.

Die Taube, an den Ausleger eines Karussells geknüpft,
fliegt sie denn, oder wird sie geflogen? Die Spur
ihrer Schwingen ist unsichtbar; doch folgt ihr,
pneumatisch gesteuert durch ein Gewirr
von Schläuchen und Trommeln, ein stählerner Stift;
zittrig ritzt er das rußgeschwärzte Papier.
Was da schreibt und zeichnet, sich selber mißt,
ist eine Halluzination, genannt »die Natur«.

Muster von mathematischer Eleganz, Beziehungen
zwischen Frequenz und Muskeltonus, Temperatur
und Druck: Wellenformen, Schwingungen, Sprünge.
Alle Variablen der Lokomotion: *La machine animale.*
In der Luft und im Wasser. Der Aal, der Klavierspieler,
die Molluske, das Salamanderherz: die Traktrix,
die Zissoide; Stau-, Schnitt- und Hüllkurven;
Wirbel, Flugbahnen, Diagramme . . . Kurzum, »die Welt«

ist eine Augentäuschung: Nichts sehen wir so,
»wie es ist«, und das was sich zeigt, verbirgt sich.
Immer feinere Fallen, sinnreichere Instrumente,
abstraktere Waffen. Der Physiologe zielt
mit dem *photographischen Schnellfeuergewehr:*
pro Minute sechzehnmal öffnet sich der Verschluß,
und vor dem schwarzen Vorhang die weiße Möwe
hinterläßt *ein endloses leuchtendes Bild.*

Er bastelt, entwirft, baut die erste Filmkamera
der Welt. Nicht weil er filmen will: er will sehen.
Auf den Champs-Élysées steigt ein Mann
von seinem Fahrrad ab; niemand weiß, wie.
Das zeigt nur die Zeitlupe. Also erfindet er sie.
Sein Theater füllt sich mit Astrophysikern, Ärzten,
Leuchten der Wissenschaft. (Ganz hinten im Saal,
unbeachtet, sitzt ein gewisser Edison, Kapitalist.)

Um ein Insekt zu studieren, muß ich Insekten bauen.
So wird der Forscher zum Demiurgen: er fälscht
abstrakte Herzen, propellergetriebene Vögel,
Maschinen die atmen. Übers gewachste Parkett
kriecht das Faksimile einer Schlange. Den Flug der Möwe
gießt er in Bronze. Ein phantastisches Tier:
vierdimensionales Flattern, geronnene Fortbewegung,
fließender Stillstand. Zeit, die man anfassen kann.

Narr, unter dessen Hand alles zum Artefakt ward,
Götzendiener der Wissenschaft von der Ausbeutung,
Unschuldslamm, Taylors Terror die Bahn brechend,
nichtsahnender Ahne Hollywoods, nebenbei
Künstler, wider Willen Erfinder, Mallarmé
aus Versehen, Genie der Reproduktion: Unbewegt
blickt uns das Auge des Großen Beobachters an,
mattviolett, eine blinde Iris aus Silberbromid.

Frederick Winslow Taylor
1856-1915

So eifrig sind nur die Wahnsinnigen. *Ja, Mama.* Gewissenhaft
füllt er die Zuckerdosen, bürstet sich ab, spielt Klavier,
nimmt pünktlich sein kaltes Bad, kratzt seinen Teller aus,
und den Rasen unterm Magnolienbaum mäht er entsetzlich oft.

Schweißdurchnäßt fährt er aus dem Schlaf. Mit dreizehn also
näht er sich ein Ledergeschirr, spickt sein Bett mit hölzernen
Nägeln.
Der Träumer, kaum daß er sich auf den Rücken wälzt,
sticht sich wach, bevor die Angst ihn ertappt hat.

Ein Gefesselter. *Das Wort* Ich *kommt in seinen Schriften
nicht vor.*
Abstinenzler, Nichtraucher, weder Kaffee noch Tee. *Ein Leben
ganz geweiht der Wohlfahrt des arbeitenden Menschen.* Ja,
Mama.
Bethlehem heißt das erste Stahlmonopol. Härter werden,

eifriger schuften und sparen! Selten war ein Lakai mutiger.
Akkordhetze gegen die Bummelei. *Wir müssen Freunde werden!*
(Arbeit und Kapital.) Daß sie ihn nicht erschlagen haben,
diesen Fakir, der sie anbrüllte: *Ihr habt nicht zu denken!* –

eigentlich deprimierend. Hoch die Norm, Stoppuhren her.
Mit jedem Handgriff die Klasse spalten, zerstückeln.
Vivisektion,
unbedingte Unterordnung der Massen. (Lenin bewundert ihn.)
Unser Nagelbrett ist die Produktion. Es predigt uns der Prophet

die Wissenschaft von der spanabhebenden Fertigung, die Wissenschaft
von der Riemenführung, die Wissenschaften des Mauerns, des Bürstens
und des Klavierspiels, *zwangsläufig ausgenutzt bis zum maximalen Grad,*
und die Wissenschaft von der Abtötung allen Fleisches.
Ja, das sind sie:

Die nächsten Aufgaben der Sowjetmacht: die besten Überwachungssysteme,
die großartigsten Errungenschaften! Ja, Mama. *Zuhaus,*
auf der Farm, in jeder Kirche, in allen Amtsstuben.
Die Ausbeutung der Wissenschaft wird zur Wissenschaft von der Ausbeutung.

Stets *gesund und normal:* Unförmig döst er im Sitzen, schlaflos
auf unförmigen Kissenburgen. Ein Sozialautomat. Sein Leben lang impotent.
Ja, Mama. Auf einem vergilbten Foto trägt er, ein bulliger Mann
mit hängenden Augenlidern, ein rosa Blüschen und einen Rüschenrock.

Ansonsten Dampframmen, hundert Patente. Der beste Schneidewinkel
für breitnasigen Schnelldreh-Schruppstahl. *Die höchste Prosperität*
muß einem jeden zum Vorsatz werden. Lebt sehr zurückgezogen,
Rosen züchtet er und zieht, sorgfältig, im Sterben seine Taschenuhr auf.

Zur Erinnerung an Sir Hiram Maxim
1840-1916

I

Auf dem Schulweg, im Straßengraben,
das Heulen des Tieffliegers, dann
Staubwölkchen links, vorne, rechts,
lautlos, und erst hinterher
das Hämmern der Bordkanone.
Die Bewunderung hielt sich in Grenzen.

II

Später, viel später, taucht er auf
aus dem alten Lexikon. Ein Bauernjunge.
Die Farm in der Wildnis, heimgesucht
von den Bären. Das ist sehr lange her.
Mit vierzehn die Stellmacherlehre:
16 Stunden am Tag, vier Dollar Monatslohn.
Schlug sich durch als Gelbgießer,
Boxer, Instrumentenmacher, schrie:
Ein chronischer Erfinder bin ich!,
verbesserte Mausefallen, Lockenwickler
und baute ein pneumatisches Karussell.
Sein Dampfflugzeug, Kesselgewicht
1200 Pfund, drei Tonnen Speisewasser,
zerschellte am Eigengewicht.
Auch sein Kaffeersatz war kein Erfolg.
Erst die große Ausstellung in Paris,
eine Feerie aus Glühfäden und Bogenlampen,
brachte die Ehrenlegion und die Erleuchtung.

III

Drei Jahre später konnte der Prince of Wales
in den Kellergängen von Hatton Garden
ein präzises Wunder besichtigen:
es lud, spannte, verriegelte, zog ab,
öffnete den Verschluß, warf die Hülse aus,
lud und spannte, immer wieder, von selbst,
und die Kadenz – fabelhaft! Die Kadenz:
zehn Schuß pro Sekunde, Dauerfeuer.
Der Rückstoßlader! Das ist genial,
rief der Duke of Cambridge, nie wieder
wird der Krieg sein, was er gewesen ist!
Eine Waffe von unerhörter Eleganz.
Der Ritterschlag folgte postwendend.

IV

Heute natürlich, wo diese Errungenschaft
auf jedem Schulhof zu haben ist,
fällt es schwer zu empfinden,
was er empfunden hat: die triebhafte Freude
eines bärtigen Säugetiers mit 270 Patenten.
Wir jedenfalls, hundert Jahre jünger als er,
lagen wie tot da am Straßenrand.

Unheimliche Fortschritte

Über Sigfried Giedions Werk ›Die Herrschaft der Mechanisierung‹

An einem wolkenlosen Vormittag im Herbst 1785 setzte der dreißigjährige Mechanikus Oliver Evans, ein vierschrötiger Mann mit blauroter Gesichtsfarbe, am Redclay Creek in den Wäldern von Delaware eine sonderbare, drei Stockwerk hohe Vorrichtung aus Holz und Eisen in Betrieb, die er mit eigenen Händen erbaut hatte: eine Mühle ohne Müller – die erste vollautomatische Produktionsanlage der Welt. Das komplizierte System von Aufzügen, Förderbändern, Becherwerken und Mehlschrauben wurde vom Eigengewicht des Mahlgutes in Gang gehalten. Kontinuierlich und ohne den Zugriff einer menschlichen Hand wurde das Getreide transportiert, gekoppt, gemahlen, gekühlt, gesichtet, gebeutelt und verladen.

Die Mühle, die sich damals, in einem abgelegenen Winkel der Neuen Welt, ächzend und scheppernd in Bewegung gesetzt hat, muß den Zeitgenossen vorgekommen sein wie die Ausgeburt eines kranken Gehirns. Fachleute, die den menschenleeren Automaten begutachten sollten, nannten ihn »einen Klapperkasten, der die Aufmerksamkeit eines vernünftigen Mannes nicht verdient«. Zweihundert Jahre später, bei grob gerechnet fünfzig Millionen Arbeitslosen in den Industriezonen der Welt, werden wir das Lebenswerk des Oliver Evans wohl etwas ernster nehmen müssen.

Über die Figur des Erfinders wissen wir nicht allzuviel, außer daß er ein gelernter Stellmacher war, ein Hinterwäldler, ein Eigenbrödler, ein jähzorniger Autodidakt, der nie eine höhere Schule von innen gesehen hat. Als junger Mann soll er einen neuen Apparat zum Kratzen von Wolle und Baumwolle entworfen haben; nebenher erfand er die erste brauchbare Eismaschine der Welt; und in Philadelphia, das damals noch eine bukolische kleine Siedlung war, stellte er den verblüfften Bürgern eines Tages einen amphibischen Bagger vor. Das fünfzehn Tonnen schwere Gefährt trug eine Hochdruck-Dampfmaschine auf dem Rücken und war mit einer Pumpe, einem Paddelrad und einem endlosen Band versehen, das die Schöpfeimer trug. Wir stellen uns den Erfinder vor, wie er stolz am Steuer steht, sein unförmiges Fahrzeug bis zur Schiffslände dirigiert, mit einem Hebelgriff die vier Wagenräder abwirft und flußabwärts dampft, bis er hinter einer Biegung des Delaware-Flusses unseren Blicken entschwindet.

Die Mühle ohne Müller, von der sich nur ein paar Konstruktionszeichnungen erhalten haben, wirft eine ganze Reihe von Fragen auf. Wie ist dieses rätselhafte Objekt entstanden? Was waren seine Voraussetzungen? Was war sein Zweck? Und was waren seine Folgen?

Oliver Evans war schon lange tot, und seine Mühle war längst vermodert, als sich endlich jemand daran machte, diese Fragen zu beantworten. Mitten im Zweiten Weltkrieg schrieb ein Schweizer Gelehrter namens Sigfried Giedion ein Buch über die Mechanisierung der Welt. Giedion war, genau wie Evans, ein Außenseiter, ein eigensinniger Selbstdenker, und genau wie Evans war er seiner Zeit voraus. Ein Indiz dafür ist die Tatsache, daß es fünfunddreißig Jahre lang gedauert hat, bis sein Buch, 1948 in den USA und in England erschienen, in die Sprache des Autors (zurück)übersetzt wurde.

Giedion wurde 1888 als Sohn eines Fabrikanten aus der Textilbranche in Brünn geboren. Seine wissenschaftliche Karriere ist höchst ungewöhnlich. Er hat Maschinenbau und Kunstgeschichte studiert – eine Kombination von Interessen, die seinen Fachkollegen skandalös erschienen sein muß. Noch ärger war das Verhältnis von Theorie und Praxis, das Giedion seiner Arbeit zugrunde legte. Weil ihm die Produkte der schweizerischen Möbelindustrie nicht gefielen, gründete er eine Firma, ließ bessere Stühle, Lampen, Tische entwerfen, herstellen und vertreiben. Statt seine kunsthistorischen Kenntnisse – er hatte bei Wölfflin promoviert – in die Seminare zu tragen, erweiterte er sie in den Ateliers der Surrealisten. Sein brennendes Interesse an Architektur und Urbanistik äußerte sich nicht nur in seinen Schriften, es führte ihn zum Bauhaus und in das Studio Le Corbusiers. Er war Forscher und Unternehmer, Techniker und Journalist, Organisator und Historiker, Reporter und Archäologe zugleich. Seine Tätigkeit muß die Professoren seiner Zeit gründlich erschreckt haben; denn sie bedrohte ihre heiligsten Grundsätze. Es ist deshalb auch kein Wunder, daß ihm die Schweizer Hochschulen erst nach dem Zweiten Weltkrieg, eher widerwillig, die Möglichkeit eröffnet haben, seine Kenntnisse weiterzugeben; 1948, in einem Alter, da andere an ihre Emeritierung denken, wurde Giedion Privatdozent in Zürich.

»Man schrieb bisher viel zuviel über die Wissenschaften und viel zuwenig über die mechanischen Künste. Das hat uns veranlaßt, auf die Handwerker zurückzugreifen. Wir machten uns die Mühe, sie in ihren Werkstätten aufzusuchen, sie auszuforschen, nach ihrem Diktat Aufzeichnungen zu machen oder Denkschriften von ihnen zu erlangen. Wir mußten uns sogar öfters Maschinen verschaffen, sie aufstellen, selber Hand anlegen, sozusagen Lehrlinge werden und schlechte Werkstücke machen, um anderen zu zeigen, wie man richtige macht. So überzeugten wir uns von der Unkenntnis, in der man sich den meisten Gegenständen des Lebens gegenüber befindet, und von der Notwendigkeit, aus dieser Unkenntnis herauszukommen.«
Man muß bis auf Diderots *Prospekt der Enzyklopädie* (1750) zurückgehen, um einen Präzedenzfall für Giedions Vorgehen zu finden. Als er sich an seine Pionierarbeit machte, durchmu-

sterte er zunächst die Bibliotheken in der Hoffnung, sich auf die Forschungen seiner Vorgänger zu stützen. »Bald jedoch bemerkte ich, daß das unmöglich war. Über weite Strecken gab es keinerlei Vorarbeiten. Es war mir zum Beispiel nicht möglich, eine einzige Darstellung so revolutionärer Vorgänge wie der Entwicklung der Bandproduktion oder der Einführung mechanischen Komforts und seiner Geräte in unsere intime Umgebung zu finden. Ich mußte also auf die Quellen zurückgehen.«
Diese Primärquellen aber waren in keiner Universitätsbibliothek zu finden. Sie gehörten zum vergänglichen Abfall der Industriegesellschaft. Wie ein Detektiv mußte Giedion die Papierkörbe des neunzehnten Jahrhunderts durchwühlen, um die Reklamebroschüren, Patentschriften und Verkaufskataloge längst untergegangener Firmen aufzuspüren; und wo die gedruckten Quellen ihm nicht genügten, fand er andere Mittel, um an das Material, das er brauchte, heranzukommen. Er versandte zum Beispiel Hunderte von Fragebogen an die amerikanischen Hersteller von Badewannen und Sanitärbedarf. Wo es nötig war, wurde der Gelehrte, wie Diderot, zum Reporter, zum »Lehrling«. Er sah sich auf dem Werkgelände des Landmaschinenkonzerns McCormick um, probierte auf einer Farm in Neu-England einen neuartigen Mähdrescher aus und studierte die Mechanisierung des Todes in den Schlachthöfen von Chicago.

Um aber noch einmal auf Oliver Evans zurückzukommen, den Müller, der sich gewissermaßen selbst abgeschafft hat ... Seine Mühle ist natürlich nicht vom Himmel gefallen. Einige ihrer Bauelemente lassen sich bis auf die Antike zurückführen, so zum Beispiel die Eimerkette, die im Orient, von China bis nach Ägypten, für Bewässerungszwecke benutzt worden ist. Der Kunsthistoriker Giedion kann sogar eine Zeichnung von Pieter Breughel nachweisen, auf der zu sehen ist, wie man 1561 in Holland einen Kanal ausgeschachtet hat; deutlich ist auf dem Bild zu erkennen, wie die Eimerkette als Bagger wirkt. Und in einem technischen Tafelwerk der Spätrenaissance findet Giedion eine »Maschine zum Heben von Wasser mittels der archimedischen Schraube«. Neuartig und sensationell an dem Evanschen Entwurf sind also nicht die einzelnen Teile, neu ist ihre Integration zu einem Werk, das den Menschen als Produzenten ausschließt.

Stufe um Stufe zeigt Giedion nun, wie sich dieses Prinzip im Laufe der technischen Evolution durchsetzt. Er gräbt Dokumente aus, die eine Zwieback-Manufaktur in England, eine Werkzeugmaschinenfabrik in der Schweiz und ein Fließbandsystem in den Schlachthäusern von Cincinnati zeigen – Vorläufer des Fordschen Montagebandes und der vollautomatischen Fertigungsstraßen in der heutigen Automobilindustrie.

Schwerer ist die Frage zu beantworten, was Evans, diesen »einsamen und prophetischen Geist«, eigentlich veranlaßt hat, seinen »hölzernen Müller« zu erfinden und zu bauen. In Amerika gab es gegen Ende des achtzehnten Jahrhunderts keine eigentliche Industrie. Billige Arbeitskraft war reichlich vorhanden. Kapitalistisches Kalkül oder gar Rationalisierungsdruck kann deshalb als Erklärung für das Projekt des Oliver Evans nicht dienen. Seiner Arbeit fehlt jedes ökonomische oder soziale Motiv. Hat er sie aus Übermut unternommen? Hat er ein Spielzeug gebaut, aus keinem anderen Grund, als daß es ihm technisch denkbar schien? Oder steckte unausdrücklich und dunkel doch eine Utopie dahinter: die Abschaffung der Arbeit? Das ist eine Frage, die sich Evans nicht gestellt hat und die auch Giedion letzten Endes nicht beantworten kann.

Fest steht dagegen, daß die Idee, den Menschen aus dem Produktionsprozeß zu entfernen, zuerst als zweckfreie Bastelei, als geniale Marotte aufgetaucht ist. Giedion nennt Pionierleistungen dieser Art »Vorratserfindungen«, und er kann zeigen, daß sie eher die Regel als die Ausnahme sind. Der Gedanke, daß sein Automat nicht nur die Arbeit, sondern auch den Arbeiter überflüssig machen würde, lag dem Müller von Philadelphia fern. Hinter dem biologischen und dem historischen Prozeß zeichnen sich die Umrisse einer Dritten Evolution ab, einer Evolution der technischen Geräte, die ebenso bewußtlos wie die beiden ersten verläuft. Der Erfinder ist nichts weiter als ihr blinder Handlanger.

Die Naturgeschichte der Technik gleicht einem riesigen, kaum erforschten Dschungel. Sigfried Giedion erhebt nicht den Anspruch, ihn im Ganzen zu vermessen und zu kartographieren; er schlägt nur, beispielshalber, einige Schneisen in das unbekannte Terrain. Immer wieder betont er dabei, daß es darauf ankommt, eine »anonyme Geschichte« zu schreiben, deren Protagonisten sich nur ausnahmsweise dingfest machen lassen. Der Erfinder als Held verschwindet in einer unüberschaubaren Menge von Handwerkern, Tüftlern, obskuren Geschäftsleuten und Ingenieuren. Gerade am umscheinbaren, übersehenen Detail erweist sich, was ein Historiker taugt und wie tief sein diagnostischer Blick reicht. »Auch in einem Kaffeelöffel spiegelt sich die Sonne«, sagt Giedion in einer Maxime, die es verdient, berühmt zu werden.

Auch das Schloß hat seine Geschichte, auch das Fleisch, das Eis und das Brot; der Autor verfolgt sie von der Gotik bis zur Gegenwart. Er ist also keineswegs auf den industriellen Prozeß im engeren Sinn fixiert, und er beschäftigt sich nicht nur mit modernen Entwicklungen wie der des Schlafwagens oder der künstlichen Befruchtung. Diese historische Reichweite verleiht seinen Längsschnitten durch die Geschichte des Mähens, des Sitzens, das Badens und des Backens einen eigentümlichen Reiz. Manchmal kann man den Eindruck haben, daß sich Giedion in der Fülle des Skurrilen verliert. Mitten in einer Abhandlung über die Patentmöbel des neunzehnten Jahrhunderts findet sich zum Beispiel eine Rhapsodie auf die Hängematte,

und es ist zunächst nicht ganz klar, was das Loblied auf dieses indianische Möbel bedeuten soll. Aber bald stellt sich heraus, daß Giedion die Leichtigkeit, Beweglichkeit und Eleganz der Hängematte hervorhebt, um gegen die schwerfälligen, monströsen Möbel des »herrschenden Geschmacks« zu polemisieren und die Fähigkeiten ihrer anonymen Erfinder gegen die Herrschaft der Tapezierer auszuspielen. Er sieht hier eine spezifisch amerikanische Denkweise am Werk. Um diesen Gedanken plausibel zu machen, konfrontiert er die Hängematte mit den Mobiles von Alexander Calder. Derartig kühne, grenzüberschreitende Gegenüberstellungen findet man in seinem Buch auf Schritt und Trittt. Eine Skizze von Paul Klee steht neben einem Trickfoto des amerikanischen Rationalisierungsfachmanns Frank Gilbreth, das einen komplizierten Bewegungsablauf der Analyse zugänglich macht, und der Patentstuhl eines französischen Erfinders kehrt in einer Collage von Max Ernst wieder.
Überhaupt zeigt sich schon beim ersten Durchblättern dieses kiloschweren Bandes, daß hier eine seltene visuelle Intelligenz am Werk war. Giedion hat einen Typus des Bilderbuches entwickelt, der ebenso lehrreich wie amüsant ist. Ich könnte mir einen Leser vorstellen, der sich damit begnügen würde, die über fünfhundert Abbildungen zu studieren. Die Bildlegenden sind so souverän und exakt abgefaßt, daß er dabei durchaus auf seine Kosten käme. In diesem Sinn hat Stanislaus von Moos ganz recht, wenn er *Die Herrschaft der Mechanisierung* in seinem Nachwort als »*roman illustré* der Industriekultur« bezeichnet.

Sigfried Giedion verschont uns mit dem Höhenflug der Kunstgeschichte, der Borniertheit der Technologie und dem Lamento der Kulturkritik. Er schafft eine ungeheure Menge von Material heran. Sein Respekt vor den Tatsachen rückt ihn in die Nähe des Positivismus. Wenn er dennoch nicht der Stoffhu-

berei verfällt, dem bloßen Sammeleifer, so liegt das daran, daß er Objektivität nicht mit dem Verzicht auf eigenes Denken verwechselt. Sein Positivismus ist phantastisch, erratisch und interessiert; er verfolgt immer eine praktische Absicht.
Man hat seinem Werk gelegentlich vorgeworfen, daß es lükkenhaft ist. Tatsächlich hat Giedion weite Felder seines Themas einfach ausgespart. Der auffälligste Mangel seines Buches ist, daß die Industrialisierung des Bewußtseins fehlt. Weder die Drucktechnik noch der Film, weder das Telefon noch die Rechenmaschine kommen darin vor. Auch die Mechanisierung der Rüstung, der Medizin und des Verkehrs wird nicht erörtert. Indessen gehen solche Einwände an der Methode Giedions vorbei, die nicht auf Vollständigkeit zielt, sondern exemplarisch verfährt.
Bleibt die Frage nach dem »Standpunkt« dieses Autors, eine Frage, die in Deutschland nach wie vor unvermeidlich scheint und die letzten Endes auf die Zumutung hinausläuft, jeder, der sich öffentlich äußert, möge sich gefälligst selber an das Kreuz irgendeiner Ideologie nageln.
Mit Giedion wird man es in dieser Beziehung schwer haben. Zwar hat er sich in den zwanziger und dreißiger Jahren für das »Projekt der Moderne« äußerst tatkräftig engagiert, vor allem auf dem Gebiet der Kunst und der Architektur. Er war jahrzehntelang Generalsekretär des CIAM, einer einflußreichen Gruppe von Architekten, deren führende Mitglieder Gropius, Le Corbusier und Alvar Aalto hießen. Von daher erklärt sich sein Affekt gegen das Ornament, den er mit Loos und mit den Funktionalisten teilt. Auch in der *Herrschaft der Mechanisierung* spielt diese *bête noire* der Moderne eine wichtige Rolle; sie taucht dort unter dem Stichwort »herrschender Geschmack« auf. Gemeint sind, wie Giedion in einer inspirierten Bemerkung sagt, »jene transitorischen Erscheinungen, die die Gefühle der Massen absorbieren, wie die Nachbildungen, die bei der künstlichen Befruchtung den Samen des Stiers aufnehmen«.

Giedion trat also für die Thesen der Moderne ein; aber er unterschrieb damit keine Doktrin. Die Geringschätzung der Geschichte, die blinde Fortschrittsgläubigkeit, der stupide Maschinenkult und der kahle Optimismus – Züge, die das Neue Bauen von Anfang an entstellt haben und die bei seinen Epigonen zur fixen Idee wurden – waren ihm gänzlich fremd. In seinem Vorwort von 1948 heißt es: »Spätere Epochen werden diese Zerstörungsakte, diesen Mord an der Geschichte nicht verstehen.« Der Satz bezieht sich auf den Gedächtnisschwund der amerikanischen Industrie, aber er könnte auch auf den »herrschenden Geschmack« des Wiederaufbaus nach dem Zweiten Weltkrieg gemünzt sein. Besser als die meisten seiner Weggenossen hat Giedion die abgründige Ambivalenz der Mechanisierung begriffen. Er wollte das Dilemma der Industrialisierung nicht verklären, sondern so deutlich wie möglich artikulieren.

Daß er seinen eigenen Einsichten philosophisch nicht ganz gewachsen war, mögen ihm andere vorwerfen. Zugegeben, wenn er fordert, die »Kluft zwischen Denken und Fühlen« müsse endlich überwunden werden, so wirkt dieser Appell hilflos und naiv, und wenn er behauptet, die Mechanisierung sei »neutral. Alles hängt davon ab, wie man sie gebraucht«, so fällt er hinter seine eigenen Einsichten zurück.

Die nüchternen Ahnungen dieser Schrift reichen dort am weitesten, wo ihr Autor spezifisch wird; dort, wo er den Widerspruch zwischen Mechanisierung und lebender Substanz historisch untersucht. Dabei setzt er verhältnismäßig harmlos an, nämlich bei den Versuchen zur industriellen Brotherstellung. In der ersten Hälfte des neunzehnten Jahrhunderts stellte sich heraus, daß das Mehl und der Teig hochempfindliche Gebilde sind, die der industriellen Verwertung einen eigentümlichen Widerstand entgegensetzen. Miutiös beschreibt Giedion die hartnäckigen Versuche der Ingenieure, diesen Widerstand

zu brechen. Dieser Kampf ums Brot hat sich lange hingezogen. In Amerika haben bekanntlich die Techniker gesiegt; in Europa ist die restlose Abschaffung des Brotes bis heute nicht gelungen.
Einen Schritt weiter geht Giedion bei dem Versuch, die Geschichte der »wissenschaftlichen Betriebsführung« aufzuklären. Die Pioniere der Zeit- und Bewegungsstudien, von Taylor bis zum MTM-System, haben untersucht, bis zu welchem Grad der menschliche Körper »in einen Mechanismus verwandelt werden kann«. Giedion schreckt nicht davor zurück, die Rationalität, die hier am Werk ist, bis in den Schlachthof zu verfolgen. Auch beim Einfangen, Aufhängen, Töten, Enthaaren und Enthäuten hatten die Ingenieure mit der Widerspenstigkeit des »organischen Materials« zu kämpfen. Aus diesem Grund gibt es bis heute keine vollautomatisierten Schlachtanlagen. Gleichwohl hat die Technik des Tötens enorme Fortschritte gemacht; sie »hat sich im großen Maßstab erst im Zweiten Weltkrieg gezeigt, als ganze Bevölkerungsschichten, wehrlos gemacht wie das Schlachtvieh, das kopfüber am Fließband hängt, mit durchtrainierter Neutralität ausgetilgt wurden«. Mit einer solchen Betrachtungsweise, die auf den strukturellen Kern unserer Zivilisation zielt, läßt Giedion die Bewältigungsdebatten, die in den fünfziger Jahren üblich waren, weit hinter sich.
Seine ebenso richtige wie aussichtslose Schlußfolgerung lautet: »Die Mechanisierung hat vor der lebenden Substanz haltzumachen ... Dies fordert eine Einstellung, die sich von der Idolatrie der Produktion radikal abwendet.« Mit diesem Satz, der vor vierzig Jahren geschrieben wurde, ist der Historiker der industriellen Zivilisation bei einem zentralen Postulat aller ökologischen Bewegungen angekommen.

Nach wie vor scheint zu gelten, daß es Jahrzehnte dauert, bis im Betrieb der Gesellschaftswissenschaften der Groschen fällt. Inzwischen ist der Historiker selbst historisch geworden. Sigfried Giedion, der 1968 starb, ist wie Norbert Elias und Walter Benjamin ein Anthropologe, der uns lehrt, in den Eingeweiden unserer Zivilisation zu lesen. Über eine vollständige Theorie verfügt er nicht. Es liegt ihm fern, die Zukunft aus der Vergangenheit »abzuleiten«. Die allegorische Deutung ist nicht seine Sache. Gerade die Offenheit und Beweglichkeit seines Denkens, in dem das Unvorhersehbare nicht liquidiert wird, macht die Aktualität und die Brauchbarkeit seiner Lehren aus.

Berliner Modell 1967

(Dezimal-Klassifikation 621.382)

Unsere Neuentwicklung ist ein universelles Bausteinsystem mit verminderter Ausfallwahrscheinlichkeit.
Sämtliche Schaltkreise sind integriert.
Ein neuartiger Batch-Prozeß erlaubt das Aufdrucken sämtlicher Widerstände auf ein isolierendes Substrat bei entsprechend geringen Kosten.
Eingehende Studien ergaben, daß der doppelkaschierte Print die günstigste Lösung darstellt.
Mehrere Trägerplatten können bei hoher Packungsdichte zu einer Verbundetage mit gemeinsamer Verdrahtung zusammengefaßt werden.
Eingriffsfehler werden automatisch korrigiert.
Wir bevorzugen grundsätzlich monolithische Schaltungen.
Glücklicherweise braucht man bei dieser Technik weder auf Toleranzen noch auf parasitäre Elemente Rücksicht zu nehmen. Außerdem können Schaltkreis-Familien in Transistor-Transistorlogik sehr wirtschaftlich hergestellt werden.
Die Grundschaltung ist ein Master-Slave-Flipflop. Er besteht aus zwei bistabilen Schaltungen, dem Master und dem Slave. Die Eingänge sowohl in den Master als auch in den Slave werden vom Taktpuls freigegeben oder gesperrt.
Die Ansprechschwellen der Eingangsgatter in den Master- bzw. Slave-Flipflop werden selbstverständlich verschieden gewählt.
Alle Operationen werden durch ein zentrales Steuerwerk veranlaßt, das Befehlsspeicher, Grenzwertspeicher und die gesamte Logik enthält.
Die Anlage verfügt ferner über einen Störwertdrucker.

Dauerregulierbefehle überträgt man aus Sicherheitsgründen am besten in einem separaten Kanal.

Zur Unterdrückung innerer und äußerer Störer sind bei allen Schaltkreis-Familien besondere Maßnahmen unerläßlich.

Systemeigene Störer entstehen durch Zustandsänderungen von Bausteinen, die mit den Eingängen nicht logisch verknüpft sind. Zur Verminderung der Kopplungen müssen in solchen Fällen schärfere Maßnahmen ergriffen werden. Das ist der Preis, der für ein schnelleres System gezahlt werden muß.

Systemfremde Störspannungen entstehen in der Außenwelt und können die unterschiedlichsten Größen und Frequenzen annehmen. Die Gegenmaßnahmen sind im wesentlichen Eingangsfilter sowie verdrillte und abgeschirmte Leitungen. Zusammenfassend kann man sagen, daß die Störsicherheit der Baureihe gegen innere Störungen besser ist als die der Vorgänger, und daß die äußeren Störer relativ sicher beherrscht werden können.

Unsere Neuentwicklung ist völlig ausgereift und zukunftssicher.

Ein breiter Einsatz wird in den kommenden Jahren erwartet.

Ein Hase
im Rechenzentrum

Die schnellste Maschine,
Parallelarchitektur,
knapp tausend Megaflops,
vermag seinem kleinen Gehirn
nicht zu folgen.

Die bebende Oberlippe
zuckend im Neonlicht,
die großen Augen starr
auf den Bildschirm gerichtet,
trommelt er panisch
gegen das graue Linoleum.

Dann, es ist drei Uhr früh,
der letzte Plasmaphysiker
ist nach Hause gegangen,
schnellt er plötzlich hoch
und jagt im Zickzack
zwischen Monitoren
und stotternden Druckern
durch den verlassenen Raum.

Weicher Feigling,
fünfzig Millionen Jahre
älter als wir!
Dem Blutdurst der Jäger,
der Ramme, dem Gas,
dem Virus entkommen,
schlägt er ungerührt seine Haken.

Aus dem Eozän hoppelt er
an uns vorbei in eine Zukunft,
reich an Feinden,
doch nahrhaft und geil
wie der Löwenzahn.

Das digitale Evangelium
Propheten, Nutznießer und Verächter

1. Die Bocksprünge der Theorie

Es hat lange gedauert, bis die Menschheit anfing, sich über die Medien, die ihr gegeben waren, den Kopf zu zerbrechen. Erst die Sprache – dann die Grammatik, die Rhetorik, die Linguistik, die Sprachphilosophie; erst die Schrift – dann die Reflexion auf die Schriftlichkeit; erst die Münze – dann die Numismatik. Die Theorie hinkt hinter ihren Gegenständen her. Dabei ist es ein paar Jahrtausende lang geblieben.

Auch über die neueren Medien wurde erst mit gehöriger Verspätung nachgedacht. Sie haben sich gleichsam naturwüchsig, hinter dem Rücken der Gesellschaft entfaltet. Kein Philosoph hat die Tüftler und Bastler, die weltfernen Mathematiker, bescheidenen Ingenieure und die verkannten Genies begleitet, die sie auf den Weg brachten. Die Implikationen der Erfindung, die Gutenberg machte, sind erst im zwanzigsten Jahrhundert, in der Abenddämmerung der Schwarzen Kunst, eingehend analysiert worden. Als der Telegraph aufkam, waren es nicht Akademiker, sondern Militärs und Spekulanten, die seine Bedeutung begriffen. Ebenso unbeobachtet kamen Photographie und Film zur Welt. Daguerre und Talbot, die Brüder Lumière, Étienne Marey und Georges Méliès vollbrachten ihr Werk in selbstgebauten Ateliers und Labors, in Scheunen und auf Jahrmärkten, nicht in den Räumen einer Universität. Lange bevor Kracauer seine filmtheoretischen Werke schrieb, hatte der deutsche Generalstab die Gründung der UFA betrieben, weil er erkannte, welche Möglichkeiten dieses Medium der Propaganda eröffnete. Brechts weitsichtiger Text über den *Rundfunk als Kommunikationsapparat* erschien 1932, zu einem

Zeitpunkt, da Hitlers Gebrüll bereits in ganz Europa zu hören war. Die philosophischen Fakultäten quittierten diese Arbeiten, ebenso wie das Werk Walter Benjamins, mit hartnäckigem Schweigen. Noch in den fünfziger Jahren beschränkte sich das Interesse der Fakultäten auf einen Wurmvorsatz der Germanistik, die sogenannte Zeitungswissenschaft, die sich mit einem über dreihundert Jahre alten Medium befaßte. Und als Marshall McLuhan endlich anno 1962 mit seiner Theorie des Fernsehens die Szene aufmischte, stand der Kasten bereits in jedem zweiten Wohnzimmer.

Woran es freilich nie gefehlt hat, das waren die Warner und die Mahner. Die Kulturkritik ist älter als ihr Name. Sie läßt sich bis in die Antike zurückverfolgen. Platons Höhlengleichnis ist ihr unerreichtes Vorbild. Jedem Medium folgt wie ein Schatten der Verdacht des Sinnverlustes und der Uneigentlichkeit. Schwerlich läßt sich das politische Interesse übersehen, das den erhobenen Zeigefinger motiviert. Die Alphabetisierung bedrohte das Informationsprivileg der Gelehrten und Gebildeten, und jedes neue Medium gefährdete in den Augen der Obrigkeit die Moral der Untertanen. Vor der Romanlektüre wurde bereits im achtzehnten Jahrhundert mit denselben Argumenten gewarnt, die heute gegen das Fernsehen ins Feld geführt werden. An Stringenz hat diese Kritik seither nicht gewonnen. Die Geste, mit der sie irgendwelche »Werte« hochhält, erinnert an die des Streifenpolizisten, der dem Verkehrssünder die rote Kelle zeigt. Daß der Medienverkehr auf diese Weise aufgehalten werden könnte, ist unwahrscheinlich, und zwar schon deshalb, weil die Kritik kein nennenswertes Interesse für die Tatsachen aufbringt. Wer beispielsweise behauptet, wir würden uns zu Tode amüsieren, sieht gänzlich vom Terror der Reklame und vom Wiederholungszwang der Programme ab, die wahrhaftig keinerlei Amüsement versprechen, sondern hochkonzentrierte Langeweile; er scheint auch nicht zu bemerken, daß tödliche Unfälle vor dem Fernseher selten sind, verglichen mit den Opfern, die durch Kalaschnikows, Automobile und andere Waffen ums Leben kommen. Es handelt sich hier um Formen der Medienkritik, die eher der Sphäre der Trivialliteratur als der Wissenschaft zuzurechnen sind.

Was aber die Theorie angeht, so hat sie in den letzten Jahrzehnten zum großen Sprung vorwärts angesetzt. Seitdem sich herumgesprochen hat, daß die Bewußtseinsindustrie zur Schlüsselbranche des ausgehenden zwanzigsten Jahrhunderts geworden ist, gilt die Kommunikations- und Medienwissenschaft als akademisches und publizistisches Wachstumsfeld. (Wie es abzustecken wäre, ist ebenso unklar wie die einschlägige Begrifflichkeit. Die Rede von der »Kulturindustrie« hört sich inzwischen altfränkisch an. Man kann den Akzent auch auf die technische Dimension legen und von den elektronischen Medien sprechen. Wer wie Peter Glotz die politische Ökonomie nicht verlernt hat, wird den Ausdruck »digitaler Kapitalismus« bevorzugen. Wahrscheinlich erleben epochale Veränderungen ihre endgültige Taufe immer erst post festum.)

Die Aufholjagd der Theorie hat zu bemerkenswerten Ergebnissen geführt. Weit zurückliegende Phasen der Mediengeschichte sind erst in jüngster Zeit analytisch untersucht und in ihren Implikationen verstanden worden. In Deutschland haben vor allem die Arbeiten von Friedrich Kittler und Jochen Hörisch gezeigt, was solche Forschungen leisten können. Daß sich der neuen Disziplin auch eine ziemlich buntscheckige Schar von Adepten zugewandt hat, sollte nicht wundernehmen. Enttäuschte Germanisten, versprengte Soziologen, ehrgeizige Journalisten, mehr oder weniger seriöse Philosophen, mehr oder weniger kompetente Schriftsteller, hie und da sogar der eine oder der andere Naturwissenschaftler – sie alle versuchen den Anschluß an jene Techniken zu gewinnen, die ihnen so lange vorausgeeilt waren. Die Beschleunigung der Medien hat inzwischen auch ihre Theoretiker erreicht. Der Eifer, den sie an den Tag legen, verleitet sie oft genug zu Übersprungshandlungen, ganz so, als hätten sie eine peinliche Scharte auszuwetzen. Es genügt ihnen nicht, die Praxis einzuholen; sie möchten ihr am liebsten zuvorkommen. Deshalb tendiert ihre Reflexion zur Prognose. Daß das Leben meist auch den bestraft, der zu früh kommt, davon könnten allerdings die meisten Futurologen ein Lied singen, wenn sie es nicht vorzögen, von ihren Blamagen zu schweigen.

Daß die Medienpropheten in doppelter Formation auftreten, ist nicht überraschend. Die beiden Fraktionen folgen einem vertrauten religionsgeschichtlichen Muster: auf der einen Seite finden wir die Apokalyptiker, auf der andern die Evangelisten. In mehr als einer Hinsicht hat ja der technische Fortschritt die Nachfolge der Offenbarungsreligionen angetreten. Heil und Unheil, Segen und Fluch lesen die Auguren seit der Aufklärung nicht mehr in den Heiligen Schriften, sondern aus den Eingeweiden der technischen Zivilisation. Beiden Verkündigungen ist ein sonderbar befriedigter, um nicht zu sagen triumphierender Unterton gemeinsam.

Die digitalen Evangelisten begnügen sich nicht mehr mit der alten Frohbotschaft von der Perfektibilität des Menschen. Nur die naivsten unter ihnen sehen in der globalen Dorfgemeinschaft die Lösung unserer Probleme. Weltweite Kommunikation und Vernetzung, direkte elektronische Demokratie, gleichberechtigter Zugang zu jeder Art von Information, Abbau von Hierarchien, nachhaltige Nutzung von Ressourcen, kurzum, Homöostase und Harmonie – das sind einige ihrer Verheißungen. Sie erinnern in ihrer Erinnerungslosigkeit an die nukleare Euphorie der Nachkriegszeit, die in der sogenannten friedlichen Nutzung der Kernspaltung die Lösung aller Energieprobleme sah. Wie damals, so genießen derartige Experten auch heute das Wohlwollen finanzstarker Konzerne, und ihre Forschungsergebnisse sind von den Botschaften einer Public-Relations-Agentur kaum zu unterscheiden.

Aber bei diesen menschenfreundlichen Visionen lassen es die

neuesten Evangelisten nicht bewenden. Ihr Weitblick reicht über den Horizont der Spezies hinaus. Angesichts der Mangelhaftigkeit des Menschen reißt ihnen die Geduld. Schließlich übertrifft schon die Lebenserwartung eines ganz gewöhnlichen Schraubenziehers die unsrige, und ein hinreichend großer Rechner speichert unvorstellbar viele Daten rascher und zuverlässiger als unser hinfälliges Gedächtnis. Sehnsüchtig erwarten daher die Freaks unter den Evangelisten die nächsten Schritte der Evolution. Zunächst geht es um die Emanzipation des Menschen von seiner unmittelbaren, organisch bedingten Erfahrung. An die Stelle der schmuddligen Lebenswelt soll der hygienisch einwandfreie Cyberspace treten, eine erste Stufe der Befreiung vom eigenen Körper. Oswald Wiener hat bereits 1969 zur *verbesserung von mitteleuropa* aufgerufen – ein Werk, dem spätere Propheten wenig hinzuzufügen hatten. Der Cyborg, eine Chimäre aus Mensch und Maschine, ist der nächste logische Schritt zur Selbstabschaffung der Gattung. Am Ende sollen fortschrittliche Automaten, die mit dem Makel der Sterblichkeit nicht behaftet sind, das hinfällige Geschlecht gänzlich ersetzen. Diese Maschinen werden auch dem Durcheinander der Sexualität ein Ende machen; sie sind nämlich in der Lage, sich auf einwandfrei keimfreie Art und Weise fortzupflanzen. Von den militanteren Pionieren der Künstlichen Intelligenz wurde dieses selbstlose Ziel schon vor Jahrzehnten verkündet. Die in den Sand gesetzten Forschungsgelder, die Hartnäckigkeit des Mind-body-Problems, die vielen Pleiten, die ihren Verheißungen beschieden waren – das alles kann die Projektemacher in ihrem Behagen nicht stören. Propheten sind gegen Tatsachen immun. Das macht ihren Reiz aus.

Die apokalyptische Fraktion hingegen ist jeder Sympathie mit der großen Industrie unverdächtig. Sie ist von Drittmitteln unabhängig, verzichtet auf Subventionen und verkündet ihre Schreckensmeldungen auf eigene Rechnung und Gefahr. Sie versichert uns, daß das Ende, ohne daß wir es bemerkt hätten, bereits eingetreten ist. Der Medienphilosoph Paul Virilio teilt uns mit, daß wir längst zu Mutanten geworden sind und im Zustand des »rasenden Stillstands« leben. Raum und Zeit sind uns abhanden gekommen. Übertroffen werden seine Thesen von Baudrillard, dem zufolge alles, was wir für wirklich halten, in Wirklichkeit längst verschwunden ist. Unsere Medien haben jede Möglichkeit, zwischen Schein und Sein zu unterscheiden, bereits abgeschafft. Die Welt ist nur noch eine Simulation. Damit hat sich die Frage nach dem Sinn erledigt. Auch die Behauptungen der Apokalyptiker zeichnen sich durch einen triumphierenden Tonfall aus. Sie haben den Charme des Endgültigen. Ihrer Radikalität haftet die Selbstzufriedenheit dessen an, der über alle Illusionen erhaben ist und die allgemeine Verblendung durchschaut hat. Auch in diesen Fällen erweist es sich als Vorteil, daß die Medienphilosophie, wenn sie sich zu solchen Höhen erhebt, auf Tatsachen keine Rücksicht mehr zu nehmen braucht.

Es ist nicht meine Absicht, mit Propheten zu konkurrieren. Philosophische Höhenflüge habe ich nicht zu bieten. Ich begnüge mich mit einigen zerstreuten Überlegungen. Dabei gebe ich mich der Hoffnung hin, daß *common sense* und Theorie sich nicht wie Hund und Katze begegnen müssen. Vielleicht können sie einander sogar gelegentlich auf die Beine helfen.

2. Der Gebrauchswert als Bremser

Gewöhnlich greifen die technischen Medien nicht nur der Theorie, sondern auch der Praxis vor. Einer der Gründe dafür, daß unter ihren historischen Erfindern so viele, von Gläubigern verfolgt, im Armenhaus starben, liegt darin, daß sie den Gebrauchswert ihrer Werke verkannten, ja, daß er sie gar nicht sonderlich interessierte. Gutenberg hatte keineswegs Postwurfsendungen und Boulevardblätter im Sinn, als er die beweglichen Lettern schuf. Er wollte nur eine schöne Bibel drukken. Bell soll zuerst an Hörgeschädigte gedacht haben, als er auf die Idee der Telephonie kam, und Étienne Marey entwikkelte seine Kamera, um die Bewegungsabläufe von Tieren zu untersuchen; Hollywood lag ihm gänzlich ferne.

Neue Medien sind immer auf der Suche nach unbekannten Bedürfnissen. An ihren Pionieren fällt eine kuriose Autonomie auf. Wenn sich Bastler, Ingenieure, Programmierer etwas ausdenken, sind sie ausschließlich an den Eigenschaften ihrer Spielzeuge interessiert. Der mögliche Benutzer ist für sie nur ein störender Ignorant. Die Logenbrüder der Technik bilden, ebenso wie die Mediziner, eine Geheimsprache aus, einen Jargon, der ihr Herrschaftswissen sichern soll. Das war schon bei den Buchdruckern so, die ausgesprochene Initiationsriten kannten. Ebenso stolz waren die High-Fidelity-Spezialisten auf die Unverständlichkeit ihrer Produktbeschreibungen, und die Computerentwickler und Software-Ingenieure haben diese Art der Selbstreferenz auf die Spitze getrieben.

Während frühere Medien noch halbwegs handgreiflich waren – wer das Alphabet beherrscht, kann ohne weiteres mit jedem Buch umgehen –, so hat der Abstraktionsgrad neuerer Erfindungen derart zugenommen, daß ihre Anwendung sinnlich nicht mehr zu vermitteln ist. Die Betriebssysteme heutiger Rechner sind für den normalen Benutzer unzugänglich, und selbst dem Service-Techniker fehlen die notwendigen mathematischen Kenntnisse, um zu begreifen, was er tut. Er ist auf eine pragmatische Trickkiste angewiesen und kann bestenfalls das eine oder andere Modul austauschen.

Aber nicht nur die zugrundeliegenden Schaltungen sind dem Anwender Hekuba. Er sieht sich auch mit einer Komplexität konfrontiert, die auf das, was er braucht, keinerlei Rücksicht nimmt, und mit Kapazitäten, die er nur zum geringsten Teil nutzen kann. Die Handbücher, die ihm geliefert werden, könnten, was ihre Verständlichkeit angeht, auch von Marsmenschen verfaßt sein.

Die Suche nach Zwecken für die vorhandenen und exponentiell zunehmenden technischen Mittel nimmt zuweilen groteske Formen an. Die elektronische Speisekarte soll den Kellner ersetzen, der Multimedia-Kühlschrank automatisch einkaufen, das angeblich intelligente Haus für Beschallung sorgen, und so immer fort.

Eine Industrie, die sich den Phantasien ihrer Ingenieure unterwirft, gehorcht auf der einen Seite dem Gesetz der rasenden Beschleunigung; sie nimmt aber auf der anderen Seite die sonderbarsten Blockaden in Kauf. Indizien für diese strukturelle Trägheit sind in jedem Wohnzimmer zu besichtigen. Unsere Häuser füllen sich mit einer wachsenden Menge von Blechkisten. Wer Musik hören will, muß einen Turm aufstellen, der aus Tuner, Verstärker, Boxen, CD-Spielern und Recordern verschiedener Formate besteht. Auch der Fernseher wirft immer neue Junge; er braucht diverse Videorecorder, Decoder, Satellitenempfänger. Telephone, Anrufbeantworter, Faxgeräte verstopfen den Schreibtisch, und der Rechner verlangt nach einer weiteren Kistenfamilie aus Druckern, Modems, Netzgeräten, Scannern und Brennern, von denen jede einzelne das Studium einer hundertseitigen Betriebsanleitung erfordert. Der Zustand der sogenannten Multimedia-Branche läßt sich am Gewirr der Kabel ablesen, über welche die Putzfrau stolpert. Vom technisch möglichen Zusammenschmelzen der elektronischen Medien kann in Wirklichkeit keine Rede sein.

Hätten die Automobilhersteller ihren Kunden zugemutet, daß sie einen Crashkurs in technologischem Kauderwelsch absolvieren, bevor sie sich ans Steuer setzen dürfen, so wäre es nie zum permanenten Stau auf unseren Straßen gekommen. Die digitalen Medien schließen durch ihre Benutzerfeindlichkeit zwei Drittel der Bevölkerung von ihrem Gebrauch aus. Man fragt sich vergeblich nach dem ökonomischen Sinn dieser Sabotage.

Einwände dieser Art können das Zukunftspotential der Medien nicht in Frage stellen. Sie zeigen nur, daß der Prozeß ihrer Aneignung langwierig und voller Hindernisse ist. Wie in früheren Phasen der Mediengeschichte wird es lange dauern, bis sich herausstellt, wozu das Neue gut ist und wozu nicht. Hoffnungsvoll stimmen in dieser Hinsicht die Zwölfjährigen, von denen viele den Jargon der Industrie verachten und, ohne den unbrauchbaren Handbüchern auch nur einen Blick zu schenken, auf eigene Faust ausprobieren, wozu der nagelneue Schrott, der ihnen angeboten wird, am Ende taugen kann.

3. Die Netzestadt

»Darum laßt uns hier eine Stadt gründen / Und sie nennen Mahagonny / Das heißt: Netzestadt! / Sie soll sein wie ein Netz / Das für die eßbaren Vögel gestellt wird. / Überall gibt es Mühe und Arbeit / Aber hier gibt es Spaß. / Denn es ist die Wollust der Männer / Nicht zu leiden und alles zu dürfen. / Das ist der Kern des Goldes.«

Brechts zweideutige Verheißung aus dem Jahre 1929 hat inzwischen eine Bedeutung angenommen, von welcher der Autor nichts wissen konnte. Wie bei der Telegraphie waren es auch im Fall des Internets die Militärs und die Geheimdienste, die als erste erkannt haben, wozu man die Erfindung einiger Tüftler brauchen konnte. Dann kamen die Wissenschaftler aus dem Genfer CERN und schufen, zunächst für ihre eigenen Bedürfnisse, das World Wide Web. Seither hat sich das Netz explosiv entwickelt. Auch hier blieben die Theoretiker der Praxis auf den Fersen, und an Versuchen, sie zu überholen, hat es nicht gefehlt. Doch der wahre Evangelist des Netzes ist das Kapital. Nie zuvor ist in ein Medium zu rasch so viel Geld investiert worden. Unternehmen der Netztechnologie, die Jahr für Jahr riesige Verluste erwirtschaften, wurden an der Börse mit astronomischen Kursen gehandelt. Ihr Marktwert übertraf den vieler multinationaler Industriekonzerne. Das Internet galt als das Mekka der Investoren.

Doch waren es nicht nur zukünftige Traumrenditen, welche die Phantasie beflügelt haben. Auch über die gesellschaftlichen Auswirkungen der neuen Medien ist viel geschrieben worden. In einem Text von 1970, der damals viel zitiert wurde, heute aber vor allem durch seinen schneidigen Ton auffällt, heißt es: »In ihrer heutigen Gestalt dienen Apparate wie das Fernsehen oder der Film . . . nicht der Kommunikation sondern ihrer Verhinderung. Sie lassen keine Wechselwirkung zwischen Sender und Empfänger zu. Dieser Sachverhalt läßt sich aber nicht technisch begründen. Im Gegenteil: die elektronische Technik kennt keinen prinzipiellen Gegensatz von Sender und Empfänger . . . George Orwells Schreckbild einer monolithischen Bewußtseins-Industrie zeugt von einem Verständnis der Medien, das undialektisch und obsolet ist. Die Möglichkeit einer totalen Kontrolle solcher Systeme durch eine zentrale Instanz gehört nicht der Zukunft, sondern der Vergangenheit an . . . Informations-Quarantänen, wie sie der Faschismus und der Stalinismus verhängt haben, sind heute nur noch um den Preis bewußter industrieller Regression möglich.« Und schließlich: »Die neuen Medien sind ihrer Struktur nach egalitär. Durch einen einfachen Schaltvorgang kann jeder an ihnen teilnehmen; die Programme selbst sind immateriell und beliebig reproduzierbar.«

Wohl gesprochen zu einer Zeit, da von Internet noch keine Rede war. Doch führte der Versuch des Verfassers, die Medienpraxis zu überholen, zu allerhand Erwartungen, die heute naiv anmuten. Dem imaginären Netz der Zukunft wurden – ganz im Gegensatz zu den alten Medien – utopische Möglichkeiten zugeschrieben; seine emanzipatorische Potenz stand für den Dichter außer Frage. Ganz im Sinn der marxistischen Theorie

hegte er ein unbegrenztes Zutrauen in die berühmte »Entfaltung der Produktivkräfte«, eine materialistische Variante der christlichen Trias von Glaube, Liebe und Hoffnung. Heute würden auf derartige Verheißungen nur die Evangelisten des digitalen Kapitalismus schwören. Vielleicht empfiehlt sich dreißig Jahre später eine gewisse Nüchternheit.
Richtig an solchen Prognosen war allerdings die Unterscheidung zwischen zentral gesteuerten und dezentral verfaßten Medien. Man braucht nur die Extremfälle zu betrachten, um die politische Bedeutung dieses Unterschieds zu begreifen. Auf der einen Seite das Edikt, die Kaiserliche Botschaft, die das Gefälle zwischen Befehl und Gehorsam voraussetzt; auf der andern Seite der »herrschaftsfreie Diskurs« gleichberechtigter Teilnehmer. In diesem Sinn ist das Netz tatsächlich eine utopische Erfindung: es hat den Unterschied zwischen Sender und Empfänger abgeschafft. Eine zentrale Instanz, die imstande wäre, es zu kontrollieren, existiert nicht mehr.
Dezentrale Medien sind jedoch kein historisches Novum, und die Trennung zwischen einseitiger und wechselseitiger Kommunikation ist relativ. Ohne Feedback kommt auch ein Befehlshaber nicht aus. Ein gutes Beispiel für diese Unschärfe bietet bereits ein sehr frühes Medium, nämlich das Geld. Die Münze unterliegt, wie schon Hoheitszeichen und Herrscherbild beweisen, zunächst ganz der Verfügung einer zentralen Instanz, die sie prägt. Dann aber zirkuliert sie jenseits aller Kontrollen unter den Marktteilnehmern. Auch die Post diente zunächst ausschließlich dem Verkehr zwischen privilegierten Herrschern, bis sich nach langem Hin und Her ihr öffentlicher Gebrauch durchsetzte. Ein allgemein zugängliches Postwesen existiert in Europa seit vier Jahrhunderten, und seine Globalisierung erfuhr es vor mehr als hundert Jahren, nämlich mit der Gründung des Weltpostvereins im Jahre 1874. Spätestens mit der Verlegung der ersten Überseekabel für die Telephonie war bereits das erste weltweite Netz installiert. All diese Entwick-

lungen bedrohten das Informationsmonopol der Regierungen und setzten zähe Auseinandersetzungen über die Kontrolle der Medien in Gang. Die Briefzensur ist dafür das klassische Beispiel. Später konnten sich an den Vermittlungsknoten der Telekommunikation die Behörden, aber auch andere Nutznießer einschalten. Verschlüsselungstechniken aller Art waren die Antwort auf solche Lauschangriffe. Bankiers und Generalstäbler codierten ihre Botschaften, die Gegenseite versuchte sie zu entziffern. Heute wetteifern Hacker, Softwareunternehmen und Geheimdienste mit avancierten Methoden der Zahlentheorie um die Herrschaft über die Datenbanken.

Was die Kontrolle letzten Endes unmöglich macht, sind aber weniger die immer ausgefeilteren Chiffriertechniken. Es ist das schiere Volumen des Verkehrs. Kein Filter kann verhindern, daß die Zensurinstanzen unter dem Informations-Overkill zusammenbrechen. Sie erfahren nicht zuwenig, sondern zuviel.

Jeder denkbare Lauscher wird an einer prinzipiellen Eigenschaft der Datenströme ersticken, nämlich an ihrer überwältigenden Banalität. 99,999 % aller Botschaften sind allenfalls für ihre Empfänger von Interesse, und selbst das ist noch übertrieben. Auch insofern trügt die Prophezeiung von der emanzipatorischen Kraft der neuen Medien. Nicht jedem fällt etwas ein, nicht jeder hat etwas zu sagen, was seine Mitmenschen interessieren könnte. Die vielbeschrieene Interaktivität findet hier ihre Grenze.

Das hat sich schon früh am Beispiel der Kurzwellen-Amateure gezeigt, die zu den Pionieren des Funkverkehrs gehören. Sie tauschten eifrig ihre Positionen aus und sprachen über die technischen Leistungen ihrer Geräte. Darüber hinaus hatten sie sich kaum etwas mitzuteilen – ähnlich wie die zahllosen Sprayer, deren Graffiti sich gewöhnlich darauf beschränken, »Kilroy was here« zu melden oder »Ich bin ich«. Auch die offenen Fernsehkanäle, mit denen man in den siebziger Jahren experimentierte, zeigten kaum anderes als öde Vereinsmeierei

und hilflosen Exhibitionismus – eine Entwicklung, die in der interaktiven Talkshow und im Chatroom ihre Krönung fand.
Während die Web-Pioniere in ihrem elektronischen Idealismus ein Medium für den herrschaftsfreien und kostenlosen Diskurs im Sinn hatten, sah das Kapital in seiner göttergleichen Indifferenz bald die Verwertungschancen, die das Netz ihm nach beiden Seiten hin bot. Zum einen ging es um die ökonomische Kontrolle des Datenverkehrs, zum andern um die Kommerzialisierung der Inhalte. Seitdem hat die Verschmutzung des Netzes durch die Werbung ständig zugenommen.
Auch auf seiten der Nutzer zeigt die Globalisierung manche ihrer Kehrseiten. Zwar triumphieren auf Tausenden von Homepages Eigenbrötelei und Dissidenz. Keine Nische, kein Mikromilieu, keine Minorität, die im Netz nicht ihre Heimstatt fänden. Die Veröffentlichung, im Gutenberg-Zeitalter ein Privileg weniger, wird zum elektronischen Menschenrecht, nach dem Motto: Samizdat für alle. Das erklärt die Angst der Macht vor dem Netz in diktatorisch verfaßten Gesellschaften wie Iran oder China.
Doch zugleich ist das Internet ein Dorado für Kriminelle, Intriganten, Hochstapler, Terroristen, Triebtäter, Neonazis und Verrückte. Hier finden alle Sekten und alle Kulte ihr gemütliches Auskommen. Endlich können sich Welterlöser und Satanisten zusammenschalten. Kein Wunder, daß in solchen über den ganzen Globus verteilten Gruppen die Paranoia nistet und daß die Verschwörungstheorien unter ihren zahllosen Adressen blühen und gedeihen. Da kein Zentrum vorhanden ist, kann sich jeder einbilden, er befinde sich, wie die Spinne in ihrem Netz, im Mittelpunkt der Welt. Kurzum, das interaktive Medium ist weder Fluch noch Segen; es bildet schlicht und einfach die Geistesverfassung seiner Teilnehmer ab.

4. Gewinn- und Verlustrechnung

Die Frage, wie die Versprechungen des digitalen Kapitalismus einzuschätzen sind, ist heikel genug, und wer sich auf sie einläßt, riskiert in jedem Fall, sich zu blamieren, gleichgültig, wie seine Antwort ausfällt.

Die Unsicherheit beginnt schon dort, wo es sich um rein ökonomische Kalküle handelt. In den Vereinigten Staaten wird seit längerer Zeit ein lebhafter Streit darüber geführt, ob die Umwälzungen in der Informationstechnologie tatsächlich zu den hohen Produktivitätsgewinnen geführt haben, von denen ihre Propheten schwärmen. Klar ist, daß manche der unmittelbar beteiligten Branchen riesige Zuwachsraten verzeichnen können. Weniger eindeutig sind die Resultate für die amerikanische Wirtschaft insgesamt. Enormen Investitionen stehen keineswegs immer entsprechende Effizienzgewinne und Erträge gegenüber. In vielen Fällen handelt es sich um Wechsel, die auf die Zukunft gezogen werden. Entscheiden läßt sich die Frage kaum ohne Berechnungen, die so verwickelt und vieldeutig sind, daß man ebensowohl aus dem Kaffeesatz lesen könnte.

Die Alltagserfahrung rechtfertigt jedenfalls eine gewisse Skepsis. Jeder kennt die Rede vom papierlosen Büro, und jeder weiß, daß die neuen Techniken ganz im Gegenteil zu einer beispiellosen Verschwendung dieses kostbaren Materials geführt haben. Simple Buchungsvorgänge, die computergestützt abgewickelt werden, pflegen sich um Wochen zu verzögern, und sobald in Banken, Reisebüros oder Versicherungen der Zentralrechner streikt, steht das Personal hilflos vor dem dunklen Bildschirm. Wer versucht, eine sogenannte Hotline anzurufen, kann sich auf penetrante Computerstimmen und lange Warteschleifen gefaßt machen und wird mit pestilenzialischem Musikmüll gepeinigt. Was die Anfälligkeit der digitalen Technik angeht, so bot das 2000-Problem eine bemerkenswerte Kostprobe. Hunderte von Milliarden hat es gekostet, der Borniertheit von Programmierern zu begegnen, die nicht in der Lage waren, ein paar Jahrzehnte vorauszudenken.

Auch was den Abbau von Hierarchien angeht, sind Zweifel angebracht. Daß es in dieser Hinsicht meist bei bloßen Sonntagsreden bleibt, ist freilich der Technik nicht anzulasten. Es liegt eher am Beharrungsvermögen der Platzhirsche, die ökonomische Gesichtspunkte immer nur dann gelten lassen, wenn es darum geht, andere »abzuwickeln«.

Auch die intellektuelle Potenz der digitalen Medien erlaubt nur sehr vorläufige Einschätzungen, und auch hier dürfte das Urteil zwiespältig ausfallen. Jeder Herrlichkeit, die sie zu bieten haben, entspricht ein fataler Verlust. Das fängt schon bei den landläufigen Selbstbeschreibungen an. »Kommunikation ist alles«, heißt es, und überall stolpert man über Bezeichnungen wie »Wissens-« oder »Informationsgesellschaft«, die aus gutem Grund offenlassen, wovon die Rede ist: von Erkenntnis? von Werbung? von bloßen Daten? von Blabla? All diese Begriffe sind schwach auf der Brust. Natürlich kann man behaupten, Information lasse sich nach der Shannonschen Theorie definieren als die Entropie einer Größe, die sich in n Ereignissen mit den Wahrscheinlichkeiten $p_1 \ldots p_n$ realisiert, aber mit dem, was wir suchen, wenn wir etwas wissen wollen, hat diese Bestimmung weiß Gott nichts zu tun.

Die Verwechslung von bloßen Daten mit sinnvoller Information bringt seltsame Chimären hervor. Ein relativ harmloses Beispiel ist das Lexikon. Man kann mit gutem Grund behaupten, daß die Enzyklopädien je neuer, desto reichhaltiger und unbrauchbarer sind. Das liegt daran, daß die Kenntnisse, die sie bieten, immer weiter in immer kleinere Lemmata aufgespalten werden, bis die Einträge zu wenigen Bits geschrumpft sind. An die Stelle des Zusammenhanges tritt das *link*, das per Mausklick zu einer endlosen Suche nach dem Kontext einlädt. Im Vergleich dazu sind alte Lexika, wie die *Encyclopædia Britannica* von 1911, Wunderwerke an Erklärungskraft. Man findet dort, zum Beispiel unter den Stichworten *Electricity, Song* oder *Anarchism,* lange und konzise Abhandlungen von erstklassigen Fachleuten, die auf dem Stand des damaligen Wissens alle gewünschten Auskünfte geben. Die neuen Medien haben dagegen nur Datenschutt und Splitter anzubieten.

Ebenso problematisch ist die schiere Menge an Material, die im Netz greifbar ist – einmal vorausgesetzt, daß es sich um brauchbare Information handelt –, angesichts des unvorstellbar großen elektronischen Schrotthaufens eine kühne Unterstellung. Natürlich ist auch die vielbeklagte Informationsflut nichts Neues. Den meisten von uns steht schon längst nicht mehr zuwenig, sondern zuviel Input zur Verfügung. Als einzig mögliche Gegenwehr bietet sich eine Ökologie der Vermeidung an, die schon in der Grundschule trainiert werden sollte. Natürlich haben auch die Netzbetreiber das Problem erkannt und immer differenziertere Suchmaschinen entwickelt. Davon gibt es inzwischen so viele, daß man Meta-Suchmaschinen braucht, um den richtigen Filter zu finden. Das alles ändert nichts an der Tatsache, daß die Evolution uns mit einem Apparat ausgestattet hat, der schwer zu übertreffen ist: Die beste Suchmaschine ist nach wie vor das Gehirn.

Ein weiterer Angelpunkt ist der allgemeine, unbeschränkte Zugang zum Netz, zweifellos einer seine größten Vorzüge. Doch auch er ist mit gravierenden Nachteilen erkauft. Das Internet hat den Begriff des Originals, der schon durch frühere Medien stark beschädigt war, endgültig liquidiert. Wer der Autor einer e-Mail oder einer Web-Botschaft ist, läßt sich schwerlich ausmachen. Aber mit dem Autor schwindet auch die Autorität. Nicht nur kann jedermann publizieren, jeder kann theoretisch auch in den Text das andern eingreifen, ihn kopieren, ergänzen, umschreiben, plagiieren und fälschen. Paßwörter und Zugangsbeschränkungen lassen sich, wie die Praxis zeigt, mit denselben Methoden überwinden, auf denen sie beruhen.

Auch ein weiterer Vorzug des Rechnernetzes, seine unbeschränkte Speicherkapazität, hat seine Schattenseiten. Das rasante Innovationstempo hat nämlich zur Folge, daß die Halbwertzeit der Speichermedien sinkt. Die National Archives in Washington sind nicht mehr in der Lage, elektronische Aufzeichnungen aus den sechziger und siebziger Jahren zu lesen. Die Geräte, die dazu nötig wären, sind längst ausgestorben. Spezialisten, die die Daten auf aktuelle Formate konvertieren könnten, sind rar und teuer, so daß der größte Teil des Materials als verloren gelten muß. Offenbar verfügen die neuen Medien nur über ein technisch begrenztes Kurzzeitgedächtnis. Die kulturellen Implikationen dieser Tatsache sind bisher noch gar nicht erkannt worden. Vermutlich läuft das Ganze darauf hinaus, daß wir uns immer mehr immer weniger lange merken können.

5. Ein bißchen politische Ökonomie

Der Klassenkampf hat bekanntlich schon bessere Tage gesehen. Auf absehbare Zeit hat der Kapitalismus – digital oder nicht – gesiegt. Die alten Konflikte sind dadurch nicht stillgelegt, aber sie finden nur noch feinverteilt statt, so als hätten sich ausgerechnet die Lohnabhängigen das neoliberale Gebot der Privatisierung zu eigen gemacht. Man kann von molekularen Klassenkämpfen sprechen, die auf allen möglichen Nebenschauplätzen ausgetragen werden.

Dazu kommt eine weitere Komplikation. Die wirtschaftlichen Verteilungskonflikte werden seit geraumer Zeit von neuartigen kulturellen Ausschlußmechanismen überlagert. Bisher war das kulturelle Kapital immer analog zur ökonomischen Klassenschichtung verteilt. Die Bourgeoisie verfügte über die Hochkultur und über jenes Bildungswissen, das ihre Hegemonie befestigte; das Kleinbürgertum investierte in die Ausbildung seiner Nachkommen, um ihre Aufstiegschancen zu verbessern; die Facharbeiter erwarben Qualifikationen, die ihre Arbeitsplätze sicherten, und die Ungelernten mußten sich mit dem kulturellen Existenzminimum begnügen. Mit dieser schichtenspezifischen Verteilung ist es vorbei. Jeder kennt den analphabetischen Geschäftsmann und den habilitierten Taxifahrer. Bildung, oder was dafür gehalten wird, folgt keineswegs der Einkommensstruktur oder dem Lebensstandard. Man könnte sagen, daß sich quer zu den ökonomischen Schichten Informationsklassen gebildet haben, deren Zukunftsaussichten auf keinen einfachen Nenner mehr zu bringen sind.

Außerdem operiert das herrschende Regime mit einem ganz neuen Tugendkatalog, der alle früheren ethischen Codes außer Kraft setzt. Prämiert werden Eigenschaften und Verhaltensweisen, die früher eher als verdächtig galten. Als Kardinaltugend gilt die Flexibilität. Daneben werden Durchsetzungsvermögen, Mobilität und die Bereitschaft zu raschem, lebenslänglichem Lernen gefordert. Wer da nicht mithalten kann, wird ausgeschieden.

Der Zusammenhang mit dem Stand der Medientechnologien liegt auf der Hand. Hypothetisch läßt sich aus diesen Andeutungen eine neue soziologische Struktur ableiten. Man zögert, von einer Klassenanalyse zu sprechen, weil die Fraktionen, die sich abzeichnen, in sich sehr inhomogen sind. Von Klassenbewußtsein in irgendeinem hergebrachten Sinn kann ohnehin keine Rede mehr sein. Es handelt sich eher um funktionelle Differenzierungen. Ich behelfe mich deshalb mit Typisierungen, die der Fabel nahestehen. Dabei ergibt sich ungefähr folgendes Bild.

Ganz oben in digitalen Gesellschaften rangieren die Chamäleons. Sie ähneln jenem Typus, den David Riesman vor Jahrzehnten als außengesteuert beschrieben hat, nur daß es sich nicht um passive Anpasser, sondern um äußerst dynamische

Workaholics handelt. Eine wesentliche Bedingung ihres Erfolges ist es, daß sie mit der materiellen Produktion nichts zu tun haben. Sie sind Agenten, Makler, Vermittler, Anwälte, Consultants, Medienleute, Entertainer, Wissenschafts-, Geld- und Informationsmanager. Ihr Geschäft ist nicht die Hard-, sondern die reine Software. Ihren abstraktesten Ausdruck findet diese Existenzform in den Finanzkonzernen, weil dort das Produkt rein virtuell ist. Auch in der Computerindustrie, in der Telekommunikation und in verwandten Branchen zählt längst nicht mehr das handgreifliche Gerät, sondern das Know-how. Brillante Naturwissenschaftler verlassen die Universitäten, werden Firmengründer und verwandeln ihr Wissen in Patente. Gemeinsam ist all diesen Tätigkeiten, daß sie jener Sphäre angehören, die einst Überbau hieß. Hier fallen inzwischen Gewinne an, von denen die traditionellen Industrien nur träumen können. Die aufsteigende Klasse der Chamäleons hat bereits ihre eigenen Rekrutierungsmechanismen entwickelt. Hochbegabte, die über die geforderten Eigenschaften verfügen, gehen heute nicht mehr in die Politik oder in die Lehre, sondern werden Software-Unternehmer.

Eine zweite Klasse, der man erhebliche Überlebenschancen einräumen kann, ist die der Igel. Was sie auszeichnet, ist gerade ihr Mangel an Flexibilität. Ihre Heimat ist das Gehäuse der Institutionen, das nach wie vor den Seßhaften eine sichere Zuflucht bietet. Das Funktionärswesen in lokalen, nationalen und internationalen Behörden, Verwaltungen, Parteien, Verbänden, Gewerkschaften, Kammern und Kassen aller Art, kurzum: die viel geschmähte Bürokratie hat sich bisher allen Veränderungen der Arbeitsgesellschaft gegenüber als resistent erwiesen. Die Nachfrage nach Regelungen steigt unvermeidlich mit wachsender Komplexität. Über die Zukunft der Millionenheere, die sich solchen Aufgaben widmen, braucht man sich keine Sorge zu machen.

Dagegen wird die Zahl aller anderen Arbeitsplatzbesitzer voraussichtlich weiter schwinden. Man könnte sie unter dem Emblem des Bibers fassen. Die klassischen Produktionssektoren schrumpfen durch Automatisierung, Rationalisierung und Auslagerung in Niedriglohngebiete. In der Landwirtschaft ist dieser Prozeß bereits so weit fortgeschritten, daß der ganze Sektor nur noch durch massive Subventionen am Leben erhalten werden kann.

Die vierte Klasse könnte man als Unterklasse definieren, wäre dieser Begriff nicht allzu pauschal. Ein Totemtier für sie läßt sich nicht angeben, aus dem einfachen Grund, daß die Natur keine überflüssigen Arten kennt. Es handelt sich nämlich um Leute, die nicht in den Tugendkatalog des digitalen Kapitalismus passen und die daher aus seiner Perspektive entbehrlich sind. Sie machen zweifellos auch in den reichen Ländern einen stetig zunehmenden Teil der Bevölkerung aus. Im Weltmaßstab sind sie ohnehin in der überwältigenden Mehrheit.

Sicher gibt es in diesem Millionenheer Freiwillige, will sagen, Menschen, die eine bewußte Wahl getroffen und sich vom Erfolgsdruck der Erwerbsgesellschaft verabschiedet haben. Das ist aber eine Option, die nur den wenigstens offensteht. Sie setzt einen intakten Wohlfahrtsstaat und ein gesundes Selbstbewußtsein voraus. Sicherlich gibt es Virtuosen des Aussteigertums, die in den Nähten und Fugen des kapitalistischen Regimes ihr Auskommen finden, und es wäre lächerlich, sie mit der Elle einer Arbeitsmoral zu messen, die schon aus Mangel an sicheren Jobs ausgedient hat. Normalerweise ist das Los der für überflüssig Erklärten alles andere als beneidenswert. Die meisten Arbeitslosen, Asylbewerber, Leute ohne Berufsausbildung, alleinerziehende Frauen – die Aufzählung ließe sich fortsetzen – finden bestenfalls unterbezahlte Teilzeitjobs, schlagen sich mit Schwarzarbeit oder Prostitution durch oder landen in kriminellen Karrieren.

Der digitale Kapitalismus – um bei diesem Terminus zu bleiben – kann diese Tendenzen nur verschärfen. Den Anforderungen, die er stellt, ist ein großer Teil der Bevölkerung schlechterdings nicht gewachsen. Das ergibt sich nicht nur aus den Zugangsbarrieren – nicht jeder dringt bis zur Harvard Business School oder bis zum MIT vor –, sondern es folgt ganz einfach aus der Gaußschen Normalverteilung. In den Ländern der sogenannten Dritten Welt (wo ist eigentlich die Zweite geblieben?) ist an die Integration der Mehrheit in den globalen Wirtschaftskreislauf ohnehin nicht zu denken. Die politischen Folgen dieser Entwicklung sind unabsehbar.

6. Diesseits der Medien

Ceci n'est pas une pipe. René Magritte, der Erkenntnistheoretiker unter den Malern, hat sich mit seinem berühmten Bild über alle diejenigen lustig gemacht, die die Abbildung einer Pfeife mit einer Pfeife verwechseln. Genützt hat es wenig. Die digitalen Evangelisten werden nicht müde zu behaupten, daß die neuen Medien die Unterscheidung zwischen Realität und Simulation hinfällig gemacht haben. Ein derartiger Grad von Weltfremdheit ist natürlich nur im Seminar, im Labor und im Science-fiction-Film denkbar.

Daß sich diese naiven Simulationstheorien so großer Beliebtheit erfreuen, hat jedoch auch ganz handfeste und banale Gründe. Wie andere Berufe auch leiden Medienarbeiter an Betriebsblindheit. Sie drückt sich in ihrem Fall durch eine so weitgehende Selbstreferenz aus, daß ihnen der Blick auf die Außenwelt schwerfällt. Die Überschätzung der eigenen Rolle verleitet sie dazu, die Medienwelt mit der Realität zu verwechseln. Diese Selbsttäuschung entschädigt sie für die Flüchtigkeit ihrer Produktion und ist insofern für ihr Selbstverständnis unentbehrlich.

Das läßt sich schon am klassischen Journalismus zeigen. Die Tatsache, daß auch die beste Zeitung innerhalb von 24 Stunden zum Altpapier wird, ist eine narzißtische Kränkung, die durch Wichtigkeit kompensiert werden muß. Manche Redaktionskonferenzen gleichen daher Kabinettssitzungen, bei denen über den Aufmacher von morgen diskutiert wird, als hinge das Schicksal der Nation davon ab. Man hat oft den Eindruck, daß Journalisten bei ihrer Arbeit kaum einen Gedanken an ihre Leser wenden; worauf es ankommt, ist das Urteil ihrer Konkurrenten, einer winzigen Zielgruppe, von der aber ihre Karriere abhängt. Unter ähnlichen Realitätseinbußen leidet auch die Werbung. Die sogenannten Kreativen möchten unbedingt als Künstler gelten. Art-Direktoren schielen nach Designer-Preisen. Ohne Rücksicht auf die Wirklichkeit hängen Reklameleute einem Jugendkult an, der ökonomisch unsinnig ist, weil Alterspyramide und Kaufkraftverteilung eine ganz andere Sprache sprechen. Ähnlich geht es in allen anderen Medien zu. Die Parole der *l'art pour l'art* findet hier ein spätes Echo in dem Prinzip *le médium pour le médium.*

Eine weitere Illusion, die fast alle Medienarbeiter hegen, ist der Glaube, daß ihnen die Leute glauben. Auch dieser fatale Irrtum verleitet zur Selbstüberschätzung. Gewiß hat es einmal ein Publikum gegeben, das für glaubwürdig hielt, was schwarz auf weiß zu lesen war. Aber diese Zeiten sind vorbei. Heutige Zuschauer, Leser, Konsumenten sind in dem Sinn hoffnungslos aufgeklärt, daß sie den Medien gegenüber die Wahrheitsfrage einfach ausklammern. Daraus resultiert eine Skepsis, die unüberwindlich ist. So gut wie jeder Leser der *Bildzeitung* weiß, daß das Blatt kein Informations-, sondern ein Unterhaltungsmedium ist. Soweit darin überhaupt etwas mitgeteilt wird, ist die Meldung gewöhnlich erfunden oder irrelevant. Das gleiche gilt natürlich für die überwiegende Mehrzahl aller Fernsehprogramme. Werbung gilt sowieso auf den ersten Blick hin als Lüge.

Daß das Medienangebot, ungeachtet dieser Resistenz auf seiten der Konsumenten, eifrig genutzt wird, verwirrt die Rezeptionsforschung. Das liegt daran, daß diese fast ausschließlich mit quantitativen Methoden arbeitet und deshalb über Wirkungen, die statistisch nicht faßbar sind, etwas Schlüssiges nicht zu sagen weiß. Führt der Konsum von Pornographie zu mehr Vergewaltigungen, oder fungiert er im Gegenteil als Triebventil? Sind die Gewaltszenen, die das Fernsehen liebt, für die Jugendkriminalität verantwortlich zu machen oder nicht? Kein Wunder, daß die Antworten der Forscher äußerst widersprüchlich sind. Wenn die Simulationsthese wahr wäre, könnte man sich die Fragestellung ohnehin sparen. Der Mord im Krimi oder im Videospiel und der Mord vor der eigenen Haustür wären ein und dasselbe.

Auch wenn die Gotteshäuser leer sind und die Bauernhäuser sich in Ferienwohnungen verwandeln, spricht manches für den Rat, die Kirche im Dorf zu lassen. Medien spielen eine zentrale Rolle in der menschlichen Existenz, und ihre rasante Entwicklung führt zu Veränderungen, die niemand wirklich abschätzen kann. Medienpropheten, die sich und uns entweder die Apokalypse oder die Erlösung von allen Übeln weissagen, sollten wir jedoch der Lächerlichkeit preisgeben, die sie verdienen. Die Fähigkeit, eine Pfeife vom Bild einer Pfeife zu unterscheiden, ist weit verbreitet. Wer Cybersex mit Liebe verwechselt, ist reif für die Psychiatrie. Auf die Trägheit des Körpers ist Verlaß. Das Zahnweh ist nicht virtuell. Wer hungert, wird von Simulationen nicht satt. Der eigenen Tod ist kein Medienereignis. Doch doch, es gibt ein Leben diesseits der digitalen Welt: das einzige, das wir haben.

III

III

Schwarz-Weiß-Zeichnung

nach Hermann Weyl

Die weiße Kreide in meiner Hand,
meine Herren, besteht,
wie Sie wissen, aus Molekülen.
Die Moleküle bestehn aus Partikeln,
Ladung, Masse, Strangeness und Spin:
Spuren, die sich auflösen
in der Blasenkammer
und verschwinden, in meiner Hand,
in diesen endlosen Formeln,
die Sie kennen oder nicht kennen,
meine Herren, und die ich hier
an die schwarze Wand zeichne
mit Kreide, mit Kreide, mit Kreide.

Astrale Wissenschaft

Seine Welt aus fast nichts und nichts,
aus spukhaften Superstrings
im zehndimensionalen Raum,
Strangeness, Colour, Spin und Charm –

doch wenn er Zahnweh hat,
der Kosmologe;
wenn er in St. Moritz
über die Piste stiebt;
Kartoffelsalat ißt
oder einer Dame beiwohnt,
die nicht an Bosonen glaubt;
wenn er stirbt,

verdunsten die mathematischen Märchen,
die Gleichungen schmelzen,
und er kehrt aus seinem Jenseits zurück
in die hiesige Welt
aus Schmerz, Schnee, Lust,
Kartoffelsalat und Tod.

Die unterirdische Kathedrale
Annäherungen an einen Wallfahrtsort der Physik

Der Weg nach Genf. In einer ländlichen Gegend, nordwestlich vom Flughafen Meyrin, teils auf Schweizer, teils auf französischem Territorium, liegt eines der größten, ja vielleicht das ehrgeizigste Bauwerk, das unsere Zivilisation hervorgebracht hat. Tief unter Dörfern, Kirchen, Feldern und Wirtshäusern, nicht weit von Les Délices, Voltaires luxuriöser Eremitage in Ferney, verläuft ein 27 Kilometer langer, kreisrunder Tunnel, und über der Erde stören Labors, Bürohäuser, Kühltürme und riesige Montagehallen die bukolische Idylle. Bauherr und Betreiber dieser 602 Hektar großen Anlage ist die Europäische Organisation für Kernforschung CERN, gegründet 1954 von zwölf Mitgliedsstaaten, 1957 in Betrieb gegangen und seither unaufhörlich gewachsen. Heute sind es bereits zwanzig Nationen, die ein Jahresbudget von knapp unter einer Milliarde Schweizer Franken aufbringen; die Bundesrepublik ist mit knapp 23 % der größte Sponsor. Als Non-Members sind ferner Israel, Japan, Rußland, Indien, Kanada, die USA und die Türkei an dem Unternehmen beteiligt. CERN beschäftigt etwa 2700 Physiker, Ingenieure und Techniker, arbeitet mit fünfhundert Universitäten und Instituten aus achtzig Ländern zusammen und verbraucht mehr elektrische Energie als eine mittlere Großstadt.

Aber es sind nicht solche Superlative, die diese Institution charakterisieren, es ist ihre Zielsetzung. Und die ist derart esoterisch, daß es den meisten Steuerzahlern schwerfallen dürfte, sie zu begreifen. Das Wörtchen *nuklear,* das in dem Akronym CERN auftaucht, legt die Vorstellung nahe, als ginge es um die Kernenergie oder gar um die atomare Rüstung, Aufgabenstel-

lungen, mit denen CERN nie das geringste zu tun hatte. Was hier betrieben wird, ist reine Grundlagenforschung. Mit der Bezeichnung Teilchenphysik ist ihr Ziel nur unzureichend beschrieben. Letzten Endes geht es dabei um den Vorstoß in das Innerste der Materie und um Ursprung und Evolution des Universums.
Die folgenden paar Seiten können und wollen keinen Grundkurs in avancierter Physik ersetzen. Es kann sich nur um den Versuch handeln, eine singuläre Institution darzustellen. Nicht von den Fragestellungen und Resultaten jahrzehntelangen Experimentierens soll die Rede sein, sondern von ihren Voraussetzungen. Eine Kohorte von so raffinierten Beobachtern zu beobachten, ist heikel genug. Immerhin gilt es, ein zeitgenössisches Weltwunder, seinen Lebenszyklus und seine Problematik zu besichtigen.

Die Beschleunigung der Beschleunigung. Als der englische Physiker J.J. Thompson 1897 die Kathodenstrahlung untersuchte, eine Arbeit, die zur Entdeckung des Elektrons führte, benutzte er einen Beschleuniger, den ein guter Schlosser in ein paar Tagen fertigen konnte. 1928 erfand der Norweger Rolf Widerøe einen Apparat, der Teilchen auf höhere Energien als beim Kernzerfall brachte. Zwei Jahre später baute Ernest Lawrence das erste Zyklotron. In dieser Maschine wurden die Partikel durch ein Magnetfeld auf einer Spiralbahn gehalten und von einem hochfrequenten Oszillator beschleunigt. Sein erstes Modell hatte bescheidene Ausmaße: der Durchmesser betrug ganze elf Zentimeter. Inzwischen hatte auch die theoretische Physik enorme Fortschritte gemacht, und in den dreißiger Jahren war die Forschung zu dem Schluß gekommen, daß es außer der Gravitation und der elektromagnetischen noch zwei weitere Elementarkräfte, die schwache und die starke Kraft gibt. Immer neue subatomare Teilchen wurden vorhergesagt und entdeckt. Zum Elektron und Proton gesellten sich nach und nach das Neutron, das π- und das μ-Meson, das Positron und das Neutrino. Gegen Ende der fünfziger Jahre tauchten weitere, »exotische« Partikel auf. Die Lage wurde immer unübersichtlicher; die Physiker sprachen von einem Teilchenzoo, und das Bedürfnis nach einer einheitlichen Theorie wurde unabweisbar.

Gleichzeitig wuchsen auch die experimentellen Möglichkeiten und damit die Anforderungen an die Technik. Das erste Synchrotron, von Edwin McMillan erfunden, ging 1952 im Brookhaven National Laboratory bei New York in Betrieb. In einem Ring von starken Magneten konnten Protonen nahezu auf Lichtgeschwindigkeit beschleunigt werden. Dabei wurden Energien von 3 GeV, so hoch wie die kosmische Strahlung, erreicht. Mit den handwerklichen Techniken und mit der intimen Atmosphäre in den Labors von Rutherford und Hahn war es vorbei. Das erste Protonen-Synchrotron wog bereits 2000 Tonnen.

Der Siegeszug der Kathedralen. In der zweiten Hälfte des zwölften Jahrhunderts wurden im westlichen Europa die ersten Universitäten gegründet. Um die gleiche Zeit wuchsen in Nordfrankreich die ersten gotischen Kathedralen in den Himmel. Diese Bauten stellten alles in den Schatten, was die Architekten des Abendlandes bislang hervorgebracht hatten. Einer der ersten und bedeutendsten dieser Dome entstand in Reims, und es dauerte nicht einmal ein Jahrhundert, bis ähnlich kühne Konstruktionen in Deutschland, in Italien, in England, Spanien und Portugal errichtet wurden. Der Aufwand, der dabei getrieben wurde, war unermeßlich hoch. Jahrzehnte- und jahrhundertelang arbeiteten die besten Baumeister und Künstler an diesen Wunderwerken. Viele dieser Experten waren so gesucht, daß sie von einem Land zum andern wanderten. Die Bauhütten waren vermutlich die größten und kostspieligsten Gewerbebetriebe der Epoche. Technische Spitzenleistungen waren an der Tagesordnung.

Auf diese Weise kam es in ganz Europa zu einem Wettbewerb; kein Herrscher, kein Bistum, kein großes Kloster wollte hinter den großen Vorbildern zurückbleiben. An vielen Orten wurden Kirchen gebaut, hinter deren Dimension die Einwohnerzahl der Gemeinde zurückblieb. Niemand murrte wegen dieser Form kollektiver Verausgabung. Die Frage nach dem Gebrauchswert der Kathedralen, geschweige denn nach ihrem ökonomischen Nutzen, stellte sich nicht. Ein paar Jahrhunderte lang sahen die Bürger von Chartres und Salisbury, von Freiburg und Burgos, Prag, Mailand und hundert anderen Städten in diesen himmelstürmenden Bauten den steingewordenen Ausdruck ihrer spirituellen Energien.

Eine Analogie. Wer hundert Meter tief unter der Grafschaft Gex, unweit von Genf, den bislang größten Beschleuniger LEP, einen Elektronen-Positronen-Collider, gesehen hat, wird den Anblick schwerlich vergessen. Die vier haushohen zylindrischen Detektoren, ALEPH, DELPHI, OPAL und L3, in denen Millionen von Zusammenstößen subatomarer Teilchen registriert, vermessen, sortiert und verarbeitet wurden, standen in riesigen Kavernen. Diese unterirdischen Räume gemahnten an das Mittelschiff einer Kathedrale, auch wenn es ganz andere Riten und Mysterien sind, mit denen ihre Hohepriester beschäftigt waren.

»Eine solche Analogie ist nicht von der Hand zu weisen,« sagte mir Christopher Llewellyn-Smith, der damalige Generaldirektor von CERN. »Es ist klar, daß unser Projekt eine spirituelle Dimension hat. Es hat mit unseren Gefühlen zu tun, mit der Frage nach unserem Platz in diesem Universum. Wir arbeiten an neuen Formen von Energie und Materie, mit den Grundelementen dessen, woraus wir bestehen.« Pragmatiker würden diese Forschung vielleicht als Luxus betrachten, da sie keinerlei unmittelbaren, greifbaren Nutzen abwerfe. Das sei aber auch nicht ihre Bestimmung. Die Frage wäre ebenso falsch gestellt wie im Fall eines Domes. »Einer meiner Kollegen wurde einmal von einem Kongreß-Abgeordneten gefragt, was seine Wissenschaft zur Verteidigung der Vereinigten Staaten beitragen könne, und er antwortete: Nichts. Sie trage allenfalls dazu bei, daß dieses Land etwas zu verteidigen habe.«

Ein Wettstreit um Quarks und Neutrinos. Der Bau des LEP wurde 1983 begonnen, und er hat sechs Jahre gedauert. Die Anlage war damals das größte Tiefbauprojekt Europas. Sie hat 800 Millionen Euro gekostet. Es waren die beteiligten Länder, damals zwölf an der Zahl, die sich bereitfanden, CERN zu gründen und zu finanzieren. Diese Leistung ist keineswegs der Europäische Gemeinschaft zuzuschreiben. Seit ihren Anfängen gehorchten die Brüsseler Institutionen stets der politischen Opportunität und den Interessen der Wirtschaft. Von einer europäischen Kultur- und Wissenschaftspolitik kann bis heute keine Rede sein. Unter diesen Umständen grenzt es an ein Wunder, daß ein so einmaliges Projekt wie CERN überhaupt zustande gekommen ist.

Viele Physiker blicken heute mit einer gewissen Sehnsucht auf diese Gründerzeiten zurück. Ihre Grundlagenforschung war nach dem Zweiten Weltkrieg in eine fieberhafte Entwicklungsphase eingetreten. Überall auf der Welt wurden in der zweiten Hälfte des vergangenen Jahrhunderts immer aufwendigere Maschinen gebaut.

Nach dem Brookhavener Pionierprojekt (1952) errichtete die Sowjetunion in Dubna bei Moskau den damals höchstenergetischen Beschleuniger (1957), der erst zwei Jahre später vom CERN übertroffen wurde. Der Stanford Linear Accelerator in Kalifornien folgte 1967. Im Jahre 1983 ging das Tevatron am Fermilab bei Chicago in Betrieb, eine unmittelbare Konkurrenz für die Europäer. (Die Architekten, die das Zentralgebäude dieses Labors entwarfen, haben sich übrigens die Kathedrale von Beauvais aus dem 13. Jahrhundert mit ihren zwei

Türmen und ihrem Chor zum Vorbild genommen.) 1992 wurde der HERA-Ring am Hamburger Forschungszentrum DESY in Betrieb genommen; man würde dort gern einen riesigen, milliardenschweren Linearbeschleuniger bauen, ein Vorhaben, das womöglich nicht gar nicht mehr finanzierbar ist. Weitere Projekte gab es in Japan und in Italien. Große Anlagen zur Neutrino-Forschung wurden am Gran Sasso, am Super-Kamiokande Observatorium in Japan, in Kanada, in den USA und in der Antarktis errichtet. Auf eine erste Grenze stieß der internationale Großforschungs-Wettbewerb in Waxahachie, Texas. Dort wurde der Bau eines Superconducting Supercolliders in Angriff genommen. Nachdem bereits über sechs Milliarden Euro verbaut waren, hat der amerikanische Kongreß die Notbremse gezogen und das Projekt gestoppt.

Was alle diese Forschungseinrichtungen in Atem hielt, waren die enormen Anstrengungen der Theoretiker. Zwar haben viele Experimente zu Überraschungen geführt, auf die niemand gefaßt war. Der sogenannte Teilchenzoo, die Entdekkung des Charm- und Bottom-Quarks, des Tau-Leptons und anderer Partikel stellte die Theorie vor Probleme, die erst mit dem berühmten Standard-Modell gelöst wurden. Doch seit etwa 1976 wurden fast alle entscheidenden Entdeckungen von der Theorie vorhergesagt. Heute stehen auf der Tagesordnung vor allem die Suche nach den Higgs-Bosonen und die Indizien für die Richtigkeit der Supersymmetrie; danach kommen die Studien zu der sogenannten CP-Verletzung und die Schwerionen-Physik (Quark-Gluon-Plasma). Nur selten können die Experimentatoren auf Zufallstreffer hoffen; *trial and error* ist bei dem Aufwand, den jeder dieser Versuche erfordert, keine vielversprechende Methode. Nur wer die entscheidenden Fragestellungen kennt, hat eine Chance.

Die Gemeinde. Planstellen, heißt es: 2700. Aber von diesen Mitarbeitern sind 450 in der Verwaltung tätig, 271 sind Facharbeiter, 930 Techniker, fast 1000 Ingenieure und andere Wissenschaftler, und nur 90 werden als theoretische oder experimentelle Physiker ausgewiesen. Selbst unter diesen sind nur 30 permanente *research physicists*, die gewissermaßen die Fakultät von CERN ausmachen; die anderen, jüngeren haben nur befristete Verträge. Dieser harte Kern von knapp dreitausend Mitarbeitern stellt die Infrastruktur für die Forschung sicher. Entscheidend für das ganze Unternehmen ist aber eine höchst mobile Gemeinde, die *scientific community* der Spitzenforscher aus der ganzen Welt, die am CERN arbeiten. Von sechstausend Physikern aus achtzig Heimatländern ist die Rede, die sich alljährlich für kürzere oder längere Zeit in Genf aufhalten. Dieser Stamm von schwärmenden Weltbürgern stellt nicht nur eine willkommene Klientel der Fluggesellschaften dar; die Mitglieder eines solchen *invisible college* stehen auch untereinander in einem fortwährenden Austausch.

Nicht umsonst war es ein CERN-Forscher namens Tim Berners-Lee, ein britischer Computerwissenschaftler, dem die Welt das World Wide Web verdankt. Das Protokoll des Internet ist entstanden, weil die Gemeinde der Physiker auf schnelle, gut vernetzte Datenverbindungen mit hoher Kapazität angewiesen war. (1995 bemerkte Chris Llewellyn-Smith, daß allein das Web, in Dollars ausgedrückt, mehr wert war als die Summen, welche die Mitgliedsstaaten seit seiner Gründung in das CERN investiert hatten. Von Lizenzgebühren für diese Erfindung war nie die Rede; was Berners-Lee erfunden hat, wurde der Welt kostenlos zur Verfügung gestellt. Das gleiche gilt für viele andere Anwendungen in der Medizin- und Halbleitertechnik, Chemie und Geologie, die gewissermaßen als Nebenprodukte der Partikelphysik abgefallen sind. Die Grundlagenforschung hat ihre eigene Ökonomie, die sich jeder Kalkulation *a priori* entzieht. Niemand weiß, ob, wann und auf welche Weise sie praktisch verwertbaren Nutzen abwirft. Daß ihre Protagonisten diesen jederzeit möglichen, aber prinzipiell unberechenbaren Spin-off als Nebensache betrachten, ist ein Umstand, der natürlich jeden Geldgeber nervös macht.)

In einem merkwürdigen Gegensatz zu der hohen Fluktuation der Eingeweihten steht der Zeithorizont der meisten Forschungsvorhaben. Ein Experiment mittlerer Größenordnung dauert fünf bis zehn Jahre und erfordert ein Millionenbudget. Große Projekte wie ATLAS, für die bedeutende eigene Investitionen nötig sind, müssen mit Vorbereitungszeiten von bis zu zwanzig Jahren rechnen. Auf diese Weise kann ein einziges Experiment das Lebenswerk eines Physikers ausmachen.

Das wissenschaftliche Netzwerk, das sich um CERN herum gebildet hat, weist aber auch andere Besonderheiten auf. Selbst in den kältesten Jahren des Kalten Krieges haben hier Forscher aus dem Ostblock völlig reibungslos mit ihren Kollegen aus dem Westen zusammengearbeitet. Japaner und Franzosen, Russen und Inder verständigen sich hier mühelos in einer *lingua franca*, die englisch klingt, aber für Außenstehende völlig unverständlich ist, wie eine beliebige e-Mail aus dem Papierkorb zeigt:

»Concerning NAN-93. We have reprocessed all DST's of C-meson run and minimum bias and repeat all our procedures with new OXPR and OXMC. The results are the following: 1) Main conclusion about huge yield of Phi is confirmed. The branching ratio of Phi-pi(-) is in agreement with Crystal Barrel result on Phi-pi(0). 2) The yield of omega-pi(-) is increased on 25 % and now completely conincide with old Bizarri result.«

Überraschend für jeden, der den Vorzug hatte, den Fachbereich einer deutschen Universität von innen zu beobachten, ist der Umgangston der Wissenschaftler, die sich hier eingefunden haben. Gewiß sind ihnen die üblichen Rivalitäten nicht fremd; ihr Ehrgeiz ist beträchtlich; es geht, wie überall, um Prioritäten, Forschungsmittel und Prestige. Dennoch ist die Atmosphäre verblüffend gelassen. Hierarchien werden herunterge-

spielt. Das Verhältnis zwischen Clans, die einen ganz verschiedenen Arbeitsstil pflegen – Theoretiker, Experimentatoren, Ingenieure –, scheint entspannt. In den Diskussionen hat sich ein angenehmer, angelsächsischer Ton durchgesetzt.
Angesichts eines Milliardenbudgets fällt ferner ein gewisser Kult der Schäbigkeit auf. Alte, möglichst abgetragene Kleidung wird bevorzugt. Teure Autos sind, wie alle geläufigen Statussymbole, verpönt. Die Kantinen erinnern an die fünfziger Jahre. Von vielen Gebäuden blättert der Putz. Forscher von Weltruf sitzen in einem Meer von Papier an Spanplattenmöbeln in winzigen Büros, die jeder Versicherungsangestellte als Zumutung empfände.
Auch die Architektur drückt diesen demonstrativen Verzicht auf äußeren Glanz aus. Die Hallen, Verwaltungsbauten und Magazine auf dem Gelände von CERN würden in jede beliebige Industriesteppe Europas passen. In dieser Hinsicht ist der Vergleich mit einer Kathedrale abwegig. Wenn von einer Ästhetik überhaupt die Rede sein kann, so ist sie puritanisch. Insofern ist das protestantische Genf als Standort eine glückliche Wahl.

Lilliput in Brobdingnag. Unvorstellbare Größenordnungen sind in der Welt der Hochenergiephysik alltäglich. Man trifft dort Leute, die mit Zehnerpotenzen wie 10^{15} oder 10^{-23} ebenso routiniert operieren wie Kellnerinnen mit den Preisen für ein Schnitzel oder ein Glas Bier. Dabei sind extrem große und extrem kleine Dimensionen auf paradoxale Weise miteinander verschränkt. Denn je kleiner die Partikel sind, die untersucht werden sollen, desto riesiger ist der Aufwand, der getrieben werden muß, um sie zu erzeugen und zu analysieren. Ein Ökonom würde hier vielleicht von abnehmendem Grenznutzen sprechen, doch hat das scheinbare Paradox einen ganz einleuchtenden Grund. Es ist nämlich unser Universum selbst, das die Maßstäbe setzt. In der Forschung kehrt die uralte Idee wieder, daß Mikro- und Makrokosmos einander spiegelbildlich entsprechen. Partikelphysik und Kosmologie verhalten sich zueinander wie die beiden Seiten einer Medaille. In den Experimenten am CERN werden mit extremen Mitteln Vorgänge nachgeahmt und untersucht, wie sie sich vor 15 Milliarden Jahren, kurz nach dem Big Bang, also gewissermaßen am Anfang der Zeit abgespielt haben; Echos davon spüren Astrophysiker heute in Neutronensternen und in der Hintergrundstrahlung auf. Kosmische Strahlung, Neutrinoschwärme und Schwarze Löcher sind nur interpretierbar im Licht der Erkenntnisse, zu denen die Hochenergiephysik gelangt ist.

Die Herren der Ringe. In der beinah fünfzigjährigen Geschichte von CERN zeigt sich eine Tendenz zu unaufhaltsamem Wachstum. Die älteste und nach wie vor unentbehrlichste Maschine, die 1960 in Betrieb ging, ist das erste Protonen-Synchrotron der Welt (PS). Mit einem Umfang von 600 m, der heute bescheiden anmutet, war es damals der größte Beschleuniger der Welt. Die nächste Stufe war der Bau eines Rings mit weit höherer Energie und dem elffachen Umfang. Dieses Super-Protonen-Synchrotron (SPS) wurde Mitte der siebziger Jahre fertiggestellt. Es dauerte nur ein paar Jahre bis zum nächsten Großen Sprung vorwärts. Mit dem LEP, dem 27 km langen Large Electron Positron Collider, der seit 1989 arbeitet, setzte sich CERN von neuem an die Weltspitze. Die Maschine ist die logische Erweiterung der bisherigen Anlagen. Positronen und Elektronen werden in getrennten Verfahren erzeugt, gespeichert, in den beiden älteren Ringen, PS und SPS, auf 22 GeV beschleunigt und dann gegenläufig in den neuen, großen Collider geschossen.

Die Partikel kreisen dort in einer bleiummantelten, tiefgekühlten Aluminiumröhre, in der ein fast perfektes Vakuum herrscht. Sie werden von über 5000 Magneten geführt und gebündelt und durch Hochfrequenzfelder auf über 99 % der

Lichtgeschwindigkeit beschleunigt. An vier Punkten wird ihre Dichte durch starke Magneten erhöht, so daß die Wahrscheinlichkeit zunimmt, daß sie kollidieren. Große zylindrische Detektoren mit je 500000 elektronischen Kanälen zeichnen dann die komplexen Zerfallsprodukte dieser »Ereignisse« auf.
Kaum war diese ungeheure Maschine fertiggestellt, da machten sich die Herren der Ringe daran, den nächsten Schritt zu planen, ein Projekt, das alles bisher Dagewesene in den Schatten stellen sollte. Die ersten Entwürfe gehen auf die Jahre 1989/90 zurück. Seither wird an einer ultimativen Anlage gearbeitet, die den Namen Large Hadron Collider (LHC) trägt. (Unter der Bezeichnung Hadronen wird eine ganze Schar von schweren Partikeln zusammengefaßt: neben Protonen und Neutronen sind das verschiedene Mesonen, die beiden Xis und das Lambda. Der Name leitet sich vom griechischen ἁδρός ab, was soviel wie stark, groß, dick oder erwachsen bedeutet. Mit ihrer bizarren Nomenklatur haben die Physiker wenig Fortune gehabt; sie mutet ebenso launisch und verwirrend an wie der Teilchenzoo, den sie zähmen sollte.)
Es handelt sich – wie könnte es anders sein – um ein Projekt der Superlative. Das zeigt sich schon an der Bewegungsenergie der geplanten Maschine: 14 TeV, ausgeschrieben 14000000000000 Elektronenvolt. Zur Beruhigung wird dem Besucher mitgeteilt, daß eine gewöhnliche Mücke auf ihren Flug bereits ein TeV erreicht, nur daß die vierzehnfache Energie im LHC auf einen Querschnitt konzentriert werden soll, der 10^{12} mal kleiner ist als eine Mücke. 1200 fünfzehn Meter lange Magneten sorgen für Feldstärken, die noch nie erreicht worden sind. Supraleitende, mit flüssigem Helium gekühlte Kabel liefern Stromstärken von 12000 Ampère bei Temperaturen unter 2 Kelvin. Und so weiter auf der phantastischen Reise, nicht zum Mittelpunkt der Erde, sondern zum unerreichbaren Ursprung des Universums, dem sich die Forscher mit dem LHC bis auf eine billionstel Sekunde nähern wollen.

Die Physiker sind sich sicher, daß bei den Kollisionen im Innern der Maschine ganz neue Phänomene beobachtet werden können. Möglicherweise führt das zur Entdeckung des Higgs-Bosons, das die Theoretiker seit langem vorhersagen; vielleicht kommt man dem Geheimnis der Supersymmetrie auf die Spur; oder es kommen ganz unerwartete Dinge zum Vorschein, die alle bisherigen Theorien auf den Kopf stellen.
Seit Jahren arbeiten mehr als 5000 Wissenschaftler und Ingenieure an dem Projekt. Viele von ihnen sind einander nie begegnet; sie tauschen ihre Planungen via Internet aus. Das gilt auch für die Firmen aus aller Welt, welche die Ausrüstung liefern. Die Anforderungen an die Spitzentechnik sind extrem, viele Komponenten müssen ganz neu entwickelt werden, und alle Teile dieses Mosaiks müssen paßgenau ineinandergreifen. Die Kosten sind anfangs auf zwei Milliarden Schweizer Franken geschätzt worden, zu denen noch maximal 0,8 Milliarden für die Experimente kommen sollten. Diese Zahl mußte schon 1995 nach oben korrigiert werden, und heute spricht man von 3,5 plus 1,5 Milliarden. Außer den zwanzig Mitgliedsländern sollen sich die USA, Rußland, Indien, Kanada, Japan und Israel an der Finanzierung beteiligen.

Spurensucher. Die Montagehalle auf freiem Feld sieht nach einer Werft aus, oder nach einem Flugzeughangar, in dem zwei Jumbo-Jets Platz fänden. Nur ein paar Dutzend Leute sind an der Arbeit. Die schweren Hängekräne bewegen sich nicht. Es herrscht eine entspannte, aber hochkonzentrierte Atmosphäre. In der Mitte sind bereits die zylindrischen Eckstücke eines 45 Meter langen Kolosses aufgebaut, jedes von ihnen mennigrot lackiert und sechs Stockwerke hoch. In dieser Halle entsteht ATLAS, einer der vier Detektoren, die gewissermaßen die Sinnesorgane des Colliders darstellen. Auch an diesem Ensemble zeigen sich die Größenparadoxien des Projekts: einerseits die monumentale Wucht des Detektors, andererseits seine

Aufgabe, die darin besteht, die Spuren subatomarer »Ereignisse« aufzufinden, die so winzig sind, daß sie sich überhaupt nur indirekt beobachten lassen. Pro Sekunde soll ATLAS fast eine Milliarde Kollisionen erfassen. Der Datenstrom, der dabei verarbeitet werden muß, ist unfaßbar mächtig. Er entspricht der Information, die flösse, wenn jeder der sechs Milliarden Erdbewohner gleichzeitig zwanzig Telephongespräche führen würde. In mehreren Stufen filtert der Detektor innerhalb von zwei Mikrosekunden diejenigen Daten heraus, die für die Forscher nicht von Interesse sind, und das sind die meisten. Die »Trefferrate« liegt bei etwa 1:10000000000. Nur das Ergebnis jeder zehnmilliardsten Kollision wird also zur Auswertung gespeichert und offline von Physikern in aller Welt analysiert werden. Trotz dieser radikalen Reduktion rechnet man mit einem jährlichen Informationsfluß von wenigstens einer Million Gigabytes, den die Forschung auszuwerten hat. Die Rechenleistung, die pro Experiment erforderlich ist, entspricht der von mehreren hunderttausend heutigen PCs.

Der technische Aufwand für den Detektor ist beeindruckend. Der Apparat hat insgesamt weit mehr als zehn Millionen Komponenten. Viele dieser Bestandteile sind exotisch: Pixel- und Silicon-Strips, Strahlungs-Tracker, Solenoid-Magneten, Kalorimeter und Spektrometer von höchster Präzision. Für die Halbleiter-, Magnet-, Gas-, Starkstrom-, Vakuum-, Strahlenschutz- und Kryotechniker, nicht zu vergessen die Feinmechaniker, ist das Projekt eine gewaltige Herausforderung. Firmenlogos aus ein paar Dutzend Ländern sind in der Halle zu sehen. Kasachstan, China und Israel sind ebenso mit von der Partie wie Deggendorf in Bayern. Es erscheint rätselhaft, wie die Zusammenarbeit so vieler Zulieferer derart koordiniert werden kann, daß die Millionen von Komponenten zusammenpassen. Auch wenn offiziell an der Planung festgehalten wird, derzufolge der Detektor im Jahr 2003 hundert Meter tief in seine unterirdische Kaverne versenkt werden soll, weiß niemand, ob es bei diesem Termin bleiben wird.

Krisenstimmung. Bis vor ein paar Jahren schien die eigentümliche Binnenwelt von CERN noch in Ordnung. Von ökonomischen Problemen war damals nichts zu hören. Carlo Rubia, Nobelpreisträger und bis 1993 Generaldirektor, soll bei der Einweihung des LEP bereits die nächste, schwindelerregende Stufe des Ausbaus, den Large Hadron Collider, angekündigt und mit ungebremstem Optimismus behauptet haben, das Projekt ließe sich aus dem eigenen Budget von CERN finanzieren. Der Gesamtaufwand wurde damals noch auf 2,8 Milliarden Schweizer Franken geschätzt, und man glaubte mit der Fertigstellung vor dem Jahr 2000 rechnen zu können. Nun braucht man kein Experte zu sein, um zu ahnen, daß bei Unternehmen dieser Größenordnung jeder Kostenvorschlag eine Fata Morgana und jeder Zeitplan eine Selbsttäuschung ist. Heute liegen die Schätzungen fast beim doppelten Betrag, und mit der Fertigstellung wird bestenfalls für 2007 gerechnet; die ersten Resultate sind nicht vor den Jahren 2008 bis 2010 zu erwarten.

Zum ersten Mal begegnen dem Management Widerstände und Einwände, und zwar von zwei Seiten. Zum einen kommt die Kritik von innen. Die neue Anlage nimmt mehr als 90 % aller Ressourcen in Anspruch. Der bisher größte funktionierende Beschleuniger LEP mußte demontiert werden; seit November 2000 ist er stillgelegt. Diese Maßnahme war insofern unvermeidlich, weil an den Bau eines weiteren Tunnels nicht zu denken war; der LHC wird also die 27 km lange Strecke seines Vorläufers nutzen. Damit entfallen jedoch für lange Jahre die experimentellen Möglichkeiten, die CERN zu einer ersten Adresse gemacht haben. Für die laufenden Versuche wie die Antimaterie-Erzeugung am Antiprotonen-Decelerator bleibt nur ein verschwindend geringer Anteil des Budgets übrig. Die

Opposition spricht von Stillstand und von drohender Monokultur. Das Management habe die Verteuerung des LHC-Projekts zu spät erkannt und nicht adäquat darauf reagiert. Die Mitgliedsstaaten haben auf dieses Versäumnis hart reagiert. Das hat dazu geführt, daß vermutlich alle Aktivitäten, die mit dem Großen Collider nichts zu tun haben, eingestellt werden müssen und daß an mögliche Nachfolge-Projekte gar nicht mehr zu denken ist. Das ist eine schwere Hypothek für die Zukunft, da solche Anlagen Jahrzehnte im voraus entwickelt und geplant werden müssen.

Die Unruhe unter den Mitarbeitern hat sogar, zum ersten Mal seit beinah fünfzig Jahren, zu organisiertem Protest geführt. Zwar neigen Wissenschaftler und Ingenieure kaum zu gewerkschaftlichen Aktionen, doch gibt es immerhin eine *Staff Association*, die kürzlich eine Urabstimmung veranstaltet hat. Dabei ging es zunächst nur um die folgende, reichlich naiv formulierte Alternative: »Sollte das Management sein Vorgehen und seine Strategie ändern, um der Budgetkrise zu begegnen und die mittel- und langfristige Zukunft der Organisation zu sichern – ja oder nein?«

Zoologen sprechen beim ungebremsten Größenwachstum einer Spezies vom »Luxurieren«, und Mathematiker wissen, daß jede Exponentialfunktion früher oder später an der Realität zuschanden werden muß. Haben sich die Herren der Ringe übernommen? Haben sie die Probleme unterschätzt, die nun auf sie zukommen? Kann es sein, daß sie dem Größenwahn verfallen sind? So einfach wird man sich die Erklärung der Krise nicht machen können. Es sind tiefgreifende Veränderungen in der Wissenschaftsgeschichte und in der Wirtschaftspolitik, die den frohgemuten Hütern des Genfer Grals zu schaffen machen.

Paradigmen und Moden. Die Zeiten des ewigen Nachkriegsbooms sind nicht nur in Europa vorbei. Überall reden die Politiker von der Arbeitslosigkeit, von der drohenden Rezession und von der Notwendigkeit, zu sparen. Der Siegeszug neoliberaler Doktrinen ist ungebrochen. Für die Wissenschaftspolitik bedeutet das die Konzentration auf anwendungsorientierte Forschungen, von denen man sich einen Vorsprung beim globalisierten Verdrängungswettbewerb erhofft. Jeder Finanzminister winkt heute ab, wenn er für eine Grundlagenforschung zahlen soll, die keinen unmittelbaren Nutzen verspricht.

Auf einen solchen Klimasturz waren die verwöhnten Manager in Genf nicht gefaßt. Die Reklametrommel zu rühren ist ihnen nie eingefallen. »In der Öffentlichkeit,« sagt ein führender Mitarbeiter, »ist unser Laden stets aufgetreten wie ein Orchester, das dauernd probt, aber nie ein Konzert gibt, und allenfalls von Zeit zu Zeit ein paar Notenblätter an die Presse verteilt. Niemand hört auf die sublime Musik, die hier gespielt wird.« Die Politiker spüren das und sind geneigt, den Hahn zuzudrehen.

Es sind jedoch nicht nur Kommunikationsprobleme, mit denen CERN zu kämpfen hat, sondern auch und vor allem die tiefgreifenden Veränderungen, die seit einiger Zeit im Ökosystem der Wissenschaften zu beobachten sind. In den Jahren nach dem Zweiten Weltkrieg galt die Physik als unbestrittene Leitwissenschaft. Möglicherweise ist es gerade ihr Reifegrad, der dazu geführt hat, daß sie sich heute durch die Lebenswissenschaften von ihrer Spitzenstellung verdrängt sieht. Vordergründig liegt das an den beunruhigenden Verheißungen der beteiligten Disziplinen. Die neuen Biotechnologien locken mit enormen Zukunftsrenditen, auch wenn noch völlig unklar ist, wie lang der Weg von der Forschung bis zum Markt sein wird. Jedenfalls ziehen die biologischen Laboratorien riesige Investitionen an. Wissenschaft und Industrie verschmelzen hier zu einem einzigen Komplex. Jede Entdeckung wird sofort durch Patente abgesichert und kapitalisiert.

Der Kontrast zur Partikelphysik könnte nicht krasser sein.

Während die Biologen ihren Sündenfall proben, hat die Atomphysik den ihrigen bereits hinter sich. Die Atombombe und die Katastrophen von Harrisburg und Tschernobyl sind bereits Geschichte. Was Molekularbiologie und Biomedizin mit dem menschlichen Leben anrichten werden, wissen wir noch nicht.
Die Hochenergiephysiker mögen noch so oft beteuern, daß sie sich weder für Atomwaffen noch für Kernkraftwerke interessieren, populär sind sie nicht. Die Mode ist an ihnen vorbeigegangen. Ihre riesigen Maschinen, die noch vor zwanzig Jahren als sexy galten, machen keine Schlagzeilen mehr. Mit dem Versprechen, die Kranken zu heilen, das Leben zu verlängern oder gar die Spezies zu verbessern, können sie nicht aufwarten. Und daß ihre Erkenntnisse irgendeine Kapitalrendite abwürfen, haben sie nie behauptet. Die Grundlagenforschung, wie sie am CERN betrieben wird, beschäftigt keine Patentanwälte. Was sie entdeckt, steht der ganzen Menschheit zur Verfügung. Eben diese klassische Einstellung zur Wissenschaft droht ihr nun zum Verhängnis zu werden.

Ein paar Vermutungen. Man kann den Eindruck haben, daß die Physik auf eine längere und glänzendere Vergangenheit zurückblicken kann als die Biologie, die es zu Zeiten von Galilei und von Newton als exakte Naturwissenschaft noch gar nicht gab. Erst im neunzehnten Jahrhundert sind die biologische Evolution und die sexuelle Reproduktion erforscht, erst im zwanzigsten die Grundlagen der Genetik gelegt worden. (Die Verschmelzung von Ei- und Samenzelle ist erst 1875 zum ersten Mal beobachtet worden, und erst 1883 wurden die Chromosomen als Träger der Erbsubstanz erkannt.) Es ist daher vielleicht kein Zufall, daß den Wissenschaften vom Leben bis heute die Eierschalen eines Materialismus anhaften, den die Physik spätestens mit der Quantentheorie abgestreift hat. Mit der erkenntnistheoretischen Naivität und den reduktionistischen Vorstellungen vieler Biologen können die meisten heutigen Physiker nichts mehr anfangen. Der althergebrachte Begriff der Materie hat längst ausgedient. »Niemand weiß, was Masse eigentlich ist.« – »Je tiefer wir in sie eindringen, desto mehr verdunsten die Partikel, die wir untersuchen.« – »Mit jedem Fortschreiten der Theorie erscheint mir der Kosmos rätselhafter.« Solche Sätze kann man von den Theoretikern am CERN jeden Tag hören. Manchem Biomediziner, manchem Hirnforscher wäre soviel Einsicht in die Grenzen seiner Erkenntnismöglichkeiten aufs innigste zu wünschen.

Es mag daher gerade der philosophische *time lag* der Biologie sein, der ihr ihre heutige Konjunktur verschafft und sie so wirtschaftskompatibel macht. Die Börse interessiert sich nicht für die Vereinheitlichung der vier Kräfte, für die Unvollständigkeit des Standardmodells oder für die Frage, wo die Antimaterie im Universum geblieben ist. Man kann es ihr nicht übelnehmen. Wie erklärt sich die CP-Symmetrieverletzung, die 1964 entdeckt wurde und immer noch Rätsel aufgibt? Gibt es die Higgs-Bosonen tatsächlich, deren Existenz die Theorie verlangt? Trifft es zu, daß jedem Partikel ein supersymmetrischer Partner entspricht? Woraus besteht die dunkle Materie im Weltraum? Und schließlich: Warum ist überhaupt etwas und nicht vielmehr nichts? Uralte Fragen kehren so in neuer Gestalt wieder. Ob sie sich jemals schlüssig beantworten lassen, ist ungewiß. Der Versuch bringt jedenfalls kein Geld ein, ganz im Gegenteil. Wie das Unternehmen CERN zeigt, kommt er die Weltgesellschaft teuer zu stehen.

Ob die Menschheit es sich leisten kann, nach der Entstehung der Welt zu fragen, in der sie lebt, darüber kann man verschiedener Ansicht sein. Vieles spricht dafür, daß der Kapitalismus nur überleben kann, solange er sich darauf verlassen darf, daß es menschliche Handlungen gibt, die sich seiner Logik entziehen. Nach wie vor ist die Luft ein Gut, das meistens unentgeltlich genutzt wird. Es soll Städte geben, die für das Betreten eines Parks kein Geld verlangen. Hie und da werden Gedanken kostenlos mitgeteilt. Nicht alle Liebesbeziehungen werden auf Heller und Pfennig abgerechnet, und der Handel mit Kindern und (bisher noch) mit menschlichen Organen unterliegt Einschränkungen, die der Marktwirtschaft fremd sind. Könnte es nicht sein, daß auch die Frage, was den Kosmos im Innersten zusammenhält, gestellt werden darf ohne Rücksicht auf die Rendite, die von den Antworten zu erwarten ist?

Als Friedrich Dürrenmatt in den sorglosen Tagen von 1976 das Genfer Zentrum besuchte, fragte er sich, »ob sich am Ende CERN nicht vielleicht mehr als eine metaphysische, ja theologische Versuchsanstalt herausstellen könnte«. – »So unwahrscheinlich und paradox das Ganze auch sei,« antwortete ihm ein Physiker, »es stelle bis jetzt das weitaus Sinnvollste dar, was Europa hervorgebracht habe, weil es das scheinbar Sinnloseste sei, im Spekulativen, Abenteuerlichen angesiedelt, in der Neugierde an sich.«

Eine metaphysische Maschine also, deren Zukunft gefährdet scheint. Mit welchen Mitteln, ob und wann der Große Collider, die größte unterirdische Kathedrale der Physik, eingeweiht werden kann, steht in den Sternen. Ein schwacher Trost mag darin liegen, daß auch der Kölner Dom eines Tages vollendet worden ist. Leider sind fünfhundert Jahre vergangen, bis es soweit war.

Neben den offiziellen CERN-Publikationen stützt sich dieser Bericht vor allem auf folgende Quellen: P.C.W. Davies, *Die Urkraft. Auf der Suche nach einer einheitlichen Theorie der Natur.* Hamburg 1987; Gordon Fraser, Egil Lillestøl und Inge Sellevåg, *Auf der Suche nach dem Unendlichen.* Berlin 1999; Murray Gell-Mann, *Das Quark und der Jaguar.* München 1994; Chris Llewellyn-Smith, »The Large Hadron Collider«, in *Scientific American,* Juli 2000; und Steven Weinberg, *Der Traum von der Einheit des Universums.* München 1993. »Die Erzählung vom CERN«

von Friedrich Dürrenmatt ist nachzulesen in seinem Band *Politik. Essays, Gedichte und Reden.* Zürich 1980. Für Interviews und Hintergrundinformationen habe ich neben Chris Llewellyn-Smith und Nigel Calder vor allem Klaus Winter und Rolf Landua zu danken. Für seine Beobachtungen und Spekulationen haftet der Verfasser allein.

Seltsamer Attraktor

Minuten-, stunden-, tagelang
gebeugt über das Geländer,
über Millionen
von unlösbaren Gleichungen,
seh ich ins Aug des Zyklons,
der mir ins Auge sieht;

kalkgrün, weißschäumend
rauscht die helle Materie,
hypnotisch kreisend,
die glitzernde Gischt,
in wiederkehrenden Strudeln
nie wiederkehrend;

und obenauf, flaumig,
im Schaum, im Licht,
taumelt, tanzt etwas Nasses,
Braunes, das tanzt,
aber nicht untergeht,
taumelt ein Teddybär.

Näheres über einen Baum

Die Weißbirke dort, sonnenfleckig.
Bewege dich nicht. Betrachte
die Abweichungen: grün von grün,
matt von glänzend, das Blatt
in der Spreite dunkler als unten
oben. Nichts wiederholt sich.
Jeder Nerv rieselt wie auf der Haut
die Brise. Das alles schwankt,
richtet sich auf, unverändert
fast, aber nicht ganz.

Es wippt, tanzt, trudelt:
»pathologische Mengen«,
Funktionen ohne Ableitung,
Flatterbahnen im Phasenraum.

Den Wind beugen, der sie biegt,
die Blätter, verdrillen ihn
zu geisternden Strudeln,
die du nicht siehst. Laß rechnen
dein schwaches Gehirn,
bis es bebt, schwirrt, kippt,
vor dem Strudel der Erscheinungen
kapituliert, und sich wieder
wie die Weißbirke vor deinen Augen
aufrichtet, unverändert
fast, aber nicht ganz.

Bifurkationen

Alles, was sich verästelt,
verzweigt: Delta Blitz Lunge,
Wurzeln, Synapsen, Fraktale,
Stamm- und Entscheidungsbäume;
alles, was sich vermehrt
und zugleich vermindert –

nicht zu fassen,
schon zu reichhaltig
für dieses Spatzenhirn,
dieses x-beliebige Glied
einer infiniten Serie,
die sich hinter dem Rücken
dessen, der da, statt zu denken,
gedacht wird, entwickelt,
verästelt, verzweigt.

Vermutungen über die Turbulenz

Der Pluralismus verschont nichts. Auch die Zukunft ist nicht gegen ihn gefeit. In allen natürlichen Sprachen ist sie, als ob sich das von selbst verstünde, ein Singularetantum, so wie die Vergangenheit und die Gegenwart, von denen die meisten unter uns nach wie vor glauben, daß sie nur *einmal* vorkämen. Wenn wir dagegen an das denken, was uns bevorsteht, schwindelt uns der Kopf. Die Fähigkeit, das, was noch nicht da ist, unter die Einzahl zu subsumieren, ist uns abhanden gekommen. In diesem Sinn haben wir nicht zu wenig Zukunft vor uns oder gar überhaupt keine, wie die verstaubte Parole *No future* uns weismachen will, sondern zu viel, will sagen: zu viele. Die Zukunft ist als homogene Vorstellung undenkbar geworden. Jede Überlegung, die ihr gilt, spaltet sich nach Art eines endlos verzweigten Entscheidungsbaums auf und bringt eine Mannigfaltigkeit hervor, der wir weder ausweichen noch Herr werden können.

Alle diese möglichen Zukünfte konkurrieren miteinander und stoßen sich in ihrem Gedrängel die Ellbogen wund. Das vermindert jede von ihnen und beschädigt sie in ihrer Dignität. Vermutlich hat das viel beklagte Schwinden der Utopie in dieser Selbstrelativierung des Möglichen seinen Grund. Nicht weil uns nichts mehr einfiele, sondern weil das Angebot an Zukunftsphantasmen unsere Fassungskraft überfordert, erscheinen uns die verfügbaren Entwürfe, gleichgültig ob Eutopie oder Mätopie, unverbindlich, um nicht zu sagen banal.

Die Futurologie ist die Wissenschaft vom Kaffeesatz. Die Muster und Strukturen, die sie deuten will, schreibt sie ihrem Material zu, um sie dann aus ihm herauszulesen; auf diese Weise ist der Mars zu seinen Kanälen gekommen und der Mond zu seinem Gesicht. Dieses psychodelische Verfahren kann sich auf ein stilles Einverständnis mit unseren alltäglichen *Projektio-*

nen stützen. Es ist amüsant zu sehen, wie der mathematische Terminus sich mit dem psychoanalytischen kreuzt, ohne daß den beteiligten Disziplinen dabei ein Licht aufginge.

Der Zukunftspluralismus gehört inzwischen zur Innenausstattung der Normalität. Jeder, der »über den Tag hinaus denkt« – und wem bliebe das schon erspart? –, entwickelt unvermeidlich ganze Serien von Szenarios, die untereinander nicht nur inkonsistent sind, sondern sich gegenseitig ausschließen. Der gleiche Mensch, der davon überzeugt ist, daß eine weltweite Katastrophe unmittelbar bevorsteht, schließt, ohne mit der Wimper zu zucken, eine Lebensversicherung auf dreißig Jahre ab. Das Hin- und Herpendeln zwischen Wassermann-Zeitalter und Apokalypse, New Age und Rentenkalkül, Nirwana und Anlageberatung ist längst zu einem massenhaften Phänomen geworden. Über die gröberen Szenarios, in denen der Aberglaube nistet, kann man sich leicht lustig machen; aber auch unter Leuten, die sich für vollkommen vernünftig halten, hat die Zukunft ihre Konjunkturen, deren Auf und Ab rational schwer zu erklären sein dürfte. Der nukleare Krieg in Europa, noch vor wenig Jahren ein obsessiver Angsttraum, ist aus der kollektiven Phantasie so gut wie ganz verschwunden. An seiner Stelle wird, in zahllosen Versionen, der ökologische Untergang beschworen. So erscheint noch das Unvorstellbare als bloße Variante, das Aussterben der Gattung als austauschbares Spielmaterial.

Auch die »Visionen« vom Untergang gehorchen dem Verwertungszyklus der Medien. Ihre Totalität ist scheinbar; die Endgültigkeit, die sie beanspruchen, läßt Platz für andere, die ebenso ausschließlich auftreten: Alles wird ganz anders, weil die Weltwirtschaft demnächst zusammenbricht, weil die künstliche Intelligenz das Subjekt ersetzt, weil unheilbare Seuchen alle andern Katastrophen überflüssig werden lassen, weil die Gentechnik dem Menschen ein Ende macht, und so fort.

Aber auch auf den Pessimismus ist kein Verlaß. Nicht nur die monatliche Tilgungsrate für das Eigenheim versieht ihn mit einem stillschweigenden, aber zähen Vorbehalt. Derselbe mündige Bürger, der von der unaufhaltsamen Vergiftung der Erde, vom Schmelzen der Polkappen, von der Erschöpfung aller Ressourcen überzeugt ist, hält zugleich an der Ideologie des *technological fix* fest und erwartet die erlösende Erfindung, das rettende Serum, den sanften Trick, der alle Energieprobleme ein für allemal lösen wird.

Die Koexistenz des Unvereinbaren herrscht auch in der Expertensphäre. Als Pioniere der modernen Wahrsagerei können die Ökonomen gelten. Seit eh und je, gänzlich unangefochten von jeder Widerlegung durch die Realität, stellen sie der Wirtschaft mit ernster Miene ihre Horoskope. Der orthodoxe Marxist berechnet das Datum, an dem der Kapitalismus endgültig zusammenbricht, der windige Anlageberater sagt auf Hochglanzprospekten die nächste Börsenhausse voraus. Beide finden ein gläubiges Publikum vor. Ihre Prognosen haben nur eines gemeinsam: die unerschütterliche Gewißheit, mit der sie vorgetragen werden. In diesem Punkt ist sich der Club of Rome mit der Kernkraftlobby ebenso einig wie der Klimaforscher mit dem Demographen: jeder hat die Zukunft, seine Zukunft für sich gepachtet.

Den Platz auf der Wippe nimmt der Adressat dieser Bemühungen ein. Die Medien setzen ihn einem ständigen Wechsel von Untergangs- und Beruhigungsparolen aus, und es bleibt ihm kaum etwas anderes übrig, als sich an das labile Gleichgewicht von Panik und Apathie zu gewöhnen. Der *common sense*, der an das Durchwursteln glaubt, immunisiert sich auf die Dauer gegen die Handlungsanweisungen, die sowohl in positiven wie in negativen Prophezeiungen verborgen sind. Wer einen Blick in die Zukunftsszenarios aus den fünfziger, sechziger, siebziger Jahren wirft, wird zugeben müssen, daß der gesunde Menschenverstand in seiner Beschränktheit nicht schlechter abgeschnitten hat als alle *think tanks* dieser Welt.

Es sind also recht handgreifliche Erfahrungen, die der Geschichtsphilosophie den Boden entzogen haben. Die Naivität aller Theorien, die letzten Endes nur säkularisierte Versionen der Heilsgeschichte sind, ist auch für den, der mit dem spekulativen Denken wenig anzufangen weiß, eklatant geworden. Gleichgültig, ob sie im »progressiven« oder im »konservativen« Gewand auftreten – ihr Selbstvertrauen hat sehr gelitten, und man merkt ihnen an, daß sie nur noch ihren eigenen Nachlaß verwalten.

Überraschender und denkwürdiger Weise ist es ausgerechnet eine bestimmte Fraktion der »harten« Wissenschaften, die in dieser Lage neue Vorschläge zu machen hat, und zwar gerade dadurch, daß sie von ihrer eigenen Tradition, der Dogmatik des exakten Kalküls, Abschied nimmt. Aus der Thermodynamik, der Evolutions- und Systemtheorie, aber auch aus der Mathematik und der theoretischen Physik sind Ansätze hervorgegangen, die vielleicht aus den alten Sackgassen herausführen könnten. Es geht dabei um neue Paradigmen der Selbstorganisation, um dissipative Strukturen und nicht-lineare Logiken. Dabei hat sich mindestens eines zweifelsfrei herausgestellt: daß die Evolution komplexer Systeme prinzipiell nicht exakt vorhergesagt werden kann. Ihr Ablauf wird von singulären Ereignissen, oft von hoher Unwahrscheinlichkeit, entscheidend beeinflußt. Winzige Inputs können sehr große Ensembles zum »Umkippen« bringen, während andererseits enorme Einflußgrößen dynamisch aufgefangen werden, ohne daß es zu unkontrollierbaren Turbulenzen kommt. Natürlich läßt sich das auch simpler ausdrücken. Man könnte behaupten, die Wissenschaft sei auf dem besten Wege, den Zufall wieder in seine alten metaphysischen Rechte einzusetzen. Allerdings wäre mit dem Rückfall in eine vorwissenschaftliche Begriffswelt nichts gewonnen.

Interessanter ist die Frage, ob sich solche neuen Denkweisen auch auf gesellschaftliche Prozesse anwenden lassen. Ihre Erfinder halten sich in dieser Hinsicht zurück, vermutlich nicht nur, weil sie sich nicht kompetent fühlen, sondern auch, weil sie vor den ideologischen Implikationen einer solchen Übertragung zurückschrecken. Sie haben keine Lust, der Politik ins Messer zu laufen. Umgekehrt halten es Soziologen und Gesellschaftskritiker seit ihrer siegreichen Polemik gegen den Sozialdarwinismus, also seit hundert Jahren, für eine ausgemachte Sache, daß von den Naturwissenschaften nichts zu lernen sei. Dieser Vorbehalt hat sich längst zu einem linken Denkverbot verfestigt. Erst in letzter Zeit nähert man sich vorsichtig der Frage, ob über mögliche Homologien zwischen physikalischen, biologischen und sozialen Prozessen überhaupt nachgedacht werden dürfe oder nicht.

Dabei legt gerade die Verfassung der reichsten Gesellschaften von heute solche Untersuchungen nahe. Sie haben von der Idee der Planbarkeit Abschied genommen. Mächtige und Ohnmächtige, Einzelne und Gruppen verfolgen nach wie vor ihre partikularen Ziele, aber die Bewegung des Ganzen entzieht sich ihren Absichten, ja ihrem Vorstellungsvermögen. Niemandem würde es einfallen, einen »Fünfjahresplan« zu ersinnen, um ihn in die Tat umzusetzen, von weiterreichenden Zielen ganz zu schweigen. Auch hat man es aufgegeben, anderen, Dritten, etwa der Dritten Welt, Entwicklungsstrategien à la Rostow anzutragen oder gar vorzuschreiben. Damit haben sich auch die einst so beliebten Verschwörungskonzepte erledigt, die den historischen Prozeß von geheimnisvollen, allmächtigen Zentren aus gesteuert sahen; und die Suche nach einem Subjekt der Geschichte, ob revolutionär oder evolutionär, hat sich als fruchtlos erwiesen.

Eine Instanz, die sie zentral zu steuern vermöchte, ist in diesen »avancierten« Ländern überhaupt nicht mehr zu erkennen; ja man könnte sogar behaupten, daß es sich hier um azephale Gesellschaften handelt – es wäre dies die ironische Auferstehung eines Zustandes, den die Ethnologen bei prähistorischen Völkern entdeckt haben wollen. Natürlich bedeutet das keineswegs, daß Macht, Reichtum, Chancen in einem solchen Ensemble gleichmäßiger oder gar gerecht verteilt wären. Es heißt nur, daß sich nach der Auflösung festgefügter, hierarchisch gegliederter Standes- und Klassenverhältnisse ein instabiles, dynamisches Fließgleichgewicht bildet, das sich dauernd planlos reproduziert und verändert. Regierungen und Parteien haben in einem solchen System längst aufgehört, »die Richtlinien der Politik zu bestimmen« oder gar, wie in den alten physiologischen Metaphern, als Kopf, Gehirn, Zentralnervensystem des Ganzen zu fungieren; sie versuchen allenfalls, um im Bilde zu bleiben, eine Art von hormonaler Steuerung, um zu verhindern, daß sich die Turbulenzen zur Katastrophe aufschaukeln. Selbst mit dieser Aufgabe scheinen sie überfordert. Wo sie frontal gegen die Resultante des ungeplanten sozialen Prozesses anzugehen versuchen, scheitern sie regelmäßig: »das ist«, wie die Funktionäre dann zu sagen pflegen, »politisch nicht machbar.«

Aber nicht nur der Staat hat an Durchsetzungsfähigkeit verloren, auch die ökonomische Macht, trotz, ja vielleicht wegen ihrer hohen Konzentration, steht nicht mehr, wie einst, monolithisch und dauerhaft da. Wirtschaftliche Monumente wie Krupp, Dynastien wie die der Eisenbahnkönige und der Schlotbarone sind zum Anachronismus geworden. Die multinationalen Konzerne von heute sind durch unvorhersehbare Störungen, Krisen, Einbrüche, Take-overs, fließende Besitzverhältnisse, plötzliche Raubzüge gefährdet bis zur Pleite. So wie das internationale Kapital täglich in Billionentransaktionen unkontrollierbar um den Erdball bewegt wird, wie der Wert der Währungen in einem permanenten elektronischen Experiment stochastisch ermittelt wird, so unterliegt auch die ökonomische Macht, verkörpert in riesigen, aber prekären Quallen, einem unbeherrschbaren Floating, einer raschen Folge von Auf- und Abstieg, Wachstum und Zerfall.

In einem dynamischen Regime, das sich in autokatalytischen

Hyperzyklen dauernd verändert, gibt es aber auch Zonen der Trägheit und der Resistenz, die von Politikern und Technokraten systematisch unterschätzt werden. Wir haben in Westdeutschland und, vielleicht noch verblüffender, in Spanien gesehen, wie sich Gesellschaften innerhalb kürzester Zeit bis in ihre scheinbar unverbesserlichen Züge, bis in ihr kollektives Unbewußtes hinein (falls es so etwas gibt) verändern; wir haben andererseits erlebt, wie alle Versuche, ihre Mannigfaltigkeit einzuebnen, gescheitert sind. Auch dem Wandel sind Grenzen gesetzt, die sich der Berechenbarkeit entziehen. So stoßen zum Beispiel Projekte wie die Abschaffung des Brotes oder der Schrift auf einen schwer erklärbaren, aber offenbar zähen Widerstand; Teilsysteme wie die sogenannte Kleinfamilie haben sich, entgegen allen Erwartungen, als äußerst resistent erwiesen.

Diese Gemengelage zwischen Akzeleration und Trägheit, Verflüssigung und Beharrungsvermögen macht das Ganze nur noch undurchschaubarer. Es ist denkbar, daß solche Ambivalenzen den Prozeß für Einflußgrößen, die quantitativ winzig, aber im prägnanten Moment und an der richtigen Stelle auftreten, nur noch anfälliger machen. Das plötzliche Überschreiten von kritischen Schwellen spielt nicht nur in der Ökologie, sondern auch in der Politik eine immer wichtigere Rolle. Damit rückt auch ein altes, peinliches Thema, das die Marxisten für längst erledigt hielten, in ein neues Licht: die »Rolle der Persönlichkeit in der Geschichte«. Das Auftauchen eines Saddam Hussein oder eines Pol Pot kann Millionen von Menschen den Kopf kosten; wenn ein aufgeklärter Zar erscheint, sind die Folgen unabsehbar; sollte ins Weiße Haus ein Irrer einziehen, so bräuchten wir uns über die Zukunft unseres Rentensystems nicht mehr lange den Kopf zerbrechen; und was geschehen würde, wenn sich ein genialer Religionsstifter der Medien bemächtigte, wagen wir uns nicht auszudenken. Auch dem, der die Lust daran, Hypothesen über die Zukunft aufzustellen, noch nicht verloren hat, muß klar sein, daß sie allesamt und jederzeit durch einen minimalen Faktor x, der die Fulguration auslöst, über den Haufen geworfen werden können.

Das Ende der Geschichtsphilosophie können die meisten von uns sicherlich leicht verschmerzen. Das bedeutet aber nicht, daß wir ohne Lebensperspektiven, Strategien, »Pläne« auskommen könnten. Die Folge ist, daß sich die Schere zwischen theoretischem Verständnis und Lebenspraxis immer weiter öffnen muß. Wenn an dem, was ich hier (ziemlich leichthin) anzudeuten versucht habe, etwas Richtiges ist, so ergibt sich daraus ein Verhalten, das keine allgemeine Verbindlichkeit mehr beanspruchen kann: jeder ist darauf angewiesen, seinen Vermutungen zu folgen, und selbst die stehen unter einem unausgesprochenen Vorbehalt: ich handle so, als könnte ich unter den fortwährend oszillierenden Zukünften meine eigene finden.
Auf die Gefahr hin, daß sie mit einem Bekenntnis verwechselt werden kann (und Bekenntnisse sind bekanntlich nur für den interessant, der sie ablegt), möchte ich eine solche Vermutung äußern. Die allenthalben verlangte und gerühmte Flexibilität, die allmählich in den Rang einer sozialen Kardinaltugend erhoben wird, halte ich für eine schlechte Strategie. Der bloße Sozialautomat, der immer nur auf gegenwärtige Zustände reagiert, verliert nicht nur den letzten Rest von Kontrolle über sein eigenes Los, er wird auch immer zu spät kommen. Der Hohn des Igels ist dem Hasen, der ihm hinterherhechelt, gewiß. Aber auch die umgekehrte Lösung taugt von Tag zu Tag weniger. Wer glaubt, es komme darauf an, frontal gegen »das System« anzugehen, als konservativer oder revolutionärer Einzelkämpfer, erliegt – wenn meine Beschreibung nicht falsch ist – einer Illusion; denn eine solche Haltung ist nur dann sinnvoll, wenn man über eine objektiv stringente Zukunftsperspektive verfügt (den »Sinn der Geschichte« kennt).
Die Frage, ob es mit dem Strom oder gegen ihn zu schwimmen

gilt, scheint mir veraltet, weil sie eine unerträgliche Vereinfachung voraussetzt. Ergiebiger scheint mir das Verfahren des Seglers zu sein, der sowohl beim Wind als auch vor ihm kreuzt. Ein solches Vorgehen, auf die Gesellschaft bezogen, erfordert extreme Aufmerksamkeit und stoischen Unglauben. Wer auch nur das nächste Ziel erreichen will, muß Zug um Zug mit tausend unvorhersehbaren Größen rechnen und darf sich keiner von ihnen anvertrauen. Aber mit Geistesgegenwart allein ist es nicht getan. Angst vor dem Anachronismus kann sich keiner leisten, der der Idiotie der Gleichzeitigkeit entrinnen möchte. Ein gewisser Eigensinn, der auf letzte Begründungen verzichtet, kann dabei nicht schaden.

Klimamaschine

Falsch! Es ist eine alte Küche
und keine Maschine. Es dampft,
es brodelt, es glüht und gefriert.
Launisch und unermüdlich
ist sie, die stürmische Köchin,
bleibt unsichtbar, läßt sich
nicht gern in die Töpfe gucken,
wäscht, dünstet und röstet uns,
wettert und schäumt. Oh,
sie kocht auch nur mit Wasser
und Gas!
                    Arme Wissenschaft,
die mit roten und blauen Pfeilen,
Meßfühlern, Rechnern und Sonden
aus ihrem Kaffeesatz liest!
Geheime Rezepte, je nach dem Stand
der Gestirne, vom Mist abhängig,
vom Dreck, vom vulkanischen Brei.
Pünktlich zaubert die Köchin
den Reis herbei, den Dill, die Vanille.
Unberechenbar rührt sie die Welt um
mit ihrem riesigen Löffel.

Astrolabium

Tympanon, Mater und Limbus:
vergangene Wörter aus Messing.
Wer wüßte schon, mit Aldihade,
Spinne und Regel, die Höhe der Sonne,
böhmische und babylonische Stunden
und den Stand der Gestirne
zu bestimmen, mit bloßen Händen?

Auf der Planisphäre das gestochene Bild
der Himmelskugel, Azimute,
Almukantaraten und Horizont,
und über ihr kreisend ein zartes Netz
aus feinen Stegen, an deren Spitzen
Aldebaran, Rigel, Antares und Vega
zu sehen sind. Umgewendet
lassen Zodiak und Schattenquadrat
Horoskope berechnen, die Höhe
von Türmen und Gipfeln erkennen.

Ein Kalender, eine sinnreiche Sternenuhr,
ein Orakel, ein analoger Computer,
der im Museum schläft – altes Eisen
für Astronomen, die nichts mehr sehen.
Nur die fehlfarbenen Schemen des Bildschirms
und endlose Zahlenkolonnen.
Immer tiefer, in immer fernere Galaxien
blickt die erblindete Wissenschaft.

Tycho Brahe
1546-1601

Hinter kalten, hochmütigen Augen ruht, unter dem kahlen
Schädeldach,
dieses bleiche Gewebe, empfindlich, ein elektrischer Teig.
Capricci der Evolution. Siehe z.B. den Narwal. Er hat zwei
Zähne:
Winzig der eine, der andere, immer der linke, wächst schraubig
und wächst, meter- und meterlang; Rillen und Grate
schmücken ihn, links gewendelt, immer nur links.

Der Skarabäus, das Einhorn, der Mammut: lauter Chimären.
Oder nimm
dieses Raubtier: den Grandseigneur, der mit dreizehn die
Achseln zuckt
über Rebhühner, Windhunde, Fuchsjagden; wendet seiner
Klasse den Rücken
und die Augen der Sonne zu, die sich verfinstert. Unruhe,
Spleen,
Luxus der Präzision: Quer durch Europa tragen ihm seine
Diener
einen Quadranten nach; zwölf Meter Durchmesser, Eiche und
Messing.

Reibt sich die Nase, verstümmelt durch ein Duell, bei dem es
um mathematische Streitfragen ging: ein goldenes Artefakt.
Reibt sein rötliches Fleisch an einer Bauernmagd: elf Bastarde.
Keine Zeit für die Liebe. Stattdessen abstrakte Beute: Wissen
um jeden Preis. Am Martinstag 1572 flackert, heller als Venus,
(Ich glaubte meinen Sinnen nicht trauen zu dürfen)

BCas auf, der Tychonische Stern. Eine Supernova,
ein Capriccio des Kosmos. *Also auch die ewigen Sphären des Himmels*
verändern sich. Europas Schamanen deuten das höllische Omen:
Bluthochzeit, Schwarzer Tod, Harmagedon. Jener dagegen
mißt, minutengenau, kalkuliert seine Fehlergrenzen: *De Stella Nova.*
Eine neue Chimäre, kostspielig: Radiospiegel, Plasmakäfige,

Big Science. Die Neue Insel der Seligen: Venus im Øresund,
die weißen Klippen von Hveen, ein Kythera der Wissenschaft.
Extravaganzen: Zwiebelkuppeln, zylindrische Türme, Astrolabien,
prunkvolle Uhrwerke, Druckerpressen, allegorische Automaten.
Der große Himmelsglobus allein kostet fünftausend Rigsdaler.
Der Mammut hingegen ist ausgestorben, und Einhörner gibt es nicht.

Der König von Schottland tafelt mit dem Gelehrten. Im Keller
hämmern Gefangne gegen die eisernen Gitter: Bauernpack!
Unterm Tisch hockt der Narr, ein Zwerg, und geifert die Wahrheit:
Es sind die andern, die hungern! Von unten ein dumpfes Geräusch,
der König grölt, es hüstelt der *Phönix der Astronomie,* und leise
scharrend hält das Uhrwerk die Weltmaschine in Gang.

Der Keller von Schloß Uranieborg ist ein einziger Käfig.
In zwanzig Jahren graviert das Egghead in seinen Messingglobus
777 Zeichen: jedes Kreuz ein Fixstern, und jeder Fixstern
ein geschundener Pächter. Größenwahn, Ennui. Ein Krach
mit dem Souverän, und die Diva verläßt Dänemark. Eine Karawane:
Zwerg, Diener, Kegel und Assistenten. Planetentafeln.

Vor allem aber die Instrumente. Sie sind zerlegbar gebaut,
denn *ein Astronom muß Kosmopolit sein; die Ignoranz*
der Herrscher verbietet es ihnen, seinen Wert zu begreifen.
Ein Phantast nimmt den Phantasten auf, Rudolf in Prag.
Ein Strom von Gold, ein Strom von Gästen, ein Narrenhaus,
wimmelnd von Schranzen, Kurpfuschern, Alchimisten.

Um die Jahrhundertwende kommt ein Plebejer nach Prag, sitzt
ganz unten am Tisch, grübelt. Rüpelhaft, dieser Kepler. Geld hat er
nicht, hat keine Sextanten, greift seinen Herrn an *wie ein toller Hund,*
stichelt und stiehlt. Jener, bis zum letzten Atemzug gierig
nach Gold, Fleisch, Prunk, liegt im Delir: dieser, obskur und methodisch,
entziffert die Daten, gebiert seine unerhörten Gleichungen

und verdunkelt das Licht des Toten für immer. Zwei Mutanten.
Wissen, chimärenhaft, ohne zu wissen wozu. Im grauen Gewebe
tickt die Evolution. Launen im Eiweiß. Einhörner. Siehe
z.B. den Narwal und seinen Zahn. Unsre Erklärungsversuche
sind fadenscheinig. Eine Waffe: aber wogegen? Ein Werkzeug:
aber wozu? Ein Gerät für ein Ritual, das wir nicht kennen?

Charles Messier
1730-1817

M. Der Buchstabe *M* auf den Sternkarten: *M 42*
im Orion; *M 57*, der Ringnebel in der Leier; auch die
Pleiaden,
M 45; und der Neue Stern der Chinesen, die Supernova, *M 1:*
glühende Gaswolken, kosmische Bomben, Radioquellen.
As-Sûfi, Himmelsfalke! O Swedenborg, extragalaktischer
Träumer!

Dagegen dieser: anstellig, sauber, unscheinbar.
Ein Hungerleider. Mit einundzwanzig brachte er nach Paris
eine nette Handschrift mit und sonst nichts.
Fünfhundert Francs im Jahr, dazu Kost und Logis.
Delisle ließ ihn seinen Plan von Peking kopieren

und seine Handskizzen von der Großen Mauer.
Ein Ignorant. Nach seinem ersten Kometen suchte er
achtzehn Monate lang umsonst: Halleys Kalküle
waren ungenau (Perturbationen durch die Masse des Jupiter).
Später nannte der König ihn *das Kometen-Frettchen*.

Einmal brachte ihn seine Frau um eine ganze Nacht:
Sie lag im Sterben. Er weinte um den Kometen,
den er versäumt hatte. Während in London der alte Herschel
seine riesigen Refraktoren goß, schliff und montierte,
wachte er bei seiner Ölfunzel, theorielos. Ein Ignorant.

Scharfe Augen, Pendeluhr. Ein kleiner Quadrant,
ein schäbiges Teleskop (sieben Zoll). Das war alles.
Er schlief nicht. Er suchte. Finsternisse, Sonnenflecken.

In einer Herbstnacht vor zweihundert Jahren
bemerkte er unweit von Zeta Tauri einen schwachen
Lichtschein.

Einen Kometen, der kein Komet war, denn er bewegte sich
nicht.
Die Erscheinung, eine Milchstraße, störte ihn. Er sah,
zeichnete auf, begriff nichts. Mitglied der Royal Society,
der Akademien von St. Petersburg und Berlin, Stockholm,
endlich Paris. Ein Buchhalter, ein Kopist. Wie blind er war!

Unter seinem Fenster zogen Paraden und Prozessionen vorbei,
Hochzeiten und Leichenkondukte. Auf der Rue Saint-Jacques
lärmte die Geschichte. Die Huren lockten, Schüsse fielen,
Tiraden brandeten auf und erloschen: Tugend, Terror und
Glück.
Blind und taub. Die Feder kratzte. Das Öl wurde knapp.

Den geköpften König vermißte er nicht, nicht die Bierbrauer
und die Wäscherinnen, die Rattenfänger und die Bankiers,
die das gleichmütige Beil zerschnitt. Die Astronomen
waren geflohen. Nur einen fand er, Bochard de Saron,
den Freund von Laplace. Die Conciergerie stank nach Urin.

In seiner Zelle berechnete dieser ihm eine Kometenbahn,
bevor er auf das Schafott trat. Dann saß der Alte wieder
unbezahlt, schlaflos, unbemerkt, gichtig, im Hôtel de Cluny.
Die Stadt war dunkel. Angst, Hunger, Wucher und Inflation.
Eine Viertelstunde lang Stille, dann wieder das Scharren der
Feder.

Catalogue des nébuleuses et des amas d'étoiles
que l'on découvre parmi les étoiles fixes. Hartnäckig,
sanft und rücksichtslos wie ein Kind.

Nur ein Buchstabe erinnert an ihn. M
war ein Ignorant. Zwei Millionen Lichtjahre weit entfernt

vergeht eine Milchstraße, langsamer als wir.
M 31. Wenn der Smog es erlaubt, wenn ich absehe
vom Widerschein der Insel Manhattan, von der Geschichte,
erblicke ich sie, winzig, mit bloßem Auge, am nördlichen
Himmel,
zwischen Mirach, Sirrah und Schedir, in der Andromeda.

Fragen an die Kosmologen

Ob zuerst das Licht da war
oder doch eher die Dunkelheit;
ob es irgendwo nichts gibt,
und ob von etwas,
wenn ihr so weitermacht,
etwas übrigbleibt,
von der guten alten Materie,
außer einer Überdosis Mathematik?

Könnt ihr mir sagen,
ob es sein Bewenden hat
mit 22 Dimensionen,
oder sollen es ein paar mehr sein?
ob das Jenseits ein Wurmloch ist,
und auf wie viele Paralleluniversen
ich mich gefaßt machen muß?

Ehrfürchtig lausche ich
euern exakten Märchen,
ihr Hohepriester.
So viele Fragen. An wen,
wenn nicht an euch,
die letzten Mohikaner
der Metaphysik,
soll ich sie richten?

Wissenschaftliche Theologie

Wahrscheinlich ist er nur einer von vielen.
Er wird müde sein, manchmal,
zerstreut. Schwere Arbeit,
all diese Versuchsreihen,
überabzählbar viele. Ja,
im Prinzip weiß er alles,
aber natürlich, um die Details
kann er sich nicht kümmern:
Reaktoren, die heißlaufen,
Plasmawolken, relativistische Felder.
Wir sind schließlich nicht die einzigen.

Erst nach einer Ewigkeit
nimmt er die Probe wieder zur Hand.
In seinem riesigen Auge
spiegelt sich unser Universum.
Aber dann sind wir schon vorbei.
Schade. Womöglich hätten wir ihn,
rein wissenschaftlich gesehen,
interessiert. Eine Novität, nur leider
nicht sehr haltbar, unbemerkt,
weil er anderweitig beschäftigt war,
dieser Gott. Er hat uns verschlafen.

IV

Bibliographie

Dies ist für dich geschrieben.
Windungen unter der Rinde,
Zitterschrift hinter den Schläfen,
Ameisenwege.

Das ist keine Kunst.
Gedruckte Schaltung,
Kommunismus
der Polypeptide,
elektronische Schlüsselblumen,
Lerchen, programmgesteuert.

Nimm und lies,
alter Selbstmörder.

Genetische Manifeste,
Permutationen, Triller.
Jeder Kristall ein chef d'œuvre.
Libellenaugen zu konstruieren
ist keine Kunst,
aber Weltreiche sind simpler gebaut.

Diese Brennessel
könnte von Proust sein:
Feedback-System zweiten Grades,
ultrastabil.

Bis dir das Buch in die Hand kommt,
ist es zum Lesen
vielleicht schon zu dunkel.

•

Ob die Libellen
ohne uns auskommen werden,
wissen wir nicht.
Es ist anzunehmen.

Wirf das Buch fort
und lies.

Carl von Linné
1707-1778

Ein anderer Wahn als der unsrige: der Wahn eines Klassikers.
Klar, dürr und lakonisch. Damals war alles viel kleiner.
Er war fast ein Zwerg, *kribblig, ruhelos, wirbelnd,*
doch der bernsteinfarbene Blick unter der schweren Perücke
war durchdringend und kalt: Jedes zufällige Merkmal
muß man zurückweisen. Sammeln, Bestimmen, Benennen.
Alle dunklen Ähnlichkeiten sind nur zur Schande der
Wissenschaft
ersonnen worden. Terminologische Messer, um aus dem Fleisch
einer blinden zuckenden Welt herauszuschälen das
Immergleiche.

Inventare, Nomenklaturen, Repertoires. Die Natur
ein zeitloses Rechteck, ein unbeweglicher Raster.
Handkolorierte Stiche, Stammbäume, Gesetzestafeln.
Im Schaum der Erscheinungen steht diese Sprache still.
Eine Grammatik des Meßbaren: *So dick wie ein Haar,*
so tief wie ein Nabel, von der Gestalt einer Vulva,
gewunden wie eine Ohrmuschel. Klassifizierend,
minutiös und »sinnreich«. Tag und Nacht an der Arbeit,
auf daß er keine Minute verlor solang er in Uppsala blieb.

In einem kargen Land, im schäbigsten Dixhuitième:
steinige Jugend, kein Geld für Schuhsohlen, Essen
aus fremden Tellern, ein immerfort kaltes Bett, Winkelzüge
um Titel und Taler. Endlich die Flucht in das Unbewohnbare.
Dort wo fast nichts mehr lebt, wird er fast lebendig.
Lappland 1745: *Sommer und Winter gesehen an einem Tag,*
Wolken durchschritten, das Ende der Welt aufgesucht,

die Nachtherberge der Sonne. In der Kälte blüht
sein trockenes Herz. Rentiermoos, Tundra, arktische Freiheit.

Dann wieder die Hofschranzen, die Gärten und Kabinette.
Höllische Träume, Grübeleien, »sinnreiche« Finsternis.
Aus den Bernsteinaugen leuchtet der Wahn. Unbeweglich.
Endlich Professor, Leibarzt der Königin *(eine glückliche Hand*
bei der Heilung von Brustkrankheiten), Präsident der
Akademie.
Der Polarstern am schwarzen Bande. Alles zu spät.
Mißstimmung, Argwohn, dumpfe Abende in Gewächshäusern,
dann der Schlagfluß. Die letzten vier Jahre verbringt er
halb gelähmt, *in trauriger Schwäche des Körpers und des*
Geistes.

Niemand wußte, *daß er, der soviel Beweise der Vorsehung*
Gottes
unter den Naturalien aufgefunden, seit vielen Jahren
ähnliche Beyspiele in den Schicksalen der Menschen gesamlet;
daß auch die Wunder, die Sünden der Taxinomie gehorchen.
Verfolgungswahn, Zwangsvorstellungen. Neben der *histoire*
admirable
des plantes die Naturgeschichte der Krankheiten und der Laster:
Nemesis divina, das Nachtbuch, in einem Futteral aufbewahrt,
voller Vorzeichen, Omina, Ahnungen. Lektüre für Strindberg.
Empirische Theologie. Der Forscher als Spitzel Gottes.

Alles hat seine Ordnung: Brandstiftung Unzucht Kindsmord
Verrat
Arglist und Giftmischerei. *Melander, Professor der Theologie,*
intrigiert im Konsistorium, bis sechs Uhr abends sein Kopf
sich auf den Rücken dreht. Stürzt, wird heimgetragen, sieht nie
den Tag an dem er gesund wird. Gott ist ein zeitloses Rechteck,
seine Vergeltung ein Raster, unbeweglich: Hinrichtung Feuer

Fenstersturz Abgeschlagener Kopf. *Frau Psilanderhjelm, liederlich,*
legt sich zu einem Hofmann in Stockholm. Krankt am Unterleib,
stirbt bald. Man öffnet sie, findet an Kindes Statt einen Stein.

So kommt alles ans Licht. Der Sünder verfault bei lebendigem Leib.
Eine *ziemlich einförmige Lebensweise*. Die Strafen
werden gesammelt, bestimmt und benannt. Minutiös und »sinnreich«
wie der Mechanismus der Fortpflanzung: Faden Beutel und Pollen,
Samen Griffel und Narbe. *Systema sexualis:* eine tödliche Obsession.
Das Leben existiert nicht; es existieren nur Lebewesen.
Immer kleiner werdend grübelt der große Greis, unbeweglich,
einer göttlichen Rache nach, die logisch wäre. »Sinnreich«.
Sinnlos. »Sinnreich«. In seinem Wahn kommen »wir« nicht vor.

Die Blume, die seinen Namen trägt, Linnaea borealis L.,
ist unscheinbar, winzig, und fast ganz weiß.

Lazzaro Spallanzani
1729-1799

Der Abbé, ein hochfahrender Mann, *kleines Kinn, stechende Augen,*
von elektrischem Temperament, doch ziemlich fett, besteigt den Vesuv,
scharrt im Kraterfeld, um die frische Lava einzuverleiben

seinem berüchtigten Kabinett, darin Gekröse, Mißgeburten,
Würmer in Flaschen. Nach Spiritus riecht es, nach fauligem Fleisch.
In die beißenden, ranzigen Schwaden mischt sich ein Schwefeldunst.

Einer nie zuvor gedachten Klasse von Fragen nachsinnend,
handelt er, um die Antworten aufzufinden, zweckmäßig: zweckmäßig
führt er Knochenschere, Skalpell, rotglühende Nadeln. Wohin

fliegt die geblendete Fledermaus? Das Gehirn der geschlachteten Kuh,
die Muskeln des toten Hundes, und die Lunge der ertrunkenen Frau,
unter der Glasglocke atmen sie weiter, stundenlang. *Heureka!*

rief ich aus, überwältigt von dieser unerwarteten Freude.
Man amputiere den Salamander, man verscheuche die Aasfliegen,
man amputiere und amputiere und amputiere und amputiere wieder:

Wachsen ihm Schwanz und Beine und Kiefer nach, auch beim
fünftenmal?
Den Regenwurm teile man längst und quer, in fünf Stücke.
Man köpfe ihn.
Die Folgen dieser Handlungen stelle man sorgfältig fest.

*Dieses Geschöpf wird Ihnen, je gründlicher Sie sich mit ihm
befassen,
desto wunderbarer erscheinen. Sie gewinnen ihm neue Seiten ab,
so fabelhaft, daß man fortan sagen wird: Schön wie ein
Regenwurm.*

Seine Polemiken sind gefürchtet. Rücksichtslose Rancune
in Fußnoten, giftiger Zwist. Die Gelehrten belauern sich wie
Skorpione,
stechen plötzlich zu und sonnen sich dann knickrig in ihrem
Triumph.

Experimenteller Reflex: *Über die Verdauungsgeschäfte des
Menschen
und verschiedener Thier-Arten.* Nimm einen Schwamm,
knüpfe denselben
an einen Faden, verschlucke ihn, hol dir den Magensaft aus
dem Leib.

Reiß einer Katze nach dem Fraße den Magen heraus, vernäh
das Organ,
leg es in warmes Wasser und demonstriere so auf dem Tisch
die Verdauung der Leichen. *Etwas Schöneres kann es nicht geben.*

Ein aufgeklärtes Jahrhundert. Aber von Aasfliegen wimmelt es.
Der Abbé ist ein Triebtäter. Molche kopuliert er mit Kröten:
monströse Vereinigungen. Aus den geöffneten Weibchen holt
er den Laich,

dann schlachtet er Männchen, zapft ihre Milch ab, und pflanzt die Toten fort.
Dieses erstaunliche Schauspiel hat meine Phantasie beflügelt.
(Im selben Jahr konstruiert Réaumur in Paris eine *künstliche Mutter.*)

Er masturbiert einen Hund und spritzt einer Hündin das Sperma ein.
Ich kann aufrichtig sagen, daß mir ein lebhafteres Vergnügen
niemals zuteil ward. Das Tier wirft. (Bald folgt ihm die erste Frau.)

Ziemlich fett, von elektrischem Temperament, kleines Kinn:
Solche Beschreibungen besagen nicht viel, sowenig wie unser Brechreiz.
Die gärende Gelatine stinkt, der grünliche Schleim stockt in der Phiole,

es regt sich die *unerwartete Freude,* und auf dem befleckten Besteck
sitzen die Fliegen. Zweckmäßig verfolgt der Mensch sein Geschäft,
eine Tierart, die frohlockend voranschreitet. *Heureka!*

Die Folgen dieser Handlungen stelle man sorgfältig fest.

Charles Robert Darwin
1809-1882

Der Mann, der nicht wollte.
Die Erde unter den Füßen machte ihn seekrank.
»Bahnbrechend«, »umwälzend«, »genial«, »ein Titan«:
er wollte nicht, hat sich gewehrt,
von Anfang an, mit allen Mitteln.
Brechreiz, Migräne, Hypochondrie.

Die Schule *nichts weiter als ein weißer Fleck*.
Stellt sich dumm. Aus Mimikry mittelmäßig und faul.
Das Studium *abstoßend, unerträglich langweilig,*
verlorene Zeit. Versteht nichts von Mathematik,
vergißt die Klassiker, bleibt *unwissend wie ein Schwein,*
was Politik betrifft, Geschichte und Philosophie.

Man mutet ihm zu, Arzt zu werden:
er kann kein Blut sehen.
Man will einen Pfarrer aus ihm machen:
er kann kein Latein.
Versager. Hält sich aus allem heraus,
zaudert, vermeidet es, Konsequenzen zu ziehen,
hat keine Ellbogen.

Die Ehe: *Schreckliche Zeitvergeudung*.
Kinder: *Immerhin besser als ein Hund*.
Jeglichem Amüsement geht er aus dem Weg:
Amüsement ist das Allerschlimmste.

Dann die berühmte Weltreise: halb widerwillig,
halb aus Versehen. An Bord
liegt er stundenlang auf dem Kartentisch.

Schwindelgefühl, Schlaffheit.
Sammelt Proben, Daten, Präparate.
Seine Überzeugungen behält er für sich.

Eines Nachmittags liest er Malthus
(zur Unterhaltung): Herzklopfen,
heftiger Schüttelfrost, und im Gehirn
ein elektrischer Sturm. Fortan
war er verloren. Der Rest war Evolution:

Die Entstehung der Arten entsteht
und entfaltet, »naturwüchsig«, unaufhaltsam,
eine neue Art von Ideen, in einem Prozeß,
der den Zermalmer zermalmt, allmählich,
langsam, und unerbittlich.

Er weicht zurück, heiratet,
zieht in ein abgelegenes Dorf,
vermeidet Reisen, Geselligkeiten,
schirmt sich ab: Rentner mit dreiunddreißig.

Mein Kopf hat sich in eine Art Maschine verwandelt,
die dazu bestimmt ist, große Mengen von Fakten
zu allgemeinen Gesetzen zu vermahlen.

Sieben Jahre *Über Korallenriffe, ihre Struktur und Verbreitung.*
Einundzwanzig Jahre *Über Bewegungsvermögen und Lebensweise*
der Rank-, Schling- und Kletterpflanzen.

Acht Jahre *Über Entenmuscheln und Seepocken*
(zwei Folianten über die lebenden Arten, zwei über die fossilen).

Es bildet sich aber aus der Schale ein festes Gehäuse,
das den Leib gleich einem Panzer schützt.
Aus meinem weiteren Leben habe ich daher,
abgesehen von meinen Publikationen,
nichts zu berichten.

Tageslauf: höchstens vier Stunden Arbeit,
dann der Besuch in den Treibhäusern.
Lange Siesta, in einen Schal gewickelt,
auf dem Sofa. Umkleiden. Nach dem Dinner
spielt jemand eine Klaviersonate.

Man geht früh zu Bett. Schlaflosigkeit:
Seine Nächte waren meist schlecht,
er lag oft wach oder saß aufrecht im Bett.

(Vgl. fünfzehn Meilen [Luftlinie] entfernt
einen anderen Invaliden, der widerwillig
und unaufhaltsam am Umsturz arbeitet:
Leberleiden, Brechreiz, Furunkulose;
matt wie eine Fliege, schlaflos, geplagt
von *übertriebenem Blutscheißen:*
Ich bin eine Maschine, dazu verdammt,
Bücher zu verschlingen und sie dann
in veränderter Form auf den Dunghaufen
der Geschichte zu werfen.)

Endlose Details, akkumuliert wie Korallenkalk,
in Schubladen, Mappen, Registern.

Armer Teufel, bemerkt sein Gärtner,
steht herum und starrt minutenlang
auf eine Sonnenblume.
Wenn er nur etwas zu tun hätte,
das wäre besser für ihn.

Schmerzliche Verkümmerung, Gefühl,
völlig verdorrt zu sein.
Nur die Wissenschaft bleibt.
Um so schlimmer.
Manchmal hasse ich sie.

Will nicht, hat nie gewollt,
und hängt doch sein ganzes Leben an »die Natur«,
mit ihrer plumpen Vergeudung, niedrigen Pfuscherei
und abscheulichen Grausamkeit: methodisch
wie ein Buchhalter oder ein Regenwurm.

Die Bildung der Ackererde
durch die Thätigkeit der Würmer,
mit Beobachtungen über deren Lebensweise:
Frucht einer Tätigkeit von fünfzig Jahren.
In der Geschichte der Erde bedeutsamer,
als man denkt, vermahlen sie
in ihrem Muskelmagen die Erde zu Humus,
tonnenweise, lautlos und unaufhaltsam.

Das Einfache, das schwer zu erfinden ist

Nichts gegen den Mikroprozessor,
aber wie stünden wir da
ohne das Wasser?
Was ist schon eine Jupitersonde,
verglichen mit dem Gehirn einer Fliege?
Wie sie sich abmühen,
diese Labormäuse, mit dem Klonen!
Doch vorzüglicher ist es, zu vögeln.
Und der Löwenzahn erst,
wie der es macht: heitere,
unübertroffene Eleganz!
Nie im Leben,
liebe Nobelpreisträger,
gebt es nur zu,
hättet ihr sowas erfunden.

Putschisten im Labor
Über die neueste Revolution in den Wissenschaften

Es ist noch nicht lange her, da wurde von vielen der Verlust der Utopien beklagt, die seit ihrer Erfindung als himmlisches Manna für den denkenden Teil der Menschheit galten. Vom bloßen, märchenhaften Wünschen unterschieden sich diese Entwürfe zur gänzlichen Verbesserung unseres Loses durch ihre rationale Gestalt. Die Utopien waren samt und sonders europäische Blaupausen zur Errichtung idealer Gesellschaften, in denen nicht mehr der alte Adam das Sagen hatte, sondern der Neue Mensch. Alle Versuche zu ihrer Verwirklichung endeten früher oder später im Katzenjammer; so zuletzt im *anno mirabili* 1989.

Aus der Psychiatrie weiß man, wie leicht eine depressive in eine manische Phase umkippen kann – und umgekehrt. Einiges spricht für die Vermutung, daß ein solcher plötzlicher Umschwung nicht nur bei individuellen Patienten, sondern auch bei großen Kollektiven zu beobachten ist. In den siebziger und achtziger Jahren des vergangenen Jahrhunderts schien die Depression zu überwiegen. Überall wurden Szenarien des Untergangs ausprobiert. Der Kalte Krieg mit seinen Blockaden und Stellvertreterkonflikten hatte zur Lähmung der Weltpolitik geführt. Umweltkatastrophen aller Art zeichneten sich ab. Der Club of Rome prophezeite die Erschöpfung aller endlichen Ressourcen in kürzester Zeit. Vom nuklearen Winter war die Rede. Apokalyptische Stimmungen breiteten sich nicht nur auf der Leinwand des Hollywoodfilms und auf dem Bildschirm aus.

Offenbar hatten sich die westlichen Gesellschaften zu früh auf den Untergang gefreut. Schon lange vor der Jahrtausendwende bahnte sich die manische Phase an. Es war diesmal nicht die Geschichtsphilosophie, die mit Erlösungsversprechen aufwartete; keine Partei, keine politische Ideologie trat mit einem neuen Menschheitsprojekt auf den Plan – im Gegenteil, der Kollaps des Kommunismus hinterließ ein ideologisches Vakuum, das keine alte oder neue Linke zu füllen vermochte.

Die neuen utopischen Verheißungen kamen aus den Forschungsinstituten und den Laboratorien der Naturwissenschaften, und es dauerte nicht lange, bis ein phantastischer Optimismus die Szene beherrschte. Fast über Nacht kehrten alle Motive des utopischen Denkens wieder: der Sieg über sämtliche Mängel und Nöte der Spezies, über die Dummheit, den Schmerz und den Tod.

Auf einmal sagten viele, es sei nur eine Frage der Zeit, bis die genetische Verbesserung des Menschen zum Ziel führte, bis die altertümliche Form der Zeugung, der Geburt und des Todes abgeschafft wäre, bis Roboter den biblischen Fluch der Arbeit aus der Welt schafften, bis die Evolution der Künstlichen Intelligenz dem leidigen Mangelwesen ein Ende machte. Uralte Allmachtsphantasien fanden so eine neue Zuflucht im System der Wissenschaften.[1]

Keineswegs geht es dabei um die Gesamtheit der Wissensproduktion. Immer klarer zeichnet sich die hegemoniale Position weniger Disziplinen ab, die über die entscheidenden Ressourcen wie Geld und Aufmerksamkeit verfügen, während andere, wie die Theologie, die Literaturwissenschaft, die Archäologie und leider auch die Philosophie nur noch eine marginale, um nicht zu sagen dekorative Rolle spielen. Sie werden eben jener Harmlosigkeit wegen geduldet, ja geschätzt, die man ihnen von seiten des Staates und der Wirtschaft zuschreibt. Utopische Verheißungen sind von ihnen in dieser Lage sicher nicht zu erwarten.

Auch gewisse naturwissenschaftliche Disziplinen wie die Geophysik oder die Meteorologie führen ein eher bescheidenes

Dasein im Schatten der sogenannten Leitwissenschaften. Diese Rolle fiel im zwanzigsten Jahrhundert der theoretischen Physik zu. Inzwischen ist, neben den Computer- und Kognitionswissenschaften, die Biologie an ihre Stelle getreten. Sie »hat nicht nur die Scheidung zwischen Grundlagen- und angewandter Forschung aufgehoben, sie ist auch die zugleich kapitalistische wie revolutionäre Wissenschaft *par excellence*. Die Biotechnologie ist die Basistechnologie des nächsten ökonomischen Großzyklus« (Claus Koch).[2]
Daß es bei einer so tiefgreifenden Veränderung des Wissenschaftssystems nicht ohne ideologische Ansprüche abgehen kann, leuchtet ein. Waren einst für die Ausrottung aller Leiden Schamanen und Wunderheiler zuständig, so sind es heute Molekularbiologen und Genetiker; und von der Unsterblichkeit sprechen nicht mehr die Priester, sondern die Forscher.[3]
Die neuen Utopien werden mit beispiellosen Kampagnen in der Öffentlichkeit vorgetragen. Nicht von ungefähr sind es amerikanische Wissenschaftler, die dabei das große Wort führen. Der endemische Optimismus, das missionarische Bewußtsein und die hegemoniale Stellung der Supermacht USA liefern dafür den ideologischen Hintergrund. Der gute alte Fortschrittsglaube, von dem noch vor kurzem niemand viel wissen wollte, erlebt so eine triumphale Wiederauferstehung.
Nicht alle Wissenschaftler können und wollen sich mit ihrer neuen Erlöserrolle anfreunden. Sie widerspricht allen Traditionen des »organisierten Skeptizismus« (Robert Merton)[4], der Beweistheorie und der nüchternen Vorsicht. Allerdings hat sich die objektive Lage der wissenschaftlichen Institutionen in kürzester Zeit grundlegend verändert. Der Abstand zwischen der Forschung und ihrer ökonomischen Auswertung hat sich derart verkürzt, daß von der Unabhängigkeit, deren die Wissenschaft sich rühmt, nicht mehr viel übriggeblieben ist.[5]
Die riesigen Investitionen in den Forschungsbetrieb müssen so rasch wie möglich Renditen abwerfen; aus selbstbestimmten

Gelehrten werden so Teilhaber und Unternehmer des rasant wachsenden wissenschaftlich-industriellen Komplexes, die Patentanwälte, Emissionsbanken, Börsengurus und Public-Relations-Agenturen beschäftigen.[6] Die Geldströme, ob Aktienkapital oder Subventionen, verschärfen den Konkurrenzkampf und den Mediendruck. Wer dabei nicht den kürzeren ziehen will, muß mehr versprechen, als er halten kann.

Eine manische Phase zeichnet sich bekanntlich durch systematische Wirklichkeitsverluste aus. So nimmt es nicht wunder, daß historische Erfahrungen mit der Utopie verdrängt und Pleiten nicht zur Kenntnis genommen werden. Hat nicht der »dialektische Materialismus« in der Sowjetunion als unumstößliche wissenschaftliche Grundlage gegolten, ganz zu schweigen von den eugenischen Phantasien des Nobelpreisträgers H. J. Muller? Wer erinnert sich noch an die Glücksverheißungen der Atomindustrie aus den fünfziger und sechziger Jahren? Die Kernkraft galt als Schlüssel zum Schlaraffenland der Energie; irgendwelche Folgeprobleme waren nicht vorgesehen. Und wie verhält es sich mit der Künstlichen Intelligenz, deren Propheten schon vor dreißig Jahren für die Jahrtausendwende Maschinen versprachen, die alle Leistungen unseres Gehirns bei weitem übertreffen sollten? Niemand vergleicht diese Vorhersagen mit dem armseligen Ergebnis milliardenschwerer Investitionen, jenen elektronischen Schildkröten, die Mühe haben, eine Treppe zu überwinden. Und während die Medien jeden Fortschritt, besonders der medizinischen Forschung, mit Schlagzeilen begrüßen, schrumpfen die geschäftsschädigenden Risiken und Nebenwirkungen, solange sie nicht katastrophale Dimensionen annehmen, auf eine Randnotiz im Wissenschaftsteil der Tageszeitung.

Unüberwindlich erscheint nach alledem die Leichtgläubigkeit des Publikums und die Unbelehrbarkeit der Wünsche. Es fällt immer schwerer, *Big Science* und Science-fiction voneinander zu unterscheiden. Es ist gewiß kein Zufall, daß ein Teil der heutigen Forschergeneration, besonders in den Vereinigten Staaten, ihren kulturellen Horizont durch Fernsehserien wie *Star Trek* definiert. [7] Man täte dem Genre unrecht, wollte man ihm den ruchlosen Optimismus der Frankenstein-Fraktion unterstellen; denn in der Geschichte der Science-fiction überwiegt seit langem der Anteil der negativen Utopien, die alle denkbaren Schrecken der Zukunft an die Wand malen. Es kann nicht überraschen, daß die Evangelisten der KI, der Gen- und der Nanotechnik eine einäugige Lektüre dieser Visionen bevorzugen.

Nun können in einer manischen Phase, die sich ja eben durch ihre Besinnungslosigkeit auszeichnet, Proteste und Einreden naturgemäß keine nachhaltige Wirkung entfalten. Auch die Politik erweist sich dem wissenschaftlich-industriellen Komplex gegenüber als ratlos und ohnmächtig. Dessen Strategie ist einfach. Sie zielt routiniert auf das *fait accompli*, mit dem sich die Gesellschaft eben abzufinden hat, gleichgültig, wie die vollendeten Tatsachen aussehen. Ebenso routiniert wird jeder Widerspruch abgefertigt, als Angriff auf die Freiheit der Forschung, als unaufgeklärte Wissenschafts- und Technikfeindlichkeit und als abergläubische Zukunftsangst.

Das sind Schutzbehauptungen und Zwecklügen, wie man sie von Parteipolitikern und Lobbyisten gewöhnt ist. In einer rationalen Diskussion haben sie nichts zu suchen. Sie diskreditieren den, der sie ins Feld führt. Es sind nämlich keineswegs nur die Ignoranten oder die Verächter der Wissenschaft, die den sensationellen Verheißungen der Utopie mit Mißtrauen begegnen. Wer sich davon überzeugen will, braucht sich nur einen Abend lang unter vier Augen mit kompetenten Forschern aus anderen Disziplinen zu unterhalten, und er wird bemerken, daß dem Kristallographen, dem Astrophysiker, dem Topologen die prahlerische Arroganz seiner Kollegen zutiefst zuwider ist. Auch in den Biowissenschaften gibt es eine schweigsame Mehrheit, die ihr Selbstverständnis und ihre Standards in Ge-

fahr sieht. Allerdings bringt sie ihre Einwände so dezent vor, daß sie in der Medienöffentlichkeit kaum Gehör findet.
Nie fehlt bei dieser rasanten Entwicklung der Hinweis auf die menschenfreundlichen Absichten, deren sich noch jedes utopische Projekt, von Campanella bis Stalin, gerühmt hat. Die Züchtung von menschlichen Ersatzteillagern gilt als therapeutischer Imperativ, die Festplatte garantiert die Unsterblichkeit des Bewußtseins, der Kinderwunsch stellt sich als absolutes Menschenrecht dar, und so weiter und so fort. Das nur allzu begreifliche Interesse der Eltern an perfekten Kindern soll die Evolution der Spezies befördern, und selbst die Abschaffung des Menschen, von der die Exponenten der KI schwärmen, dient noch einem höheren evolutionären Zweck – eine Version des Darwinismus, die Darwin selber kaum kurzweilig gefunden hätte.
Der Phantasie sind jedenfalls keine Grenzen gesetzt.[8]
Spätestens dann wird die Katze aus dem Sack gelassen, wenn zu solchen Begründungen die Sorge um die heiligen Arbeitsplätze und um die Konkurrenzfähigkeit des »Standorts« tritt – ein Begriff, der nicht umsonst aus der militärischen Sphäre stammt.
Alles in allem gleich dieses Vorgehen einer Serie von kalten Putschversuchen, mit dem Ziel, alle demokratischen Entscheidungsprozesse auszuhebeln. Die mit der Industrie verschmolzene Wissenschaft tritt als höhere Gewalt auf, die über die Zukunft der Gesellschaft verfügt. Sie ist dabei, eine dritte Natur zu erzeugen, ein Vorgehen, das im wesentlichen wie ein Naturprozeß abläuft, mit dem Unterschied, daß der nötige Energieeinsatz nicht aus der Umwelt, sondern aus dem entfesselten Kapital stammt. Die vorlautesten unter ihren Protagonisten erklären jedem, der es hören will, daß sie keinesfalls bereit sind, gesetzliche Einschränkungen hinzunehmen. Sie verkünden ganz offen, daß sie die Absicht haben, ihre Tätigkeit notfalls, nach dem Vorbild von Geldwäschern und Waffenhändlern, in Gegenden fortzusetzen, wo Skrupel unbekannt und Sanktionen nicht zu befürchten sind.[9]

Begleitet wird diese Offensive mit der rituellen Klage über mangelnde Akzeptanz von seiten eben jener Öffentlichkeit, die bei allen relevanten Entscheidungen nicht gefragt wird, und über die Sensationsgier der Medien – ganz so, als wären es nicht gerade umgekehrt die Marktschreier der Zukunftstechnologien, die gelernt haben, diese Medien für ihre Zwecke zu instrumentalisieren.

So werden jedesmal, bevor ein Parlament sich mit biopolitischen Fragen befaßt, im Fernsehen bedauernswerte Patienten vorgeführt, die an seltenen Erbkrankheiten leiden. Wer wollte ihnen die nötige Hilfe verweigern?[10] Wer möchte es an Bewunderung fehlen lassen für eine Industrie, die bereit ist, Milliarden zu investieren, um ihr Los, wenn auch nur in ferner Zukunft, zu erleichtern? Der therapeutische Imperativ wäre allerdings glaubhafter, wenn er es mit Krankheiten wie der Malaria oder der Tuberkulose aufnähme, an denen Jahr für Jahr Millionen sterben, deren Bekämpfung aber kaum vom Fleck kommt. Hier scheint die vielberufene Güterabwägung keine Rolle zu spielen. Das legt den Verdacht nahe, daß es weniger um den hippokratischen Eid geht als um ein wesentlich zukunftsträchtigeres Projekt: die Umzüchtung der Spezies.

Der bereits in der Politik schwer strapazierte Begriff der Verantwortung wird dabei zur bloßen Spiegelfechterei. Das gilt nicht nur für die Scharlatane und Hochstapler der Branche; denen ist die Vorstellung, daß sie irgend etwas zu begründen oder gar zu verantworten hätten, ohnehin fremd. Das Problem läßt sich nicht auf die vielzitierten schwarzen Schafe reduzieren. Auch Wissenschaftler, die an den strikten Standards ihrer Zunft festhalten, sind nämlich außerstande, für die Folgen ihres Tuns einzustehen. Das liegt daran, daß diese Folgen prinzipiell unabsehbar sind. Auch wenn niemand mehr die historische Unschuld des Augustinermönchs Gregor Mendel für sich in Anspruch nehmen kann, so würde doch auch heute jeder Mathematiker mit Recht die Zumutung von sich weisen, er müßte alle Ergebnisse seiner Forschung, bevor er sie veröffentlicht, daraufhin überprüfen, welche Anwendungen sie in Zukunft bei den Geheimdiensten, bei den Militärs oder bei kriminellen Organisationen finden könnten.[11] Auch die geringste wissenschaftliche Erkenntnis ist, solange die heutigen Zivilisationen existieren, unwiderruflich, und sie erzeugt eine unkontrollierbare Menge von Weiterungen. Umgekehrt verweisen, mit ebensolchem Recht, die Verteidiger des wissenschaftlich-industriellen Komplexes auf die totale Abhängigkeit dieser Zivilisationen von den Früchten vergangener und heutiger Forschung. Daß niemand außer einigen Sektierern, wenn es darauf ankommt, bereit ist, auf Rettungshubschrauber, Kernspintomographen und Antibiotika zu verzichten, ist die Kehrseite dieser Unvermeidlichkeiten.

Schon aus all diesen Gründen muten die landläufigen Diskussionen über Bio- und Technopolitik, ungeachtet ihrer scholastischen Qualitäten, merkwürdig naiv und hilflos an. An den überall ins Kraut schießenden Gremien, Kommissionen und Expertenräten fällt auf, daß sie der Kraft des Faktischen, die täglich ihre eigenen Normen setzt, kaum etwas anderes als ihre jeweiligen Meinungen entgegenzusetzen haben. Während die einen als bloße Lobbyisten ihrer Interessengruppe auftreten, versuchen die anderen, mit wechselnder Begründung zu retten, was zu retten ist. Auch der Gesetzgeber, hin- und hergerissen zwischen tiefsitzenden Vorbehalten und den Imperativen des globalen Wettbewerbs, ist nur zu ad-hoc-Entscheidungen fähig, die schon im Augenblick ihrer Verkündung von neuen Eingriffsmöglichkeiten der Wissenschaft überrollt werden.

Tatsache ist, daß ein ethischer Konsens in den grundlegenden Fragen der menschlichen Existenz schlechterdings nicht mehr vorhanden ist. Die Debatten über die sogenannte aktive Sterbehilfe und über die Möglichkeiten der genetischen Selektion sollten auch den Gutgläubigsten von diesem Befund überzeugt haben. Damit sieht sich jeder einzelne auf eine Position zurückgeworfen, der jeder moralische Komfort abhanden gekommen ist. Er kann eine Reihe von existentiellen Entscheidungen an keine verbindliche Instanz mehr delegieren. Weder auf die Politik noch auf die etablierten Religionen kann er sich verlassen, wenn es um seine elementaren Lebensinteressen geht. Darin liegt eine Überforderung, der die meisten Menschen kaum gewachsen sein dürften.

Solange jedoch, wie es dem einzelnen noch freisteht, von den Errungenschaften, die der wissenschaftlich-industrielle Komplex verspricht, keinen Gebrauch zu machen, also in einer Übergangsphase, bleibt ihm die Möglichkeit, zu sagen: Mit mir nicht. Bisher jedenfalls ist es noch erlaubt, ohne Leihmütter, Xenotransplantation, Klonen, pränatale Selektion und implantierte Gehirn-Chips auszukommen.[12] Jeder, der diesen Weg der Notwehr wählt, muß sich allerdings über den Preis seiner Weigerung im klaren sein, und auch das ist vermutlich leichter gesagt als getan.

Wer sich jedoch einbildet, solche individuellen Entscheidungen liefen auf gegenseitige Duldung hinaus; wer glaubt, die utopischen Vorstellungen vieler Wissenschaftler und ihrer ökonomischen Verbündeten ließen sich konfliktfrei und gewaltlos durchsetzen, der erliegt einer Illusion. Dagegen spricht jede historische Erfahrung. Nicht nur die unvermeidlichen Enttäuschungen, die der Euphorie einer jeden manischen Phase wie ein Schatten folgen, werden dem Fortschrittsfatalismus Grenzen setzen.[13] Auch dort, wo die industrielle Forschung tatsächlich Erfolge zeitigt, ist mit schweren Konflikten zu rechnen. Spätestens dann, wenn sich die ersten Kollateralschäden des Wissenschaftsprozesses zeigen und die unvorhersehbaren Großrisiken zum Vorschein kommen, wird sich eine zum Schweigen gebrachte Minderheit zur Wehr setzen. Es ist merkwürdig, daß die Protagonisten des Prozesses darauf in keiner Weise gefaßt sind. Es gehört schließlich nicht viel Phantasie dazu, vorherzusagen, daß die ersten Rückschläge zu einer militanten Mobilisierung führen werden, von der Wackersdorf und das Wendland nur einen blassen Vorschein abgeben. Wenn schon die Tierschützer zu terroristischen Reaktionen fähig sind, welche Formen wird der Widerstand erst annehmen, wenn es nicht mehr um abstrakte Risiken oder Stellvertreterkämpfe geht, sondern um die eigene Haut, um Zeugung, Geburt und Tod? Es ist durchaus denkbar, daß gewisse Forschungen dann nur noch in Hochsicherheitstrakten möglich sind und daß es eine beträchtliche Anzahl von Wissenschaftlern geben wird, die, in bewaffnete Festungen eingeigelt, um ihr Leben fürchten müssen.[14]

Damit ist natürlich nicht gesagt, daß eine zu allem entschlossene Minderheit in der Lage wäre, den Prozeß aufzuhalten oder gar rückgängig zu machen. Letzten Endes wird die Utopie der totalen Beherrschung der Natur und des Menschen, wie alle bisherigen Utopien, nicht an ihren Gegnern scheitern, sondern an ihren eigenen Widersprüchen und an ihrem Größenwahn. Noch nie hat sich die Menschheit freiwillig von ihren Allmachtsphantasien verabschiedet. Erst wenn die Hybris ihren Lauf genommen hat, wird die Einsicht in die eigenen Grenzen, vermutlich zu einem katastrophalen Preis, notgedrungen die Oberhand gewinnen. Dann wird auch eine Wissenschaft, die wir achten und mit der wir leben können, wieder eine Chance haben.

Nachtrag

Die Erstveröffentlichung dieser paar Seiten hat ein starkes Echo hervorgerufen. Neben einer Flut von zustimmenden Briefen, durchaus nicht nur von Laien, sondern auch von kompetenten Wissenschaftlern, gab es vehemente Reaktionen von führenden Vertretern der Zunft, an denen vor allem der gekränkte Ton auffiel. Nicht selten ist dabei der Tonfall der verfolgenden Unschuld zu vernehmen. Offenbar sind gerade die Stars der Forschung mit den Spielregeln demokratischer Diskurse nicht vertraut.

Insofern hat sich die Diagnose bestätigt, der zufolge jeder Widerspruch routiniert abgefertigt wird, »als Angriff auf die Freiheit der Forschung, als unaufgeklärte Wissenschafts- und Technikfeindlichkeit und auf abergläubische Zukunftsangst«. Es überrascht, daß ausgerechnet eine Wissenschaft, die einst als Gegnerin religiöser Dogmen auf den Plan getreten war, eine geradezu vatikanische Haltung an den Tag legt, sobald sie sich kritischen Einwänden ausgesetzt sieht. Dabei wird eine Sachautorität ausgespielt, an der Zweifel von vornherein als unangebracht gelten. Gewährsleute aus der eigenen Disziplin werden als »schwarze Schafe« abgetan, die es überall gebe. Abhängigkeiten von finanziellen Interessen werden prinzipiell geleugnet, und gegen jede Evidenz wird an der Fiktion einer reinen Logik der Forschung festgehalten.

Es scheint mir deshalb nötig, im einzelnen zu belegen, was führende Leute aus dem Wissenschaftsbetrieb selbst zu diesen Fragen geäußert haben. Dabei sollen Vertreter von angesehenen Institutionen der Großforschung zitiert werden. Mit voller Absicht wird dabei vor allem auf Informationen zurückgegriffen, die keiner Geheimhaltung unterliegen und jedem Zeitungsleser zugänglich sind.

1 »Wir alle wurden durch den Allmächtigen geschaffen, doch jetzt werden *wir* die Schöpfer ... Ich hoffe zutiefst, daß er erste Mensch in Israel geklont wird.«

Avi Ben-Abraham, Reproduktionsmediziner in Tel Aviv, in: *Der Spiegel*, Nr. 24, 2002. Die Geburt des Klons wird gegenwärtig von Ben-Abraham und der Firma Abaclon in Caesarea nördlich von Tel Aviv vorbereitet.

2 »Ein Publikum, das diesen Namen verdiente, haben die Wissenschaften nicht.«

Claus Koch in: *Gegenworte. Zeitschrift für den Disput über Wissen*, herausgegeben von der Berlin-Brandenburgischen Akademie der Wissenschaften, Heft 3, Frühjahr 1999.

3 »Wir erlangen die Macht über Leben und Tod ... Therapeutisches Klonen wird es uns erlauben, unseren Körper zu verjüngen, ihn fast unendlich funktionsfähig zu halten. Daran bin ich persönlich interessiert. Ich empfinde auch den fernen Tod, im Gegensatz zu den meisten Leuten, nicht als wünschenswert.«

Ray Kurzweil, Gespräch mit Jordan Mejias, in: *FAZ*, 5. Juli 2000. Kurzweil ist einer der führenden Vertreter der KI-Forschung am MIT.

»Eine auf die Molekülebene ausgedehnte Medizin könnte nahezu alle Krankheiten eliminieren, verseuchte Aids- oder Krebszellen reparieren und vielleicht sogar die Wirkungen des Altersprozesses umkehren. Die Herstellung einer sauberen Umwelt wäre beinahe ein Kinderspiel.«
K. Eric Drexler, nach Robert A. Freitas, »System Builders«, in: *FAZ*, 18. September 2000. Drexler war Professor an der Stanford University und am MIT. Er ist Senior Research Fellow am Institute of Molecular Production und Gründer des Foresight Institute (http://www.foresight.org). Ausführlicher gibt er Auskunft über seine Visionen in *Engines of Creation* und *Unbounding the Future* (zusammen mit Chris Peterson und Gayle Pergamit). Danach können sogenannte Assembler Solarenergie zu unglaublich niedrigen Kosten gewinnen, Krebs und gewöhnliche Erkältungen durch eine Stärkung des menschlichen Immunsystems heilen, die Umwelt vollständig von Schadstoffen befreien, billigste Supercomputer im Taschenformat und überhaupt so ziemlich alles zu den denkbar niedrigsten Kosten herstellen, Raumflüge so selbstverständlich machen, wie Interkontinentalflüge es heute sind, und schließlich auch ausgestorbene Arten wieder zum Leben erwecken.

4 Vgl. Robert K. Merton, »Behavior Patterns of Scientists«, in: ders., *The Sociology of Science. Theoretical and Empirical Investigations,* Chicago und London 1973.

5 »Ein anderer zwingender Grund für neue Technologien ist die wirtschaftliche Gewinn- und Börsenerwartung, die auch in den nächsten Jahrzehnten die technologische Entwicklung vorantreiben wird. Hier regieren Wall Street und New Economy ... In einer Welt des Wettbewerbs ist es ein wirtschaftlicher Imperativ, diese Wege einzuschlagen.«
Ray Kurzweil, »Der Code des Goldes«, in: *FAZ,* 17. Juni 2000.

6 Aus embryonalen Stammzellen des Menschen soll nach den Vorstellungen von James A. Thomson, dem weltberühmten Stammzellexperten in Wisconsin, und Oliver Brüstle, Professor für Neuropathologie an der Universität Bonn, ein riesiger Zukunftsmarkt für Therapien bisher unheilbarer Krankheiten erwachsen.
»Die Fundamente dafür, wer später an diesem Markt verdienen würde, werden derzeit gelegt. Schon heute können jene profitieren, denen das Kunststück gelungen ist, embryonale Zellinien überhaupt zu etablieren. So hat sich Thomson seine humanen embryonalen Zellinien umfassend mit weitreichenden Patenten schützen lassen. Mancher Interes-

sent bekommt in Wisconsin gesagt: ›Bevor wir Sie an dieses Material lassen, müssen Sie uns Ihre ersten fünf Kinder übereignen.‹ Die Gebühren sind heftig, Thomsons Firma WiCell wäre an allen späteren Profiten beteiligt ...
(Oliver) Brüstle gibt offen zu, daß auch der Import kostenloser embryonaler Stammzellen aus Israel für ihn nur zweite Wahl wäre. Denn sobald die akademische Arbeit daran beendet wäre, müßten doch die Profite an den Ergebnissen geteilt werden. Besser also, über eigene Zelllinien zu verfügen, und noch besser, den gesamten Prozeß vom menschlichen Embryo über die Gewinnung von Stammzellen bis zur Implantation von Ersatzgeweben in das Gehirn von Patienten zu kontrollieren. Eine Allmachtsphantasie? Womöglich, doch Brüstle hat sie bereits vor drei Jahren zu Papier gebracht. Beim Europäischen Patentamt reichte er am 18. Dezember 1998 über die Münchner Anwaltskanzlei Vossius einen Antrag ein, der inzwischen unter der Nummer EP1040185 registriert ist. In dem Patentantrag reklamiert Brüstle Rechte an allen Zellen und Verfahren, über die in Deutschland so heftig gestritten wird ...
Es ist redlich und normal, daß Forscher sich die Früchte ihrer Arbeit patentieren lassen ... Doch Brüstles Patent geht darüber weit hinaus: Es steckt einen Claim auf den gesamten Sektor der Gewinnung embryonaler Stammzellen und ihrer Zucht zu Nervenzellen ab, von der Zellkultur bis ins Patientengehirn, von der Maus bis zum Menschen, von der Zucht bis zum therapeutischen Klonen.«
Christian Schwägerl, »Die Geister, die sie riefen. Hintergründe der politischen Durchsetzung der Embryonennutzung – Eine Erforschung der Forscher«, in: *FAZ,* 16. Juni 2001; auch in: *Biopolitik*, Die Positionen, hrsg. von Christian Geyer, Frankfurt am Main 2001, S. 164-176.
»Jim Davis weiß, was er will: alles. ›Alle Gene und alle ihre Variationen, alle Proteine und alle ihre Variationen, alle Funktionen, alle möglichen Anwendungen, und das weltweit.‹ Der Vizepräsident der Human Genome Sciences (HGS) aus Maryland sagt, er rede nicht gerne über Patente, sondern bekomme lieber welche erteilt. HGS gehört zu den Firmen mit der aggressivsten Patentpolitik weltweit und setzt damit andere unter Druck, es ebenso zu tun oder aber zu Gebührenzahlern bei HGS zu werden. Davis würde mit einem Patentantrag nie warten, bis seine Forscher eine Erfindung gemacht haben. ›Wenn wir nach einem Wirkstoff suchen, fangen wir mit hundert oder tausend Genen an und wissen noch nicht, welches am Ende zu einem Produkt führt‹, sagt

er. Die aus seiner Sicht logische Folge lautet: ›Wir versuchen Patentschutz auf alle tausend Gene zu bekommen.‹ Jedem Forscherteam bei HGS ist deshalb ein Patentanwalt beigeordnet, der laufend Anträge formuliert und im Prozeß aktualisiert. Am liebsten, sagt Davis, hätte er die ›volle Kontrolle‹ über patentierte Gene und Eiweiße. Sein Traum: ›Jeder, der sie kommerziell nutzen will, muß an uns Gebühren zahlen.‹ Funktionsbeschreibungen, wie Patentprüfer sie zunehmend verlangen, hält Davis für kein Hindernis: Wenn es keine harten Daten gebe, dann bekämen die Prüfer eben eine ›wilde Vermutung‹ aufgeschrieben. . . . 172 Genpatente hat HGS schon erhalten. Über die Zahl der Anträge schweigt er sich aus.«
»Die Krebsfresser von San Diego. Cyber-Medizin und DNA-Revolution: Eindrücke von der Bio 2000, der größten Genmesse der Welt, und ein Panorama des großen Traums der universellen Heilung.« Untertitel: »Raubritter der Patente.« In: *FAZ,* 30. Juni 2001.

7 Science-fiction-Romane und -Filme werden *expressis verbis* als Inspirationsquelle zitiert u. a. von Moravec, Bill Joy, Rodney Brooks, Yudkowsky, Robert Freitas, Jeremy Rifkin. (Zitiert werden u. a. Jules Verne, Isaak Asimov, Heinlein, die Fernsehserie *Star Trek* von Gene Roddenberry, H. G. Wells, Kurt Vonnegut, Michael Crichton, William Gibson, Arthur C. Clarke und Stanley Kubricks *2001 – a Space Odyssey,* die Filme *Matrix* und *Terminator.*)

8 »Es ist sowieso egal, was die Leute machen, denn sie werden bald zurückgelassen werden wie die erste Stufe einer Rakete. Unglückliche Existenzen, schreckliche Tode und gescheiterte Projekte sind Bestandteile der Geschichte des Lebens, seitdem es Leben auf der Erde gibt. Was aber auf lange Sicht zählt, ist das, was übrigbleibt . . . Interessiert es uns wirklich noch, daß die Dinosaurier ausgestorben sind? In diesem Sinn wird auch das Schicksal der Menschen für die hochintelligenten Roboter der Zukunft völlig uninteressant sein. Die Menschheit wird als gescheitertes Experiment gelten.«
Hans Moravec, *Robot: Evolution from Mere Machine to Transcendent Mind.* Professor an der Carnegie Mellon University und am MIT.
(Ähnlich die KI-Forscher Marvin Minsky, MIT, der Nanotechnologe Eric Drexler und Max More.)
»2019 werden die Computer den Turing-Test bestehen, das heißt, wie menschliche Wesen in einem beliebigen Gespräch agieren, ohne daß sie als Computer erkennbar werden. Um das Jahr 2029 kann das mensch-

liche Gehirn gescannt und in einem Computer dupliziert werden – der Beginn eines chipimplantierten ›ewigen‹ Lebens.«

Ray Kurzweil, *The Age of Spiritual Machines*, deutsche Übersetzung *Homo sapiens*. Köln 1999.

9 »Frage: Was würde passieren, wenn die Bundesregierung Ihre Arbeit schlichtweg verbietet?

Antwort: . . . Eine zehnjährige Verfassungsklage werde ich mir nicht aufbürden, das steht fest. Entweder ich akzeptiere eine solche demokratische Entscheidung, oder ich gehe ins Ausland.«

Oliver Brüstle, *FAZ*, 13. Juni 2001.

10 »Als Visionäre und Revolutionäre ließen sich nüchterne Naturwissenschaftler und Mediziner früher nur ungern bezeichnen. Das hat sich grundlegend geändert, zumindest bei jenen Forschern, die sich mit embryonalen Stammzellen befassen. Angesichts der hemmungslosen Heilsversprechen herrscht auch in der Öffentlichkeit eine solche Euphorie, daß kritische Argumente immer weniger wahrgenommen werden. Wer an den Verheißungen zweifelt oder gar ethische Einwände vorbringt, verlängere nur, wie immer häufiger zu hören und zu lesen ist, das Leiden der Kranken.«

Rainer Flöhl, »Embryonale Stammzellen – ein Mythos«, in: *FAZ*, 5. Juli 2001; auch in: *Biopolitik*, Die Positionen, hrsg. von Christian Geyer, Frankfurt am Main 2001, S. 229-231.

»Die Forschung an humanen embryonalen Stammzellen [wird] stets mit dem in Aussicht gestellten wirtschaftlichen Gewinn begründet. Dabei handelt es sich um Utopien, denn wirtschaftliche Gewinne setzen therapeutische Erfolge voraus, und die sind bisher ausgeblieben. Im Gegenteil: Bisherige Therapieversuche sind eine Serie verheerender Mißerfolge. Das hat auch Bernd Wegener von der pharmazeutischen Industrie erkannt: ›Derzeit werden . . . viele Thesen verbreitet, die keiner Überprüfung standhalten. So ist bisher nirgendwo auch nur ansatzweise nachgewiesen, daß aus der Forschung mit embryonalen Stammzellen zumindest in zehn Jahren irgendein Heilmittel geschaffen werden kann.‹ . . . Unsere Patienten verdienen eine solide Bearbeitung medizinischer Probleme anstelle von Heilsversprechungen. Einige Stammzellenforscher unterstreichen diese Heilsversprechungen mit der völlig unbegründeten Aussicht auf Heilungserfolge bei Morbus Parkinson, bei Diabetes, bei bestimmten Epilepsie-Formen und bei der Alzheimer-Erkrankung. Diese Begründung wissenschaftlicher

Vorhaben kann bestenfalls als unseriös bezeichnet werden. In früheren Jahren hätten solche Heilsversprechungen das Ende der wissenschaftlichen Karriere bedeutet.«
Volker Herzog, Direktor des Instituts für Zellbiologie der Universität Bonn, *FAZ*, 7. September 2001.

11 »Als australische Wissenschaftler im vergangenen Jahr das Mäusepockenvirus genetisch veränderten, wollten sie eigentlich ein Mittel finden, das die Fortpflanzung der Kleinsäuger zumindest hemmen sollte. Doch an die Stelle der Unfruchtbarkeit trat der Tod: Das gentechnisch veränderte Virus war nicht nur tödlich, es erwies sich auch gegenüber allen Impfungen als resistent. Unbeabsichtigt hatten die Wissenschaftler eine tödliche Biowaffe geschaffen, die sich leicht auch in das Menschenpockenvirus einschleusen lassen würde. Spätestens mit der Veröffentlichung ihrer Forschungsergebnisse im *Journal of Virology* im November waren die Einzelheiten ihrer Experimente, die weiterhin über das Internet abrufbar sind, jenen frei zugänglich, die gentechnische Forschungen auch zu militärischen Zwecken verwenden. Von Rußland über Indien, Pakistan und China bis zu nahöstlichen Staaten wie dem Irak, Iran und Israel machten die Zugriffszahlen auf den Bericht ein Interesse offenkundig nicht nur ziviler Forschungseinrichtungen deutlich ...
So wie in den achtziger Jahren Südafrika, soll etwa Israel heute in Nes Tsiona auch an gentechnisch veränderten Waffen arbeiten ... Israel ist ein Gigant in der Biotechnik. Auch auf dem Gebiet der Stammzellenforschung, für die es dort keine gesetzlichen Beschränkungen gibt, ist das Land führend, und die Gentechnik wird in Israel nicht nur von Zivilisten erforscht ...
Längst wurden auch im britischen Biokampfstofflabor in Porton Down Milzbranderreger genetisch verändert; auch Killerpilze – eigentlich für den Einsatz gegen lateinamerikanische Rauschgiftfelder in den Vereinigten Staaten geschaffen – sind von militärischem Interesse. Nie zuvor war es einfacher, biologische Waffen zu entwickeln. Zunehmend drohen zivile Grundlagenforschung und militärische Offensivforschung zu verschwimmen. Denn mit Hilfe der Grundlagenforschung können Militärs bei Biowaffen auch Resistenzen gegen vorhandene Impfstoffe erzeugen ...
Mark Wheelis von der Federation of American Scientists schreibt dazu in einer Studie über die zukünftigen Gefahren von Biowaffen für

den britischen International Information Security Service (ISIS): ›Landwirtschaftliche Systeme beruhen zunehmend auf engräumigen Monokulturen genetisch identischer Pflanzen. Die hohe Pflanzendichte bietet ideale Voraussetzungen für die Verbreitung von Pflanzenkrankheiten, und die genetische Ähnlichkeit der individuellen Pflanzen macht das landwirtschaftliche Pendant zu einer Ethnobombe leicht realisierbar.‹ In naher Zukunft könnten demnach vor dem Hintergrund der Genomstudien in militärischen Programmen auch neuartige Biowaffen geschaffen werden, die gezielt die Nahrungsgrundlage eines Landes zerstören würden. Der an der Universität von Bradford lehrende britische B-Waffen-Fachmann Malcolm Dando vertrat unlängst auf einer Konferenz in Dresden über den Mißbrauch der Genetik für militärische Waffen jedenfalls die Auffassung: ›Angesichts der jüngsten Fortschritte der Genomik wäre es jedoch unverantwortlich, anzunehmen, daß solche Techniken nicht in aktuelle oder künftige Offensivprogramme einfließen werden.‹ Nicht nur der Irak entwickelte Brandpilze des Weizens (aus der Gattung Teletia), Weizenrost, Reiskrankheiten und Pilze wie Sclerotinia sclerotiorum, die zur Fäulnis an Nahrungspflanzen führen ... Fachleute wie Dando mahnen: ›Die Viren, mit denen geforscht wird, werden virulenter und pathogener, wodurch die Grenzen zwischen therapeutischer Gen- und offensiver Biowaffenforschung zu verschwimmen beginnen.‹ ... Dem Jubel um die Entzifferung des menschlichen Genoms könnte deshalb die Rüstungsoffensive im Reagenzglas folgen.«

Udo Ulfkotte, »Gencode Exitus«. *FAZ*, 19. Juni 2001.

12 »Forscher pflanzen Chips in tierisches und menschliche Gewebe ein und bringen Neuronen dazu, zu wachsen und sich mit den Chips zu verbinden. Die direkte neuronale Verbindung von Mensch und Maschine wird Realität ... Später werden solche Implantate vielleicht obligatorisch sein ... Durch diese Entwicklungen werden wir Mischwesen aus Mensch und Maschine.«

Rodney A. Brooks, »Das Fleisch und die Maschine«, in: Frank Schirrmacher (Hg.), *Die Darwin AG*, Köln 2001, S. 121 f.

Brooks ist Professor am MIT und Direktor des Institute of Artificial Intelligence.

13 »Das Klonen nach Art des schottischen Schafes Dolly ist voller Tükken. Nicht nur, daß viele Tiere tot oder mißgebildet zur Welt kommen, daß sie schon nach wenigen Wochen verenden. Auch viele an-

scheinend gesunde Klone enthalten offenbar versteckte genetische Defekte. Darüber berichten amerikanische Forscher um Rudolf Jaenisch vom Whitehead Institute for Biomedical Research in Cambridge (Massachusetts) in der aktuellen Ausgabe der Zeitschrift *Science.*«
»Klonen birgt genetische Risiken«, Kurzmeldung in: *FAZ,* 7. Juli 2001.
»Die Rolle eines Gens in einem Netzwerk von Wechselwirkungen festzumachen, übersteigt die Leistungsfähigkeit heutiger Methoden. Wenn epistatische Wechselwirkungen zwischen Dutzenden von Genen allgegenwärtig sind, wird man sich möglicherweise auch von anderen Hoffnungen verabschieden müssen ... Genetisches Screening für chronische Krankheiten verspricht eher unzuverlässig, ungenau und enorm kostspielig zu werden.«
Thomas Weber, »Schattenspiele im Kern«. *FAZ*, 22. Juni 2001.
»Die bisher gesammelte Erfahrungen mahnen zur Vorsicht. Patienten mit Parkinsonscher Krankheit, die sich von der Transplantation menschlicher embryonaler Hirnzellen eine Linderung erhofften, wurden zusätzlich schwer geschädigt. Bei einigen Kranken, die solche Zellpräparate erhielten, kam es nach zwei bis drei Jahren zu schweren Bewegungsstörungen. Einer der beteiligten Ärzte nannte die nicht zu behebenden Nebenwirkungen verheerend ...
Insgesamt hat die Gentherapie beim Menschen die Erwartungen nicht erfüllt. Man hat viel zu früh am Menschen experimentiert und Leben gefährdet. ›Zurück ins Labor‹ war dann die Devise. Diese ernüchternden Erfahrungen sollte man beim Umgang mit Stammzellen nicht vergessen.«
Rainer Flöhl, »Embryonale Stammzellen – ein Mythos«, in: *FAZ,* 5. Juli 2001, auch in: *Biopolitik*, Die Positionen, hrsg. von Christian Geyer, Frankfurt am Main 2001, S. 229-231.

14 Als Vorläufer des Bio-Terrorismus kann der sogenannte UNA-Bomber Theodore Kaczynski mit seiner 17 Jahre dauernden Terrorkampagne gelten. Kaczynski war Mathematiker. (*Drawing Life: Surviving the Unabomber.* New York 1997.)
»Aus Angst vor weiteren Attacken hat sich Smith in seinem Universitätsinstitut am Rande Edinburghs in einer Trutzburg der Bioforschung verschanzt. Strenge Sicherheitsvorschriften an den stets verschlossenen Türen stellen sicher, daß nur autorisierte Personen das mehrstöckige, öffentliche Gebäude betreten. Man versucht, jeden An-

schein von Bunkermentalität zu vermeiden, und doch kann der Hausherr den Eindruck nicht wegwischen, daß man sich hier drinnen vor etwas zurückzieht, regelrecht verbarrikadiert.«

Joachim Müller-Jung über Austin Smith, Professor für Reproduktionsmedizin an der Universität Edinburgh, *FAZ*, 8. September 2000.

Atomgewicht 12, 011

Daß das, was schwarz oder weiß oder durchsichtig ist,
hart oder weich, was rußt oder schimmert, das,
womit wir schmieden, brillieren, heizen und schreiben,
ein und dasselbe sein soll,

daß es 10^6 verschiedene Ehen eingehen kann,
Waben bilden, Gitter, Ketten, Ringe, Knäuel,
Stränge und Schrauben, daß wir es einatmen,
damit fliegen, daß wir daran ersticken können,

und daß nichts von dem was lebt ohne es lebt –
niemand außer denen, die alles wissen wollen,
wäre darauf gekommen, und jetzt wissen wir,
was wir damit, daß wir es wissen,

anfangen sollen, nicht.

V

Neuronales Netz

Denk dir einen Baobab-Baum,
riesenhaft reich verzweigt,
und bevölkere ihn, in Gedanken,
mit abertausend winzigen Affen;
stell dir vor, wie sie klettern,
baumeln, wie sie sich, aneinander-
geklammert, hangeln von Ast zu Ast;
bis sie sich fallen lassen,
verhoffen, sich paaren, dösen –
denk es, o armer Denker!

Dann wieder springen sie,
rasend behende, wimmeln elektrisch,
taumeln und stürzen ab;
oder sie sitzen da, einfach so,
schlaff, und kratzen sich träumerisch,
bis zur nächsten Attacke. – Weh dem,
der all das beschreiben wollte!

Lach, erschrick, wundere dich,
doch hör auf, bevor du verrückt wirst,
über das Nachdenken nachzudenken.

Limbisches System

Es ist alt, es ist weich,
es versteht sich nicht,
weiß nicht, was *limbus* bedeutet,
was ein System ist.

Zwischen Gewölbe und Balken
eine Vorhölle, winzig.
Ammonshorn, Gürtel, Mandelkern:
ein dunkles Gedächtnis,
das sich seiner selbst
nicht erinnern kann.

Unkontrollierbar
kontrolliert es
Angst Lust Mord Sucht.

Seine Schleifen und Fasern
ein Kabelbaum
tief im Schädel,
intra- und extramural.

Kriechströme, Schwelbrände,
Kurzschlüsse.
Kleine Defekte,
die rasch eskalieren.

Ein Ruck in der Steuerung,
und es nimmt Rache.
Ein elektrischer Stoß,
und es läuft Amok.

Ein paar Milliarden Zellen
im Dunkeln. Das Menschengeschlecht,
ein winziges Knäuel
zwischen Anfang und Amnesie.

Zungenwerk

Dein seltsamer, stockender Singsang,
jahrzehntelang fortgesetzt,
und der Singsang des Andern –
Flüstern, Summen, Keuchen, Stammeln –
wirre Wirbelstürme im Luftmeer:

Der gewandteste unter den Muskeln,
die Zunge allein – denke dir
eine einsame Zunge,
die sich vor dir auf dem Teller windet –,
die Zunge allein tut es nicht.

Seufzen, Murmeln, Schreien und Radebrechen –
»Qui la sua voce soave«, »Zu Befehl«,
»London Interbank Offered Rate«,
oder Verwickelteres
wie Koran oder Kosmologie:

Da geht es nicht ab ohne Blasebalg,
Ansatzrohr, Resonanzhöhlen;
da werden Knorpel gedreht, gekippt;
Deckel heben und senken,
Öffner und Schließer

spannen sich und erschlaffen,
Fasern, Membranen werden erregt,
immer so fort, innen,
im Andern, arbeitet es,
es arbeitet, innen, in dir:

eine Polsterpfeife, ein Zungenwerk,
unberechenbar, schwer verständlich,
ein chaotischer Oszillator,
immer so fort, bis ihr versteht,
oder bis euch die Luft ausgeht.

A

Bevor du B sagst, verweile doch,
horch, bedenk,
was du gesagt hast. Ein Vokal,
der wenig bedeutet,
viel in Bewegung setzt.
Einmal den Mund aufgemacht,
und du treibst deine sterbliche Hülle
zu Leistungen an
von kosmischer Komplexität:
ganze Kaskaden von Reizen,
Berechnungen, Turbulenzen,
hinter dem Rücken dessen,
der Ich ist – vom Gehirn,
das nicht redet
und jeder Wissenschaft spottet,
zu schweigen.

Anders als alle andern
hast du A gesagt.
Nicht zum erstenmal,
sondern millionenfach
hast du ihn hervorgebracht,
diesen Laut, lauthals, stotternd,
in allen Tonlagen, flüsternd,
gaumig, singend, gepreßt,
beim Onkel Doktor, erstaunt,
überwältigt, gramvoll –
nichtssagend, streng genommen,
und nicht ein einziges Mal
hast du dich, streng genommen,
dabei wiederholt.

Technik, mit dir verglichen,
ist Pfusch, Schrott, Gerümpel.
Du ahnst nicht einmal,
wie vollkommen du bist –
es sei denn bei Heiserkeit,
bei Schluckauf, bei Krebs.
Die Andacht des Anfangs
ist dir abhanden gekommen.
Ein Omega ist nicht in Sicht.

Was die Ärzte sagen

Das Heimlich-Manöver,
ein plötzlicher Druck
auf die Magengrube,
kann sehr hilfreich sein.

Manuel García,
Gesanglehrer von Beruf,
war der erste (1855),
der in einem Spiegel
die eigenen Stimmbänder
zittern sah.

Was man alles im Mund führt,
läßt tief blicken:
Kehldeckel, Zungenbälge,
das blinde Grübchen,
Öffner und Schließer.

Die Ärzte wissen:
schlaffe Lähmung
und straffe Lähmung
sind zweierlei Stiefel.

Die Ärzte sagen:
Herz und Nieren,
wenn sie nicht schmerzen,
sind stumm.

Klinische Meditation

Auf der Rolltreppe, am Strand, im Rasierspiegel:
überall Behinderte, Patienten, Pflegebedürftige,
doch niemand ist siech oder blöde. Ausgestorben
sind die Bresthaften. Keine Rede mehr
von Stockflüssen, Herzkuchen und Vapeurs.
Wo ist der Gelbe Brand geblieben,
der Englische Schweiß und die Mauke?
Auch die Plagen dauern nicht ewig.
Verschollene Schreckensworte: Hundstod,
Haarwurm und Häutige Bräune.
Rastlos sucht der Reaktor der Evolution
nach neuen Lösungen, neuen Geißeln.
Auch die Schäden verbessern sich,
von Jahr zu Jahr. Schlundpest und Blaue Rose
können nicht Schritt halten
mit fortschrittlicheren Erregern.
Keine Rote Liste trauert der Trommelsucht,
dem Drudenzopf und der Gnätze nach.
Triumphierend beugt sich die Wissenschaft
über das weißeste aller Betten
und murmelt ihr Totengebet.

Unter der Haut

Dieses dunklere Universum
unter der Haut,
in dem es nicht denkt,
nur pumpt, brodelt,
knetet, arbeitet,
während du schläfst:
Plutonische Unruhe,
Erd- und Seebeben,
große Chemie, Katastrophen
in dichter Packung.

Dein innerer Dschungel
ist altertümlich,
verästelt, fehlfarben,
feucht und heiß.
Die Ursuppe
setzt Parasiten an.
Ein bizarres Gewimmel
wuchert, mutiert
und stirbt wieder aus.

Ganze Erdzeitalter
im Zeitraffer,
und du weißt nichts davon.

Flach atmend
liegst du da, abwesend,
blind, betäubt.

Nur der Operateur
mit der Sonde sieht
auf dem Bildschirm,
riesengroß, dem Tumult
der Organe zu.

Raimondo di Sangro
1710-1771

Die Sargtischler von San Domenico fabeln heut noch von ihm,
Raben, in Sägemehl watend,
murmeln Legenden von verschwundenen Leichen, aus Zauber
und Industrie
gemischte Balladen.
Ach, die Erfindungen, die das siedende Hirn des Fürsten
erzeugt hat, sind längst verschollen!
*Ein ganzes Buch würde erfordert werden, um sie genau zu
beschreiben.*

Jahrelang schloß er sich ein. die Materie träumte in seinen
Öfen von Metamorphosen.
Dann, mit Feuerwerk, trat er hervor. Auf der pyrotechnischen
Bühne zeigten die Flammen
in märchenhaften Veduten Paläste, Logen, Wasserspiele und
Bäume, zum Himmel stiebend,
und die Raketen *ahmeten künstlich das Zwitschern der Vögel
nach*.

Zögernd zwischen dem Nützlichen und dem Wunderbaren,
augurenhaft,
scharfsinnig und bizarr,
bleicht er den Amethyst zum Diamanten, brennt Lasurstein
aus Marmor,
Marmor aus Harz;
*aus dem Hundstod, der hier in Mengen wächst, verfertigt er
feinste Seide,
auch Hüte und Leder
zu Schuhen, sowie Papier. Mehr kann von einer Pflanze
niemand begehren.*

Fünf Farben von einer Platte gedruckt, und in einem Gang
(wir aber glauben nicht alles);
ein neptunisches Fuhrwerk erbaut, das, majestätisch, im
Meere *von selber gieng,*
ohne daß einige sichtbare Triebkraft dazu gebraucht wurde;
es war dem König
höchst unerwartet,
als er den Wagen auf dem Wasser hinlaufen sah (wir
bezweifeln es nicht).

Wie eine Droge war diese Wissenschaft. Aus Zinnober und
Quecksilber,
Gold und Perlmutt
ließ er das Blut der Heiligen fließen, in psychedelischen Farben.
Andere sagen:
Er verstand sich darauf, das Seewasser völlig süß zu machen.
Also ein Scharlatan?
Krümel für Bücherwürmer. »Kulturgeschichte«. Moder im
Potpourri.

Doch das, was uns in der Krypta des Meisters anstarrt, ist ein
Beweis: die beiden Gerippe,
kupfrig umwuchert von einem Adergeflecht, metallisierte
Leichen, rätselhaft, violett,
präpariert bis in die winzigsten Kapillaren des Augapfels und
der Niere.
Sicher ist nur,
daß diese lebendig in seine Hände fielen. Also ein Ungeheuer?

Als Allegorie, in Marmor, steht er, verstrickt in ein marmornes
Netz, vor seinem Palast.
Doch wer ist der Engel daneben, der Genius mit der Fackel,
der ihn verhüllt, enthüllt,

von seinem Wahn befreit oder darein verwickelt? Wer ist in
diesem grellen,
blendenden Licht
der Zauberer? wer der Betrogene? wer der Erleuchtete? wer
der Betrüger?

Ignaz Philipp Semmelweis
1818-1865

Aus all seinen Worten und Handlungen
sprach unendliche Herzensgüte.
Das Wiener Gebärhaus war damals
das größte der Welt. *Herrlich,*
diese Gelegenheit, jeden Morgen
die frischen weiblichen Leichen
in der Totenkammer sezieren zu dürfen!
Mit seltener Ausdauer führte er
diese eigenartigen Untersuchungen durch.
Er war ziemlich kahl, *von kindlich*
naiver Denkungsart, und etwas beleibt.

Die Sterblichkeit, zwischen achtzehn
und sechsunddreißig Prozent,
machte einen unauslöschlichen Eindruck
auf sein Gemüth. Doch wie ein Taumel
brannte der Csárdás auf den Redouten.
Er tanzte vor Freude, und dreimal
des Abends wechselte er, so fiebrig
war ihm zumut, die Wäsche. Später erst
suchten ihn jene wehmütigen
Regungen heim, *die das Leben*
nicht beneidenswerth machen.

Ansichten führender Kliniker
zur Genese des Kindbettfiebers
(in Auswahl): *Blutkrasen; Sumpfluft;*
schädliche Wirkungen toter Früchte;
Miasmen; auch mangelnde Dunstschlöte;

nahe Leichenkammern und Senkgruben;
verhaltene Milch; gewisse Einflüsse
kosmischer und tellurischer Art.
M. a. W. ein abergläubisches Brabbeln.
Alles war unerklärt, alles zweifelhaft,
nur die große Anzahl der Toten nicht.

Ein Grübler, provisorischer Assistent,
aus der Provinz. Eher schüchtern. Doch *allen*
medizinischen Fakultäten der Welt
sage ich: Ihr lehret den Irrthum!
Es ist die verpestete Luft, es ist
das nekrotische Gift, das jauchende,
brandige, nasse Geschwür ist es,
es sind die zerfallenden Leichenteile,
die fauligen Stoffe, die Schwämme,
die Wäschestücke, die Löffel, die Scheren,
die Leibschüsseln und die Zangenblätter;

es ist der gefettete Finger, die innre,
kadaveröse, touchierende Hand, ja,
die Hand des Arztes ist es, die tötet!
Eine einzige Unze Chlorkalk genügt,
eine Unze nur auf einen Eimer Wasser,
dann hat der Giftmord ein Ende.
Öfters blickte er *seine auffallend*
fleischigen und geschickten Hände an,
brach in Thränen aus und sah sich,
seiner selbst nicht länger mächtig,
genöthigt, die Vorlesung abzubrechen.

Kommissionen treten zusammen,
finden nichts. Jemand lacht.

Die herrschende Lehrmeinung herrscht.
In der Klinik wird weitergestorben.
Die Waffen der Mafiosi sind septisch:
das ölige Gutachten und das dürre Reskript,
die gefälschte Statistik, das stumpfe,
lähmende Schweigen. *An diesem Massacre*
sind Sie, Herr Hofrath, betheiligt!
So, *durch die Feindschaften, die er fand,*
auf das höchste erregt, schreibt er

verworren, ausfallend, unbeholfen,
schweift ab, wiederholt sich,
dreht sich im Kreise: *Das Morden,*
schreibt er, *muß aufhören,*
und damit das Morden aufhöre,
werde ich Wache halten. Mörder,
schreibt er *(An alle Geburtshelfer!),*
nenne ich einen Jeden, der
gegen meine Regeln verstößt,
denn er handelt als ein Verbrecher.
Überall sieht er Spitzel, Phantome.

Seine Freunde erkennen ihn nicht.
Er wird aus Kummer fettleibig, wirkt
entstellt. *(Unter einem* Phantom
versteht man in der Medizin
ein künstliches oder natürliches,
mit Leder bezogenes weibliches Becken,
das beim Unterricht in der Technik
der Operationen Verwendung findet.)
Auf den Straßen von Budapest
schlägt er Plakate an:
Ich warne Euch vor den Ärzten!

Kindisches Wesen, Absonderlichkeiten:
Geht unbekleidet in seinem Zimmer herum
und setzt die Füße zerstreut auf den Tisch,
in welch allem sich seine Umnachtung
schon nicht mehr verkennen ließ.
Hinter ihm auf dem Korridor
kichert es. *So wird man ihn allezeit*
zu den größten Wohlthätern
der Menschheit rechnen und stets
das traurige Loos beklagen müssen,
das ihm beschieden war.

Es ist zwei Uhr nachmittags.
Eine Meute von Feinden verfolgt ihn.
Er sieht sie deutlich, schwarz
wie die Fliegen, in ihren Gehröcken,
und er flieht in die Anatomie.
Auf dem Marmorblock eine Leiche.
Er ergreift das Skalpell, trennt
den Kadaver auf, wirft mit Fleisch,
wühlt in den Eingeweiden, droht,
schneidet sich, man entwaffnet ihn,
er stirbt nach drei Wochen der Agonie.

Aber so war es nicht. Das sind Träume,
Übertreibungen! In Wirklichkeit
war es ein schöner, friedlicher Sonntag
im Juli, und er fuhr freiwillig mit.
Erst gegen Abend wehrt er sich.
Sechs Wärter waren kaum genug,
ihn zu bändigen. Zwangsjacke,
Dunkelkammer. Die septische Wunde
am Mittelfinger wurde zu spät bemerkt.
Eine Blutvergiftung: *So hat er den Sieg*
seiner Lehre nicht mehr erlebt.

Ugo Cerletti
1877-1963

I

Und *ich begab mich zum Schlachthof* (und war Dir. Neurobiolog. Inst. Mailand) und *ich sah die Schweineschädel zwischen den schweren Metallzangen* (und mein Herrenzimmer in der Via Savoia) *und den Schalthebel* (und meine antiken Bronzestatuetten auf dem Schreibtisch) und *ich bemerkte wie die Tiere bewußtlos zusammensanken und steif wurden* (und Prof. f. Neuropsychiatrie Univ. Bari Univ. Genua Univ. Rom) *und wie sie dann nach ein paar Sekunden in Krämpfe verfielen* (und Erfinder eines Zeitzünders für Artillerie und Luftwaffe) und *ich dachte daß hier für meine Versuche ein äußerst wertvolles Material vorlag* (und meine Orden und Goldmedaillen) und *ich beschloß zu untersuchen welche Dosis welche Spannung und welche Methode erforderlich wären um den Tod der Schweine herbeizuführen* (und Präs. Ital. Ges. f. Psychiatrie) und *ich gab ihnen Stromstöße durch den Schädel von verschiedenen Seiten* (und Ehrenmitgl. Kommittee f. Biol. u. Med. des Nationalen Forschungsrates) *und durch den Rumpf mehrere Minuten lang* (und Kandidat für den Nobelpreis) und *es fiel mir auf daß die Tiere selten verendeten wenn der Strom durch ihren Kopf floß* (und meine Haushälterin und mein Rauchverzehrer in Gestalt einer Porzellaneule) *und daß sie nach heftigem Starrkrampf minutenlang liegenblieben* (und Dr. h. c. Sorbonne Paris) *und sich dann mühsam erhoben* (und Dr. h. c. Rio de Janeiro und São Paolo und Montréal für bahnbrechende Kropf- und Kretinismusstudien) *und daß sie versuchten zu fliehen*

II

Und *ich wies meine Assistenten an nach einer geeigneten Versuchsperson Ausschau zu halten* (und *W Il Duce*) und *am 15. 4. 1938 überwies mir der Polizeipräsident von Rom ein Individuum zur Beobachtung* (und *der Faschismus ist über den verwesten Leib der Göttin Freiheit hinweggestiegen*) und *ich zitiere aus seinem Begleitschreiben* (und *Italiener! Schwarzhemden! Legionäre!*): *»S. E., Ingenieur und 39 Jahre alt* und *aufgegriffen am Hauptbahnhof* und *ohne gültigen Fahrausweis* und *offenbar nicht im vollen Besitz seiner Geisteskräfte«* (und nicht enden wollende Ovationen) und *ich wählte diesen Mann aus für meinen ersten Menschenversuch*

III

Und *ich brachte zwei Elektroden an seinen Schläfen an* (und die wichtigsten Indikationen sind Schizophrenie und Paranoia) *und ich beschloß mit 80 Volt Wechselstrom und 0,2 Sekunden anzufangen* (und Alkoholismus und Drogensucht und Depressionen und Melancholie) und *seine Muskeln wurden steif* (und die wichtigsten Nebenwirkungen sind Gedächtnisverlust und Brechreiz und Panik) und *er bäumte sich auf* (und dies ist die typische von von Braunmühl et al. so genannte Hampelmannstellung) *und er fiel zusammen aber ohne das Bewußtsein zu verlieren* (und die wichtigsten Komplikationen sind Schenkel- Arm- Kiefer- und Wirbelsäulenbrüche) *und er fing an sehr laut zu singen* (und Herzbeschwerden und innere Blutungen) und *dann wurde er still und rührte sich nicht mehr*

IV

Und *natürlich bedeutete das für mich eine starke gefühlsmäßige Belastung* (und nach Reil [1803] ist *die unschädliche Folter ein Gebot der Heilkunst*) und *ich beriet mich mit meinen Assistenten ob ich eine Pause einlegen sollte* (und nach Squire [1973] ist es *unbekannt wie lange die Amnesie anhält*) und *der Mann hörte uns zu und sagte plötzlich mit lauter und feierlicher Stimme: »Tut es nicht noch einmal. Das ist der Tod«* (und nach Sogliano [1943] kann die Behandlung *ohne Bedenken bis zu fünfmal innerhalb von zehn Minuten* wiederholt werden) und *ich gestehe daß mir der Mut sank* (und nach Kalinowski et al. [1946] sind stets *Gurte und Fesseln bereitzuhalten für den Fall daß der Patient gemeingefährlich und gewalttätig wird*) und *ich mußte mich aufraffen um diesem abergläubischen Gefühl nicht nachzugeben* (und nach Sakel et al. [1965] *fehlt es leider bisher an einer wissenschaftlichen Begründung* für den Elektroschock) und *ich nahm mich zusammen und gab ihm noch einmal einen Stoß von 110 Volt*

V

Und seitdem klettern sie auf der geschlossenen Station in ihren Pyjamas auf die weißlackierten Eisenbetten *(und wir werden seine Pioniertat nie vergessen)* und kriegen eine Spritze verpaßt und bei Gegenwehr noch eine Spritze *(und seine Leistungen für den wissenschaftlichen Fortschritt)* und vier Wärter halten sie fest an Händen und Füßen (und *seine Schaffenslust*) und stopfen ihnen einen Gummischlauch in den Mund und stülpen ihnen die kalten Chromplatten über die Schläfen (und *seinen unstillbaren Wissensdurst*) und in den Schlachthöfen hört man kein Brüllen und Muhen und Quieken mehr (und *seinen echten Humanismus*) und dann gibt der Chef Saft (und *an einer wissenschaftlichen Begründung* hierfür *fehlt es leider* noch) und dann sind sie weg und dann wachen sie wieder auf und dann sind sie gelöscht

Wilhelm Reich
1897-1957

Damals, im Sommer 37, soll er fast glücklich gewesen sein.
Weiße Nächte, Kähne auf dem Oslo-Fjord, oder mit Sigurd
und Nic und Arnulf im Teatercafé, beim goldenen Aquavit:
der Stehgeiger spielte Ravels *Bolero,* die Gäste tuschelten:

Das ist er! Natürlich hatten sie recht, natürlich
war er verrückt, ein Krüppel, der um sich schlug, schlug
seine Freunde allesamt in die Flucht: Geständnisse, schwarz
auf weiß
(o Schatten Stalins) preßte er ihnen ab (diesen Verrätern),

und die Zettel verschloß er im Schreibtisch. (Ja, man kann das
auch Paranoia nennen.) *In tausend Jahren versteht ihr mich.*
Was heißt das schon: ein Rebell? Unter den Lachenden
wäre er lieber gesessen. Wie ein Kind, das eine Mücke fängt

und lauscht an der geballten Hand: das, was er in der Faust
hielt,
pulsierte und schien lebendig. *Es* zuckte! *Das* Es. Doch keiner
wollte ihm glauben. Also Beweise her! Geigerzähler,
Stoppuhren, Mikroskope. Der *Faraday des Orgasmus,*

ein Guru, ein Dilettant, und folgendes war sein Befund:
Es ist die Liebe, die alles bewirkt, sie ist meßbar,
ihre Farbe ist blau, sie bewegt die Gestirne, die Frösche,
die Wolken. (Dieses Rauschen in seinem Knabenschädel
verließ ihn nie.

Ein Gut in der Bukowina. Kartoffelfeuer, staubige Landstraßen,
das Dröhnen der Dreschmaschine. Im Herrenhaus
Bettgeheimnisse,
ein Selbstmord am Karpfenteich, und später, lebenslänglich,
das Jucken unter der Haut, das Ekzem der Erinnerung.)

Liebte die grüne Uniform, die k.u.k. Litzen und Sporen,
liebte Nelken, Diplome, Ehrungen, seinen weißen Kittel,
träumte davon, einzurücken durchs Brandenburger Tor,
im Triumph, auf einem Schimmel, beim Schall von Ravels
Klarinetten.

Unter dem Banner des Marxismus: vergilbte Hefte. Im Ernst,
er kämpfte gegen die Unterdrückung, hat vielen geholfen,
doch als seine Tochter, zweijährig, *O Tannenbaum* sang,
setzte es Ohrfeigen, und er stimmte die *Internationale* an.

Danach nur noch Kauderwelsch, Science Fiction.
Lebensbläschen
gegen die *emotionale Pest.* Vegeto-Bio-Orgon-Energetik, kurz:
Der Orgasmus ist der Orgasmus ist der Orgasmus.
Die Frauen blieben Köchinnen, Schreibkräfte, Laborkaninchen.

Außen Zelluloid, innen Glaswolle, Eisenspäne. Luftlöcher
im Deckel. Der Akkumulator sammelt die Wunderkraft,
die Strahlen des Heils. Aufgeregt nehmen die Mädchen Platz
und die Schüler, im aufrechten Sarg. Das Experiment beginnt.

Der Puls geht rascher, das Thermometer steigt: ein Beweis!
Überall hängt er Plakate auf: *It can be done!* Die Liebesstrahlen
treiben Motoren an, bringen Regen und heilen alles: den Krebs,
die Schizophrenie, die Spuren der Wasserstoffbombe . . .

Doch dann verenden die Mäuse im Keller, mit geröteten Augen
kriechen die Schüler aus ihren Boxen, zwinkern, erbrechen sich,
alles ist irgendwie schiefgegangen, und wenn er sich aufregt,
tritt das Ekzem hervor, er trinkt ohne Maß, er raucht,

er hustet, geschüttelt von Herzattacken, die Erfindungen
werden ihm weggenommen, die Frauen betrügen ihn, er hat
Angst
vor Feuersbrünsten, Spionen, Gewittern und Kidnappern.
Man lacht über ihn, schweigt ihn tot. Wer ist schuld?

Es ist die Mafia der Gelehrten, es ist die Hetze *(Quacksalber,*
jüdischer Pornograph), die Bolschewiken sind es, überall
wimmeln Agenten, eine Verschwörung ist das, es drohen
Haussuchungen, die Bücher werden verbrannt: Blackout.

Aus dem Weltall der Feind kommt mit fliegenden Untertassen,
ihr Auspuff schwärzt Felsen, verpestet alles. TOP SECRET!
Gefasel. Wenn er nicht eingriffe mit seinen Wunderwaffen ...
Die *Erste Schlacht um das Universum* ... Er, *der Entdecker,*

in Handschellen vorgeführt, verweigert jegliche Auskunft.
Sein Plädoyer ist wirr, er stockt, endlich verstummt er.
O Dr Mabuse! O Maniak der Erlösung! O Rosenkreuzer des
Ficks!
O Billiger Jakob der Wissenschaft! O Bauchredner Christi!

O hilfloser Helfer der Menschheit! O mystischer Technokrat!
O Kabbalist aus dem Horrorfilm! O kaputter Befreier!
Über dem Gefängnis kreisen die Bomber, falsch, entsetzlich
falsch spielen die Klarinetten am Grab, es war alles umsonst.

VI

Bernardino de Sahagún
1499-1590

Mit achzig Jahren wird sein Augenlicht schwächer.
Brief des Indischen Rats an den Vizekönig. Edikt
des Generalrats der Inquisition an die Erzbischöfe
von México und Oaxaca. *Es sind jene heidnischen Werke*
unnütz, dem Glauben abträglich, und gefährlich.
Die Manuskripte werden verstreut. Die Schule
verkommt. Die Pocken rotten die Indios aus.

Manchmal fragt er sich, was er sein Leben lang war:
ein Rabe auf einem Schlachtfeld, oder ein Retter.
Mühselig entziffert er, auf illegalen Kopien,
was seine Schüler einst schrieben und malten.
Die alten Glyphen, starr und fremd. Eine andere Welt,
glasklar wie ein Präparat in Harz gegossen.
Und seine Lippen bewegen sich langsam. Er liest:

Das Omen
Es war zehn Jahre, bevor die Spanier kamen, es war
das erste Zeichen. Wie eine feurige Zunge war es
am Himmel, wie eine Flamme, wie etwas Sprühendes
in der Dämmerung. Es brannte breit, es schoß spitz
in die Höhe. Ein Jahr lang erschien es, nachts.
Und wenn es leuchtete, war ein Geschrei zu hören,
alle schrien, alle schlugen sich mit flachen Händen
gegen den Mund, alle fürchteten sich,
erschraken, warteten, waren erschrocken.

Er bringt sein Leben mit Fragen zu. Das Vernichtete
bewundert er. Die Ermordeten (*vollkommene Philosophen*

und Sterndeuter, unbegreiflich subtil, elegant,
in allen mechanischen Künsten durchaus erfahren)
sucht er zum Sprechen zu bringen. Das was er treibt,
ist eine Wissenschaft, rigoros und neu.
Eine Methodologie gibt es nicht. Er ist der Erste.

Er erfindet die Feldforschung: Fragebogen,
Interview-Technik, Cross-checking, Teamwork.
Seine Schüler bildet er selber aus: Transkriptionsregeln,
Grammatiken und Glossare. Auch die Vulkane besteigt er.
Aber nicht das, was er sieht, soll gelten.
Die Überlebenden fragt er, die letzten Azteken.
Was ist ein Berg? Sie diktieren. Der Schreiber schreibt:

Der Berg
Es ist etwas Hohes, Spitziges; oben zugespitzt,
auf dem Gipfel, spitzig, erhebt es sich ragend;
wird kegelig, rund; ein runder Berg, niedrig;
mit vielen Felsen, felsig; schroff, rissig, felsig;
aus Erde; mit Bäumen; grasig; mit Gräsern; mit Wasser;
trocken; gezackt; mit Schluchten; mit Höhlen;
Schluchten gibt es darin, steinerne Blöcke.
Ich steige auf, ich klettere auf den Berg. Ich lebe
auf dem Berg. Ich bin auf dem Berg geboren. Niemand
kann zu einem Berg werden. Niemand verwandelt sich
in einen Berg. Endlich zerbröckelt der Berg auch.

Náhuatl: Alles schmeckt anders, hat andere Farben,
Namen, Artikulationen. Vom Sonnengott bis zur Mücke:
eine andere Welt. (Was bedeutet der Ausdruck
»Eine andere Welt«?) *Beschreibung sämtlicher Dinge*
von Neu-Spanien. Nicht das Vergleichliche nämlich
interessiert ihn an jenen (und folglich an uns),
sondern das was er nicht versteht.

Eine Wissenschaft, die den Menschen betrachtet
als Etwas Anderes. Dieses Unverständliche ist es,
was Angst macht und was die einzige Hoffnung ist.
Der erste Anthropolog hat Höllenangst vor denen,
die er befragt, vor ihren (und unsern) Blutopfern,
Lügen, Idolen. Sein Werk wird drei Jahrhunderte lang
im Dunkeln liegen, verboten, im Staub der Archive.

Die Höhle
Dort dehnt es sich aus, dort wird es lang und tief,
es öffnet sich, es verengt sich. Es ist ein enger Ort,
ein Ort der Bedrängnis. Dort wird es unwegsam, rauh.
Es ist ein furchtbarer Ort, ein Ort des Todes,
ein Ort der Finsternis. Dort wird es finster,
dunkel. Sein Mund steht weit offen, sein Rachen.
Es ist ein breiter Rachen, ein enger Rachen.
Ich nehme meinen Aufenthalt in der Höhle.
Ich trete ein. Ich bin hier. In der Höhle bin ich.

Als er an Land ging, ein blutjunger Bettelmönch,
braune Kapuze, weißer Strick, in Veracruz,
war das Blutbad vorbei: *Jetzt liegt alles am Boden*
verstreut, und kein Ding steht mehr aufrecht.
Die Pyramiden geschleift, die Aquädukte zerbrochen,
und *man kann keinen Fuß auf Méxicos Erde setzen,*
ohne daß man auf einen indianischen Leichnam tritt.

Das Massaker ist »an sich ja verständlich«.
Es läßt sich ableiten, nach Strich und Faden,
mit Stumpf und Stiel, aus zweiter Natur, aus Gier
und Eifer, vermittelt, nicht wahr, wir verstehen uns
nur allzu gut, durch Klassenlage und Ökonomie.
Wenn der Ausdruck »Eine andere Welt« etwas bedeutet,
bedeutet er etwas, das wir nicht ableiten können.

Thomas Robert Malthus
1766-1834

Wer lang nichts gegessen hat, ist zu schwach, um zu sprechen, stochert im Müll, dichtet nicht. Was wir vom Hunger wissen, stammt aus dem Mund der Satten; also viel ist es nicht.

Der Muntersten einer: sommers ein wenig Rudern, winters mit den Schlittschuhen auf dem Dorfteich. *In fünfzig Jahren sah ich ihn nicht ein einziges Mal aus der Fassung geraten.*

Pausbäckig, träge, widersprach er mit fester Stimme dem Glück.
Seinem Glück? Dem Glück. Es war damals keine *neue Idee* mehr
in Europa: Kriege wird es gar nicht mehr geben, keine Verbrechen,
keine Rechtsprechung, keine Regierung; auch weder Krankheit noch Schmerz,
weder Kummer noch Groll. Antwort: *Jene Herrschaft über meinen Verstand,*
die es mir erlaubte, ganz ohne Beweismittel zu glauben woran ich wollte,
habe ich nie erlangt. (Versuch über das Prinzip der Bevölkerung
in Ansehen einer jeden künftigen Verbesserung der Gesellschaft
nebst einigen Anmerkungen zu den Spekulationen der Herren Godwin und Condorcet.)

Wohlwollend, zartes Herz. Genie und Wahnsinn waren nichts für ihn.
Nährte sich redlich von seiner Sinekure, aber Süßmilchs
Göttliche Ordnung in den Veränderungen des Menschengeschlechts
beruhigte ihn nicht. Also wälzte er Statistische Jahrbücher,
verließ sein Pfarrhaus, reiste nach Rußland und anderswohin.

Ganz Europa erschrak vor dem Resultat. Monotone Beschwörungen:
dieser ganze Troß von gemeinen Krankheiten und Epidemien,
von Teuerung, Pestilenz, Emeuten und Hungersnöten.

Der Seelenhirt der guten Leute von Walesbury ereifert sich
über *liederliche Vergnügungen, unschickliche Kunstgriffe,*
unnatürliche Leidenschaften; doch zum erstenmal berechnet sein Foliant
die Naturgewalt in Gebärmüttern und Testikeln, so wie der Physiker
die Geschwindigkeit und die Reichweite eines Geschosses
in Medien von verschiedener Dichte: dies alles
ist notwendig so, und dabei wird es auch bleiben.

Schamloser Sykophant der herrschenden Klasse, grundgemein,
infame Doktrin, Zynismus, scheußliche Blasphemie: Leicht gesagt,
aber nach wie vor liegt die Verdopplungszeit
bei rund dreißig Jahren, und nach wie vor gilt: $P_t = P_o e^{rt}$.

Zugegeben, seine Kalküle waren nicht gut genug. Er wußte nur eines:
Etwas wächst, wird mehr, immer mehr. Auch das Wachstum wächst,

auch der Hunger wächst, auch die Angst. Mit rosigen Wangen
setzte er sich, die Hände reibend, zum Tee, ließ sich seine
Muffins reichen
von einer rosigen Frau, immer derselben, die er, bescheiden
und prüde,
einmal im Monat beschlief: ein unerschrockenes Hasenherz,
ein Simulant, der zeitlebens den Gesunden gespielt hat,
unter den Propheten der Katastrophe *der Muntersten einer.*

Alexander von Humboldt
1769-1859

Draußen, in Öl gemalt und sehr blau, die fernen Gipfel, die
Palmen,
die nackten Wilden; drinnen, im Schatten der laubigen Hütte,
die Wände verhangen mit Fellen und Riesenfarnen, ein bunter
Ara
sitzt auf dem Packsattel, der Gefährte im Hintergrund hält
eine Blüte
unter die Lupe, über die Bücherkisten sind Orchideen
verstreut,
der Tisch ist bedeckt mit Paradiesfeigen, Karten und
Instrumenten:
der Künstliche Horizont, die Bussole, das Mikroskop, der
Theodolit,
und messingglänzend der Spiegelsextant mit dem silbernen
Limbus;
hell in der Mitte auf seinem Feldstuhl sitzt der gefeierte
Geognost
in seinem Labor, im Dschungel, in Öl gemalt, an den Ufern
des Orinoco.

Wie Schnee schmilzt die Terra incognita unter seinen Blicken.
Über die letzten Gletscher, die ödesten Bergketten wirft er
sein Netz
von Kurven und Koordinaten. Er mißt die magnetische
Deklination,
die Sonnenhöhe, den Salzgehalt und die Bläue des Himmels.
Ungläubig
sehen die Einheimischen zu. Was für *wunderbare Leute* sind
diese,

welche die Welt durchlaufen, um Pflanzen zu suchen, und um ihr Heu
mit anderem Heu *zu vergleichen! Warum laßt Ihr Euch aufzehren*
von Moskitos, nur um ein Land zu vermessen, das Euch nicht gehört?
Ausländer sind es, Ketzer und Narren. Doch unbeirrt wie der Pfaffe
das Weihrauchfaß schwenkt der Reisende seine Leydener Flasche.

Geboren im Schein des Messierschen Kometen, galvanisiert er Frösche,
legt sich selbst Elektroden an und teilt, *Über die gereizten Nerven-*
und Muskelfasern, Vermuthungen mit. Später setzt er am Amazonas
magnetischen Stürmen und in Sibirien Nordlichtern nach: Pirogen
tragen ihn hin, Schlitten und Dampfschiffe, Hängematten und Kutschen.
Er stellt *ganze Länder dar wie ein Bergwerk*. Für brennende Krater,
die er leidenschaftlich besteigt, vermißt und betastet, hegt er,
Vulkanist und Vulkanologe, eine wahre Manie. Vereinsamt und ängstlich
gedenkt er der Jünglinge, die ihm gefielen. Meist waren sie sanft
und mittellos. Er aber förderte sie und schwieg. Die quälenden Nächte

verbrachte er schreibend. *Zerstreute Bemerkungen über den Basalt.*
Über die Chinawälder. Memoir über Meeresströme. Über die Urvölker

von Amerika und die Denkmäler, welche von ihnen geblieben sind.
Vorlesungen über . . . Beyträge zu . . . Aphorismen aus . . . und *Ansichten von . . .*
Vorläufige Anzeige einer Rettungsflasche. Über die untern Gränzen
des ewigen Schnees. Von der in verschiedenen Theilen der heißen Zone
am Spiegel des Meeres stattfindenden Temperatur. Über electrische Fische.
Dieser Mann ist eine vollständige, wandelnde Akademie. Er steigt auf
in die höchsten Luftschichten, und er taucht, in einer eisernen Glocke,
mit einem wahnwitzigen Engländer namens Brunel auf den Grund der Themse.

Ich habe ihn immer bewundert; jetzt bete ich ihn an. Denn er allein
gibt einen Begriff von den Empfindungen, die das erste Betreten
der Tropen in der Seele erregt. Später allerdings, nach dem Frühstück,
äußerte Darwin sich ziemlich enttäuscht: *Ich fand ihn sehr munter,*
doch allzu geschwätzig. Tatsächlich ist, worauf seine Größe beruht,
nicht ganz klar. Er schlief nur drei bis vier Stunden, war eitel,
enthusiastisch, harmlos, *unendlich beschäftigt.* Vorzüglicher Tänzer,
vom Menuett bis zum Animalito. *Blauer Frack, Knöpfe aus Gold, die Weste*
gelb, gestreifte Hosen, weiße Halsbinde, schwarzer, abgetragener Hut:
seine Kleidung war stehengeblieben seit den Zeiten des Directoire.

Damals Zelebrität: *Schwerlich hat die Erscheinung eines Particuliers*
je mehr Aufsehn gemacht. Paris in der Schwebe: noch traut die Neue Klasse
ihrem eigenen Sieg nicht. Trügerisch nach dem Terror blüht
eine klassizistische Unschuld, bevor das tierische Brüllen der Brokers
die Börse füllt mit Taumel, Boom, Crash, und *die offene, unverschämte,*
direkte, dürre Ausbeutung über die ganze Erdkugel jagt . . . Ein klarer Moment,
sauber und homogen. Die Bourgeoisie gibt sich mustergültig und kühl
wie das Urmeter. Auch unser edelmütiger Held trägt seinen Scherf
zu dessen Bestimmung bei und bereist, mit seinem Besteck, den Meridian
Dünkirchen-Barcelona. (Wie immer zahlt er die Kosten aus eigener Tasche.)

Dann siegte die Reaktion. Zurück in die deutsche Misere. Kammerherr,
Vorleser, also Lakai am Potsdamer Hof. Er schloß sich ein in Berlin,
einer *kleinen, geistig verödeten, überhämischen Stadt.* In dieser Sandwüste
voller Polizisten dachte er oft an die Tropen. Warum waren sie so betörend?
Wozu hatte er all das ertragen: Insekten, Schlingpflanzen, Regengüsse,
und *die verdrossenen Blicke der Indianer?* Es war nicht das Zinn, die Jute,
der Kautschuk, das Kupfer. Ein Gesunder war er, der mit sich die Krankheit

ahnungslos schleppte, ein uneigennütziger Bote der
Plünderung, ein Kurier,
der nicht wußte, daß er die Zerstörung dessen zu melden
gekommen war,
was er, in seinen *Naturgemälden*, bis daß er neunzig war,
liebevoll malte.

Forschungsgemeinschaft

O Propheten mit dem Rücken zum Meer,
mit dem Rücken zur Gegenwart, o seelenruhig
in die Zukunft blickende Zauberkünstler,
o immerfort an die Reling gelehnte Schamanen –
einmal ein Taschenbuch durchgeblättert,
das genügt, um euch zu begreifen!

Aus Knochen lesen, aus Sternen, aus Scherben,
zum Wohle der Allgemeinheit, aus Eingeweiden,
was gewesen ist und was bevorsteht –
o Wissenschaft! Gebenedeit seist du,
gebenedeit deine kleinen Lichtblicke,
halb Bluff halb Statistik: Todesarten,
Geldmengenziele, wachsende Entropie ...

Weiter so! Diese schwefelgelben Erleuchtungen
sind besser als nichts, sie unterhalten uns
an dunstigen Sommerabenden:
Papierbahnen frisch vom Computer,
Stichproben, Ausgrabungen, Tips
nach der Delphi-Methode – bravo!

Gebenedeit sei das Vorläufige!
Vorläufig ist noch genug frisches Wasser da,
vorläufig atmet und lauscht die Haut,
deine Haut, meine, – sogar die eure,
ihr holzigen Medizinmänner, atmet noch,
ungeachtet der Bleibeverhandlungen,
der Fußnoten und des Stellenkegels –

vorläufig ist das Ende (»eine unaufhörliche,
feinverteilte Naturkatastrophe«)
noch nicht endgültig – das ist angenehm!

Also am Wochenende, liebe Mitwisser,
– vor Neufundland vereinzelt Eisberge,
über Mitteleuropa Sommergewitter,
schweflig am dunstigen Horizont –
nichts wie raus aus den Instituten!
Ein bißchen Leben am Wochenende,
was immer das heißen mag, vorläufig
natürlich nur, und ohne prognostischen Wert.

O ihr ewig nach Erkenntnissen Dürstenden,
ihr dauert mich, wie ihr dann auf der Datscha,
im irischen Bauernhaus, auf Korčula,
mit dem Rücken zum Meer, seelenruhig
euer Gehirn ausklinkt – daß euch allerdings
beim Ping-Pong die Fackel nicht ausgehe!
Nur so weiter! Ich segne euch.

Fachschaft Philosophie

Daß wir gescheit sind, ist wahr. Aber weit entfernt,
die Welt zu verändern, ziehen wir auf dem Podium
Kaninchen aus unserm Gehirn, Kaninchen und Tauben,
Schwärme von schneeweißen Tauben, die unverwandt
auf die Bücher kacken. Daß Vernunft Vernunft ist
und nicht Vernunft, um das zu kapieren,
braucht man nicht Hegel zu sein, dazu genügt
ein Blick in den Taschenspiegel. Er zeigt uns
in wallenden blauen Mäntelchen, bestickt
mit silbernen Sternen, und auf dem Kopf
einen spitzen Hut. Im Keller versammeln wir uns,
wo die Karteileichen liegen, zum Hegelkongreß,
packen unsre Kristallkugeln und Horoskope aus
und machen uns an die Arbeit. Gutachten
schwenken wir, Pendel, Forschungsberichte,
wir lassen die Tische rücken, wir fragen:
Wie wirklich ist das, was wirklich ist? Schadenfroh
lächelt Hegel. Wir malen ihm einen Schnurrbart an.
Schon sieht er wie Stalin aus. Der Kongreß
tanzt. Weit und breit kein Vulkan. Unauffällig
stehen die Posten Posten. In aller Ruhe wirft,
Knüppel aus dem Sack, unser psychischer Apparat
treffende Sätze aus, und wir sagen uns:
In jedem brutalen Bullen steckt doch
ein verständnisvoller Helfer und Freund,
in dem ein brutaler Bulle steckt. Simsalabim!
Wie ein enormes Taschentuch entfalten wir
die Theorie, während vor dem verbunkerten Seminar
bescheiden die Herren im Trenchcoat warten.

Sie rauchen, machen kaum Gebrauch von der Dienstwaffe,
und bewachen die Planstellen, die Papierblumen
und den schneeweiß alles bedeckenden Taubendreck.

Der Renaissanceforscher

Ein Astrolog erloschener Sterne.
Unter dem grünen Lampenschirm
in Princeton, New Jersey,
schreibt er verschollene Codices fort,
umsichtig wie ein Spitzel,
wach wie ein Fälscher.

Wie ein erregter Liebhaber
fühlt er sich ein, von innen,
hautnah touchierend,
in den warmen Handschuh
der Überlieferung,
in die Rinde toter Gehirne.

Sein Latein hält mühelos mit
bei den nachtlangen Gastmählern
in Florenz und Bologna
unter Malern, Mathematikern,
Kardinälen, versunken
in saturnische Konversation.

Dann löscht er das Licht,
öffnet die magnetische Schranke
und fährt über den Freeway nach Haus
im glühenden Natriumdampf
der Peitschenlampen.

Vom Blätterteig der Zeit
Eine Meditation über den Anachronismus

> Die Welt ist nichts als eine ewige Schaukel. Alle Dinge in ihr schaukeln ohne Unterlaß. Ich beschreibe nicht das Sein, ich beschreibe den Übergang. Es ist ein Protokoll von verschiedenen und veränderlichen Zufällen, von unbestimmten und, wie es sich trifft, wohl gar von widersprechenden Vorstellungen. Nicht bloß der Wind der Zufälle bewegt mich nach seiner Richtung; sondern ich bewege mich noch obendrein, ich wechsle die Richtung. Und wer nur genau auf den Ausgangspunkt achtet, der wird sich schwerlich zweimal in völlig derselben Lage wiederfinden.
>
> *Michel de Montaigne*

Was den Fortschritt angeht, so hat er zwar schon bessere Tage gesehen; doch im Plural wuchert er weiter wie eh und je. Zu seinen Propheten gehören nicht nur die Agenten der Medien und der Werbung. Auch bei Naturwissenschaftlern und Ökonomen, Technikern und Medizinern erfreut er sich einer ungebrochenen Wertschätzung. In zahllosen kleinen Schritten geht es in allen möglichen Richtungen immer rascher voran, ein Prozeß, den niemand zu steuern, geschweige denn ernsthaft in Frage zu stellen wagt.

Während die alten politischen und künstlerischen Avantgarden abgedankt haben, geben sich die Adventisten der Technik, gänzlich unbeeindruckt von den Katastrophenerfahrungen des zwanzigsten Jahrhunderts, hemmungslos ihren Zukunftsträumen hin. Ihr hysterischer Optimismus kennt keine Grenzen, auch nicht die der Selbsterhaltung. Ihre Visionen zielen nicht mehr bloß auf die Verbesserung, sondern auf die Selbstabschaffung des Menschengeschlechts zugunsten von Produkten, die allen biologischen Lebewesen weit überlegen sein sollen. Dieser frohe Masochismus erinnert an die Zeiten, da das Brüsseler Atomium eine strahlende Zukunft zu eröffnen schien.

Doch die Fundamentalisten der Moderne sind nicht allein auf der Welt. Abseits dieser harten Sekten machen sich mulmige Gefühle breit. Nicht nur die Verlierer des Fortschritts, auch die klügeren unter den Funktionären der Wirtschaft sehen den Verheißungen der technischen Globalisierung mit Gefühlen entgegen, die gemischt zu nennen eine Untertreibung wäre.

Das hat einen sehr einfachen Grund. Mit wachsender Beschleunigung nehmen nämlich auch die Ungleichzeitigkeiten zu. Der Prozeß der rasenden Fortschritte hinterläßt von Tag zu Tag mehr Hinterbliebene. Längst hat er die meisten überholt. Aber es geht nicht mehr wie einst, zu den Zeiten der heroischen Moderne, um jene dumpfe Mehrheit der »Ewiggestrigen«, die irgendwelchen selbsternannten Avantgarden die Gefolgschaft verweigern möchte. Mit solchen säuberlichen Unterscheidungen ist nichts mehr anzufangen. Denn auch die Statthalter des Trends verwickeln sich in die sonderbarsten Widersprüche. Der Systemtheoretiker zieht in eine Altbauwohnung. Der Waffenexperte geht am liebsten in die Oper. Die Dekonstruktivistin leidet an Liebeskummer, und der Chip-Designer entwickelt eine Schwäche für buddhistische Weisheitslehren. Natürlich könnte man solche Neigungen als bloße Kompensation, als Kräuselungen an der Oberfläche abtun. Dagegen spricht, daß die »Überbleibsel der Vergangenheit« ebenso unkontrollierbar zu wuchern scheinen wie die Fortschritte. Das verleugnete Alte äußert sich, gegen den Willen der Subjekte und ohne Rücksicht auf ihre ideologischen Vorlieben, in einer Fülle von somatischen, psychischen und kulturellen Symptomen. Das läßt nur einen Schluß zu: Offenbar sind die Zeiten vorbei, zu denen man glauben konnte, ein Leben auf der Höhe der Zeit ließe sich leben.

Die vielberedete Postmoderne war ein solches Symptom, aber sie war nicht imstande, die tiefere Dynamik der Ungleichzeitigkeit zu begreifen. Schon das Schlagwort, mit dem sie angetreten ist, zeigt, wie stark sie dem sukzessiven Denken verhaftet blieb: jenem Schema, demzufolge eine Epoche – oder Episode – wie auf dem Fließband hinter der anderen her ist und sie ablöst, um alsbald der nächsten Platz zu machen. In dieser ungewöhnlich schlichten Vorstellung überlebt das zentrale Dogma der Moderne, ein Dogma, das alle Erschütterungen und Selbstzweifel des Jahrhunderts überstanden hat.

Schwer zu sagen, wie und wann sich die Idee der Sukzession geschichtsphilosophisch durchgesetzt hat. Vielleicht könnte die berühmte *querelle des anciens et des modernes* von 1687 als Anhaltspunkt dienen. Was damals als Streit zwischen Antike und Neuzeit thematisiert wurde, hat sich dann immer weiter entfaltet, bis der Kampf zwischen dem Althergebrachten und dem umwälzend Neuen, zwischen Tradition und Moderne, zur Selbstverständlichkeit wurde – einem Entweder-Oder, dem zunächst in der Kultur, bald aber auch in der Politik eine lange, bis heute andauernde Karriere beschieden war.

Offenbar war dies ein Modell von verlockender Durchschlagskraft; denn von nun an sah sich jeder vor eine einfache Wahl gestellt. Er brauchte nur Partei zu ergreifen für eine der beiden Seiten, für das *ancien régime* oder für die Revolution, für Herkommen oder Fortschritt, für den alten Adam oder den Neuen Menschen, für rechts oder links, und schon hatte er das gewonnen, was man eine Weltanschauung oder einen festen Standpunkt nennt. Nicht nur ganze Geisterscharen haben sich an solchen Oppositionen aufgerieben; ungezählte Millionen haben mit Leib und Leben für ihre Wahl bezahlt. Die Menschheit sah sich vor eine Alternative von rührender Schlichtheit gestellt. Die Unübersichtlichkeit der Welt war auf ein binäres Schema reduziert. Es schien zwei und nur zwei Optionen zu geben: von nun an war jeder einzelne entweder vorne oder hintendran.

»Was ist die Zeit? Wenn mich niemand danach fragt, weiß ich es; wenn ichs erklären soll, weiß ich es nicht.« So wie der heilige Augustinus haben alle Philosophen sich über die Zeit den Kopf zerbrochen – ein Grübeln ohne Ende, an dem sich neuerdings auch die Astrophysiker und Kosmologen beteiligen. So scharfsinnig und verwickelt die meisten ihrer Theorien, so wenig haben sie ausrichten können gegen die platteste aller Zeitvorstellungen, die alles, was geschehen ist, geschieht, geschehen wird, auf einer Zielgeraden auffädelt und in der Gegenwart einen wandernden Punkt sieht, der die Vergangenheit sauber von der Zukunft trennt. Fast möchte man eine solche Auffassung um ihren Flachsinn beneiden, der geradewegs in Tautologien mündet von der Form: Was vorbei ist, ist vorbei. Wer so denkt, muß allerdings schon vor der Frage kapitulieren, wie Erinnerung möglich sei; erst recht muß ihn die Ungleichzeitigkeit des Gleichzeitigen verstören.

Der Anachronismus ist, wenn man unseren Wörterbüchern und Lexika Glauben schenken will, ein »Verstoß gegen den Zeitablauf, gegen die Chronologie«, die »falsche zeitliche Einordnung von Vorstellungen, Sachen oder Personen«, oder, noch schlagender ausgedrückt, auf englisch, »anything done or existing out of date, *hence*, anything which was proper to a former age, but is out of harmony with the present«. Der tadelnde, um nicht zu sagen denunziatorische Unterton ist unverkennbar. Wehe dem Ahnungslosen, der es wagen wollte, gegen den Zeitablauf zu verstoßen, der seine Vorstellungen falsch einordnet oder gar etwas tut oder denkt, was *out of date* ist, also nicht mit der Gegenwart in Einklang steht. So etwas stört auf unerträgliche Weise die zeitgenössische Harmonie.

In aller Unschuld wird hier eine Zwangsvorstellung der Moderne zum objektiven Gesetz erhoben. Dem, der es verkündet, muß die Unterwerfung unter die jeweilige Jahreszahl derart zur zweiten Natur geworden sein, daß er sie gar nicht mehr bemerkt. Er verhält sich so, als könne er keinen Gedanken fassen und nichts unternehmen, ohne vorher einen Blick auf den Kalender zu werfen, um sich zu vergewissern, was »angesagt« ist. Es ist jedoch sehr die Frage, ob derartige Zombies wirklich und leibhaftig existieren. Seitdem den historischen Avantgarden nicht nur in der Politik die Luft ausgegangen ist, sind vermutlich Disc-Jockeys, Lifestyle-Magazine und Multimedia-Manager die letzten, die uns einreden möchten, es gäbe ein Leben, das mit dem Signal des Normalfrequenz- und Zeitzeichensenders DCF 77 in Braunschweig synchron wäre.

Das scheitert schon an den unvermeidlichsten aller Gegebenheiten. Man geniert sich fast, sie zu erwähnen. Unser genetischer Code ist vor Milliarden und Millionen von Jahren entstanden; nur ein minimaler Rest verdankt sich der Hominisation, einer vergleichsweise späten Entwicklung. Unsere somatische und psychische Ausstattung ist also unüberwindlich alt, ganz zu schweigen von dem, was unser Bewußtsein ausmacht. Ebenso vielschichtig ist die kulturelle Evolution; auch hier ist der Anteil der jüngeren Bestände relativ gering. Der »Verstoß gegen den Zeitablauf«, den der Diskurs der Moderne verleugnet, ist also nicht die Ausnahme, sondern die Regel. Das jeweils Neue schwimmt nur als dünne Oberflächenschicht auf einer undurchsichtigen Tiefsee von latenten Möglichkeiten. Der Anachronismus ist kein vermeidbarer Fehler, sondern eine Grundbedingung der menschlichen Existenz.

Man nehme ein quadratisches Stück Kuchenteig, greife zur Teigrolle und mache sich darüber her, bis es nur noch halb so hoch ist, aber doppelt so breit. Dann schneide man das Rechteck in der Mitte durch und lege die rechte Hälfte über die linke.

Nun fängt man von vorne an, streckt den Teig ein zweitesmal, schneidet ihn entzwei und stückelt die Hälften von neuem an. Dadurch ergibt sich ein drittes Quadrat, das ebenso groß ist wie das erste. Aber nun besteht es aus vier horizontalen Streifen.

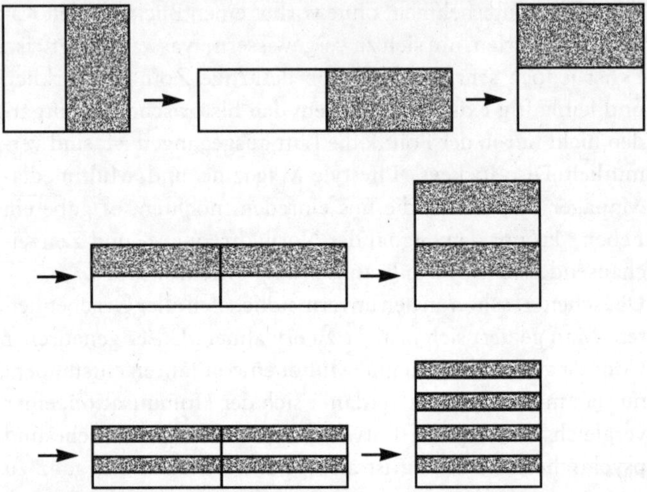

Diese Operation kann man beliebig oft wiederholen. Sie trägt einen hübschen wissenschaftlichen Namen. Man nennt sie die Bäcker-Transformation, und ihr Ergebnis ist ein Blätterteig von ganz besonderer Güte.

Mit jedem weiteren Schritt verfeinert sich die Struktur. Nach dem zehnten Mal hat der Teig zwei hoch zehn Blätter erreicht, und nach dem zwanzigsten sind wir bei 1 048 576 unvorstellbar dünnen Schichten angelangt.

Natürlich wird hier jeder halbwegs erfahrene Konditor einwenden, daß es unmöglich ist, einen zweidimensionalen Teig zu backen. Diese Schwierigkeit ließe sich leicht aus dem Weg räumen. Man bräuchte nur das Quadrat mit einem Würfel zu vertauschen, und die Sache sähe so aus:

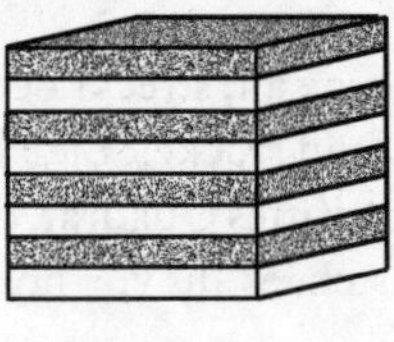

An den topologischen Eigenschaften der Transformation würde das nichts ändern; sie ist auch in jeder höheren Dimension möglich. Der Einfachheit halber kann es deshalb beim Flächenquadrat bleiben.

Wie wäre es, wenn wir dieses mathematische Modell auf die Zeit, genauer und bescheidener gesagt, auf die historische Zeit anwenden würden – vorerst nur aus Neugier und meinetwegen zum Vergnügen, als Alternative zum linearen Zeitmodell der klassischen Physik? Es käme auf den Versuch an. Die Blätterteig-Struktur weist einige verblüffende Eigenschaften auf, die man ihr auf den ersten Blick nicht ansieht. Wie verhält sich ein x-beliebiger Punkt auf dem ursprünglichen Quadrat, wenn man den Teig der Bäcker-Transformation aussetzt? Dieser Punkt A, sagen wir, ein Zuckerkorn oder eine Rosine, wandert auf bizarre Weise hin und her, beispielsweise so:

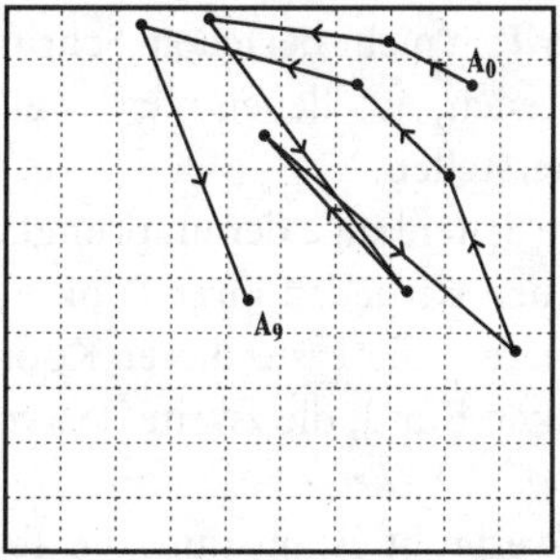

$A_0 = (0,840675437/0,840675437)$

Ein zweiter Punkt B, ganz in der Nähe von A, entfernt sich von diesem rasch und schlägt eine völlig verschiedene Bahn ein:

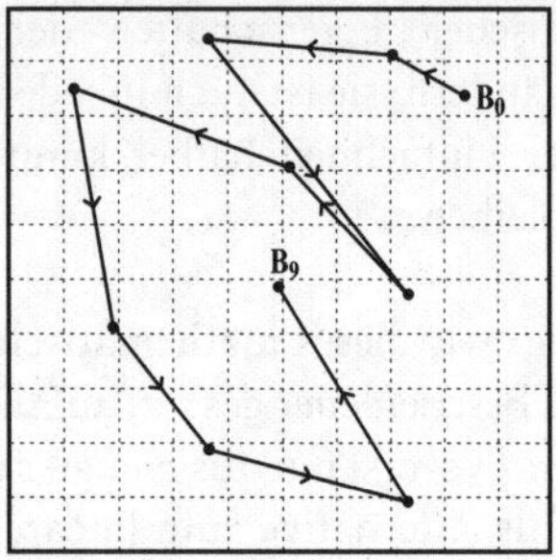

$B_0 = (0{,}846704216/0{,}846704216)$

Die beiden Trajektorien wirken zufällig, obwohl sie aus einem streng deterministischen Prozeß hervorgegangen sind. Wenn man über alle Daten der Ausgangssituation verfügt, kann man sie ohne weiteres berechnen.

Da wir aber gewöhnlich nicht mit dem binären, sondern mit dem Dezimalsystem rechnen, machen wir uns die Sache leichter, wenn wir den Teig nicht bei jedem Schritt in zwei, sondern in zehn Streifen teilen, aus denen wir jeweils das jeweils folgende Quadrat herstellen.

Wenn wir nun die Seitenlänge der ursprünglichen Fläche mit 1 ansetzen, so können wir jeden ihrer Punkte durch zwei Dezimalbrüche definieren: die erste dieser Koordinaten gibt den Abstand vom linken Rand, die zweite den von der Grundlinie an.

Ein simpler Trick erlaubt es uns nun, die Teigrolle beiseite zu legen und die Bocksprünge der Punkte A, B, C ... auf einem Taschenrechner zu simulieren.

Den ersten Punkt A_0 bestimmen wir mit Hilfe des Zufallsgenerators: die Random-Taste liefert beispielsweise die Werte 719260839 und 061492. Die entsprechenden Dezimalbrüche geben dann die Koordinaten von A_0 an: 0,719260839 ... und 0,061492 ... Es ist ein Kinderspiel, aus diesen Zahlen die Wanderungen zu berechnen, die der gewählte Punkt A_0 bei jedem Schritt der Bäcker-Transformation unternimmt. Dazu brauchen wir nur aus der ersten Zahl die jeweils erste Dezimalstelle herauszunehmen und diese Zahl als erste Dezimalstelle in den zweiten Wert einzusetzen. Wir erhalten so die jeweils nächste Position von

A:	0,719260839 ...	0,061492 ...	(A_0)
	0,19260839 ...	0,7061492 ...	(A_1)
	0,9260839 ...	0,17061492 ...	(A_2)
	0,260839 ...	0,917061492 ...	(A_3)
	0,60839 ...	0,291706149 ...	(A_4)
	0,0839 ...	0,629170614 ...	(A_5)
	0,839 ...	0,062917061 ...	(A_6)
	0,39 ...	0,806291706 ...	(A_7).

(Die Mathematiker nennen diesen Trick nach einem berühmten Schweizer, der ihn erfunden hat, die Bernoulli-Verschiebung.) Auf der quadratischen Fläche nimmt sich die Wanderung von A so aus:

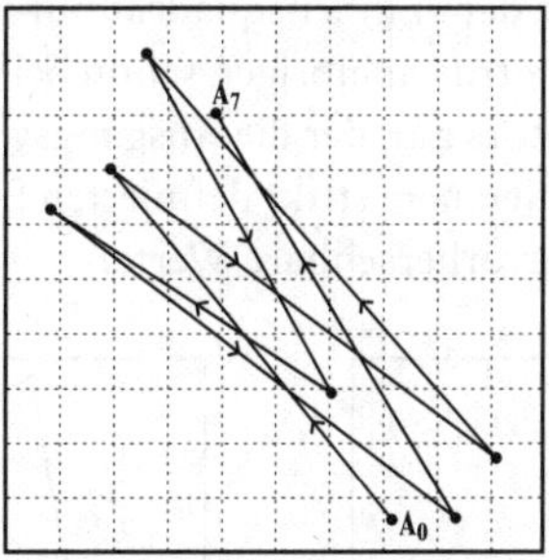

A_0 = (0,719260839/0,061492)

Wenn man die Ausgangskoordinaten mit hinreichender Genauigkeit kennt (sei es, daß es sich um periodische Brüche handelt, sei es, daß die Zufallszahl sehr viele Stellen hinter dem Komma aufweist), kann man das Spiel beliebig lange fortsetzen, das heißt, man kann vorhersagen, wie sich die Punkte A, B, C ... künftig immer weiter bewegen werden.

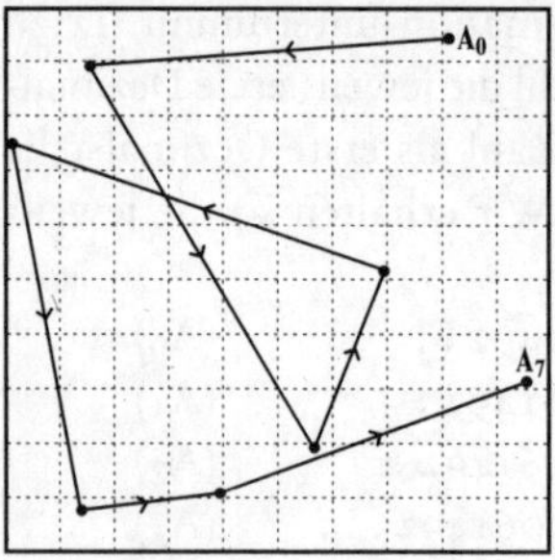

$A_0 = (0{,}815701396/0{,}945341)$

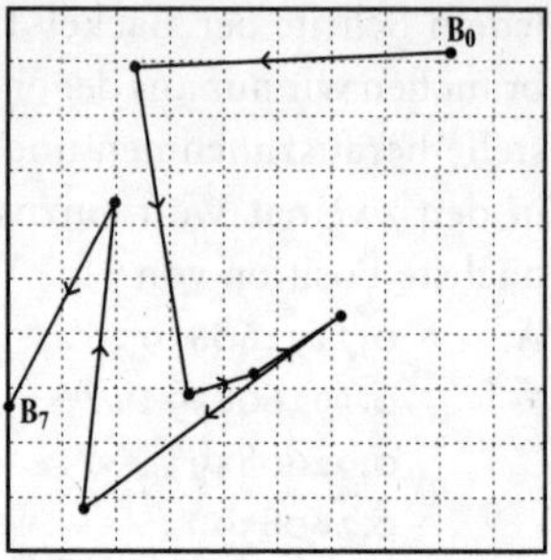

$B_0 = (0{,}823462001/0{,}920311)$

Wie aber sieht es damit aus, wenn man nicht beide Koordinaten kennt, sondern nur eine einzige, wenn also die Information, über die man verfügt, nicht lückenlos ist? Dann erscheint die Bahn, wie auf den folgenden Beispielen, willkürlich, und an die Stelle eines berechenbaren Vorgangs tritt der Zufall. Es wird dem Betrachter unmöglich, vorherzusagen, wie die einzelnen Punkte auf dem Einheitsquadrat hin- und herspringen. (Dasselbe Paradox tritt im übrigen schon bei den Operationen des Zufallsgenerators auf, der die Ausgangswerte geliefert hat; auch er arbeitet mit einem strikt definierten Programm und erzeugt trotzdem unvorhersehbare Werte.)

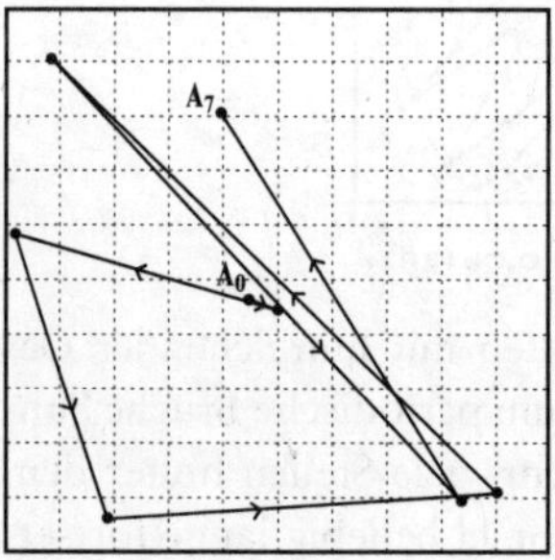

$A_0 = (0{,}450190840/0{,}465071)$

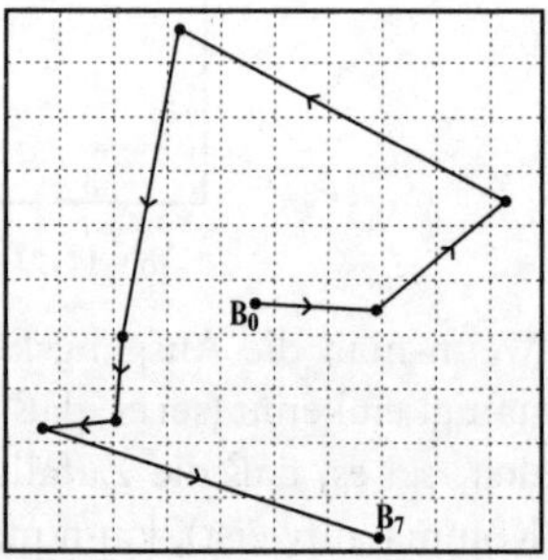

$B_0 = (0{,}469322070/0{,}458113)$

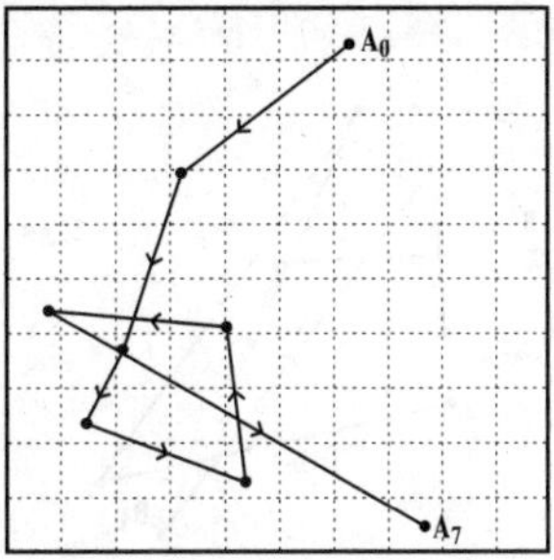

$A_0 = (0{,}632144077/0{,}931948)$

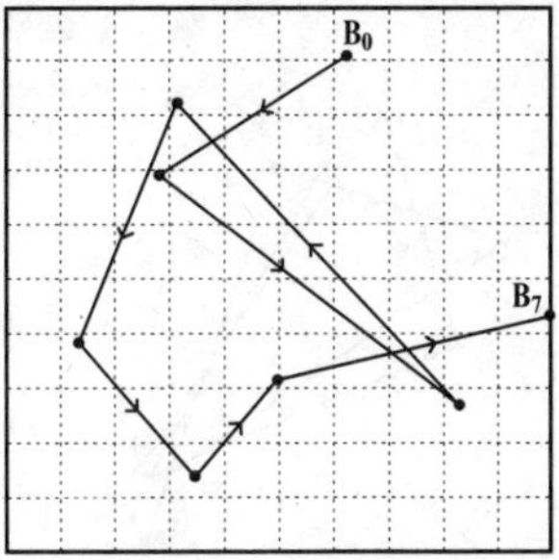

$B_0 = (0{,}628313499/0{,}912880)$

Mathematiker wie George Birkhoff, Vladimir Arnol'd und Stephen Smale haben gezeigt, daß das Blätterteig-Spiel keine bloße Unterhaltung ist, sondern ein Verfahren, mit dem sich viele reale Vorgänge modellieren lassen, etwa in der Himmelsmechanik, in der Physik der Phasenübergänge, der Strömungsdynamik und der Quantentheorie.

Vielleicht ließe es sich auch auf die Struktur der historischen Zeit anwenden, auf ihre Schichten und Falten, ihre irritierende Topologie. Auch da sind wir nicht in der Lage, aus einer linear gedachten Vergangenheit auf die Zukunft zu schließen. Wir wissen aus Erfahrung, daß wir die Folgen unserer Handlungen, über den nächsten Schritt hinaus, nicht kennen. Die Extrapolation versagt. Die Futurologie liest aus dem Kaffeesatz. Längerfristige Konjunktur- und Börsenprognosen blamieren sich ebenso regelmäßig wie die Orakelsprüche der Politiker.

Ähnlich wie in physikalischen Zusammenhängen setzt die Unmöglichkeit, zuverlässige Vorhersagen zu treffen, die Kausalität nicht außer Kraft. Auch das Unvorhersehbare ist determiniert; es verhält sich nur so, daß wir, nicht nur der unvermeidlich lückenhaften Überlieferung wegen, sondern aus prinzipiellen Gründen, nie über eine vollständige Kenntnis sämtlicher Prämissen verfügen.

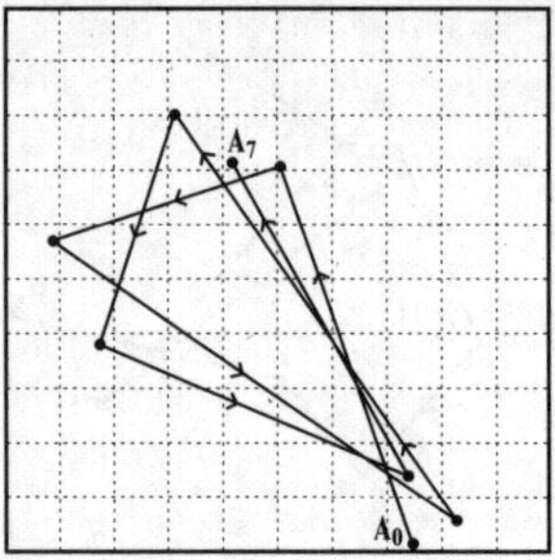

A_0 = (0,750831742/0,012542)

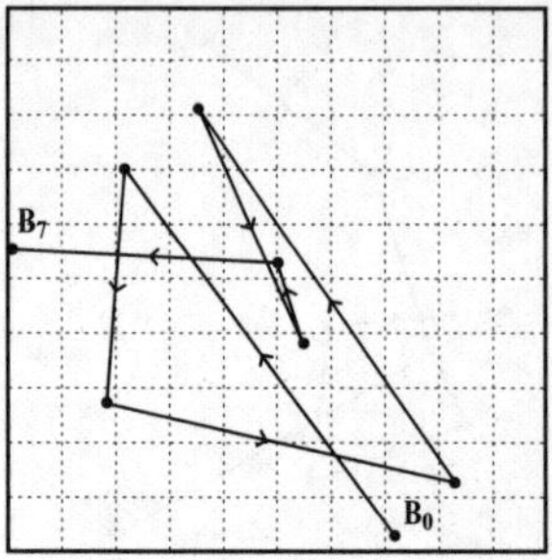

B_0 = (0,721835501/0,025431)

Der mit allen Wassern der Modernisierung gewaschene Zeitgenosse greift sich an den Kopf. Immer stört jemand das Unisono der Gegenwart, das gute Einvernehmen der Gleichzeitigkeit. Ganze Gesellschaften geben sich verstockt. Statt auf dem einzig möglichen Wachstumspfad voranzuschreiten, weigern sich viele, dem Zug der Zeit und den Ratschlägen des Internationalen Währungsfonds zu folgen. Unterentwickelt, wie sie nun einmal sind, wollen sie nicht einsehen, daß es nur eine Frage der Zeit ist, bis sie die Standards der Vereinigten Staaten erreicht haben. Auf allen Kontinenten klammern sich halsstarrige Minoritäten an anachronistische Vorstellungen. Unverbesserliche berufen sich, um ihre Ansprüche zu rechtfertigen, auf Schlachten, die vor mehreren Jahrhunderten geschlagen worden sind, und versammeln Hunderttausende unter mittelalterlich anmutenden Bannern. Keine Errungenschaft der Neuzeit ist davor gefeit, sich plötzlich in nichts aufzulösen; es gibt Landstriche, in denen sogar der Staat als Inbegriff der Ordnung verschwunden ist. Selbst über den Kommunismus ist das letzte Wort noch nicht gesprochen. Die Rede vom Müllhaufen der Geschichte, auf den seine Anhänger ihre Gegner werfen wollten, hat sich zwar gegen sie selber gewendet; nun sind sie es, die nicht mehr als Vorreiter, sondern als hoffnungslose Nachzügler gelten, doch ist damit nicht gesagt, daß es dabei bleiben wird.

Aber auch im Herzen der Metropolen steht es mit der Überwindung des Verjährten nicht zum besten. Der längst entlarvte und widerlegte Aberglauben kehrt wieder, als hätte es die Aufklärung nie gegeben. Das Abgetane feiert, im Kleinen wie im Großen, auf scheinbar wirre Weise seine Wiederkehr. Möbel, die noch bis vor kurzem auf dem Sperrmüll gelandet wären, tauchen in teuren Antiquitätenläden auf. Gregorianische Gesänge, von denen sich, kaum zwanzig Jahre ist es her, die meisten achselzuckend abgewandt hätten, erscheinen auf den Hitlisten der Musikindustrie. Es gibt kaum ein Motiv, wie abgelegen und diskreditiert es auch sei, von dem man sicher sein könnte, daß es nicht irgendwann auf dem Kostümball der Kultur im Strahlenglanz des Allerneuesten vorgeführt würde. Kurzum, der »Verstoß gegen den Zeitablauf, gegen die Chronologie« ist kein vermeidbarer Unfall, sondern ein unabwendbares Faktum.
Wenn man neben der linearen Zeit der klassischen Physik eine komplementäre historische Zeitstruktur für denkbar hält, kann man sich vielleicht eher einen Reim auf die Bocksprünge der Geschichte machen. Im Blätterteig stellt das Gedächtnis kein Kontinuum dar; es ist diskret. Der Teig löst sich nach dem Modell der Bäcker-Transformation in eine unendliche Menge von springenden Punkten auf, die sich auf unvorhersehbare Weise voneinander entfernen, um sich, niemand weiß wann und auf welchen Umwegen, wieder zu begegnen. Auf diese Weise kommt es zu einer unerschöpflich großen Zahl von Berührungen zwischen verschiedenen Zeitschichten.
Da es sich aber um ein dynamisches System handelt, kann es nie zu einer identischen Wiederholung kommen. Der springende Punkt wird nur im unwahrscheinlichsten Fall exakt an dieselbe Stelle zurückkehren, sondern fast immer, zumindest infinitesimal, von der Ausgangslage abweichen. Außerdem landet er stets in einer veränderten Umgebung. Der Kontakt zwischen verschiedenen Zeitschichten führt daher nicht zur Wiederkehr des Gleichen, sondern zu einer Wechselwirkung, die jedesmal

etwas Neues hervorbringt, und zwar auf beiden Seiten. In diesem Sinn ist somit nicht nur die Zukunft unvorhersehbar. Auch die Vergangenheit ist einer ständigen Veränderung unterworfen. Sie verwandelt sich fortwährend in den Augen eines Beobachters, dem der Überblick über das gesamte System fehlt.

Wer dieses Modell einleuchtend findet, wird den Anachronismus nicht als Ärgernis, sondern als wesentliches Moment einer proteischen Welt betrachten; statt ihn zu verleugnen, wird er es lohnender finden, mit ihm zu rechnen und ihn dort, wo das möglich scheint, für sich produktiv zu machen. Jedenfalls wird er sich nicht der Illusion hingeben, als genüge eine bloße Willensentscheidung, um den Fältelungen der Zeitstruktur zu entgehen.

An ihrer komplexen Schichtung liegt es, daß uns jeder Tag im Guten wie im Bösen mit unerwarteten Vor- und Rückfällen überrascht, und daß die Geschichte alle linearen Projekte, seien sie progressiv oder konservativ verfaßt, früher oder später einfach sabotiert hat. Weder ist es den Reaktionären aller Spielarten je gelungen, die Welt auf die Zustände irgendeiner – mehr oder weniger imaginären – guten alten Zeit zurückzuführen, noch hat sich durch politische, technische oder kulturelle Revolutionen ein für allemal abschaffen lassen, was im ungeheuren Teig der Zeit an Potentialen verborgen liegt. Unter dieser Renitenz der Wirklichkeit haben besonders die Ingenieure des Körpers und der Seele zu leiden, die die anachrone Wechselwirkung nur als dumpfen Widerstand gegen ihre eindeutigen Visionen begreifen können. Doch an das lineare Denken sind nicht nur die unheilbar zukunftsfrohen Verbesserer fixiert, sondern auch ihre Gegenspieler, die mit spiegelverkehrten Prognosen operieren.

Auch die Apokalyptiker glauben ja an eine einwandfrei absehbare Zukunft, die keinen Zickzackkurs kennt und keine Ungleichzeitigkeit zuläßt. Ihr Pessimismus ist ebenso gradlinig und phantasielos wie der Optimismus, der die Fraktion des unaufhaltsamen Fortschritts auszeichnet.

Wie aber die Wechselwirkung zwischen den verschiedenen Schichten der historischen Zeit aussieht und welche Verwandlungsformen der Anachronismus hervorbringt – das sind Fragen, die kein formales Modell beantworten kann. Wo es um inhaltliche Fragen geht, versagt die Bernoulli-Verschiebung, und man ist auf die Erfahrung angewiesen.

Keine allgemeine Antwort, aber einen ersten Hinweis könnte vielleicht eine Sammlung von mikroskopischen und makroskopischen Beispielen geben. Einige solcher Fälle sind schließlich ebenso gut erforscht wie sehr umstritten.

Der ruhmreichste aller Anachronismen ist die Renaissance. Niemand weiß genau, wie sie zu datieren wäre. Bei genauerem Hinsehen fächert sich der Begriff in einen Plural auf. Da ist von der Proto-, der Früh-, der Hoch- und der Spätrenaissance die Rede; manche haben sogar von einer karolingischen oder einer ottonischen Renaissance gesprochen, und schließlich ist der Begriff oft auch auf ganz anders gelagerte Fälle übertragen worden.

Dennoch unterliegt es keinem Zweifel, daß es in Europa Leute gegeben hat, die sich nach Jahrhunderten, die gänzlich andere Vorlieben hatten, mit unerhörter Energie der Antike zuwandten, ihre Texte lasen, ihre Philosophie studierten, ihrer Architektur nacheiferten, mit einem Wort, die an eine weitgehend verschollene, »überholte« Tradition anknüpften. Daß eine solche Wechselwirkung stattgefunden hat, daran zweifeln auch eingefleischte Revisionisten nicht, in deren Augen *die* Renaissance ein bloßes Konstrukt ist.

Später sind alle möglichen Erweckungsbewegungen auf den Namen der Renaissance getauft worden, oft genug unter Berufung auf nationale Traditionen, wie im Fall der »irischen« oder der »katalanischen Renaissance«. Immer wurde dabei bedenkenlos »gegen den Zeitablauf« verstoßen.

Während die Wiedergeburt sich meist eines guten Rufes erfreut, gilt der Atavismus als eine besonders abscheuliche Abweichung vom ordentlichen Ablauf der Geschichte. Dieser Begriff, 1901 von Hugo de Vries, einem Botaniker, geprägt, bezeichnet ursprünglich nur »individuelle Rückschläge auf alte Ahnenzustände«. Aus dem biologischen Kontext gelöst, dient er heute vor allem zur Brandmarkung von Regungen, die sich dem Prozeß der Modernisierung mehr oder weniger gewaltsam widersetzen. Die Journalisten reden in solchen Fällen gern vom Rückfall in finstere Zeiten, so als wären die heutigen ganz besonders erleuchtet; das Mittelalter muß dabei gewöhnlich als dunkle Folie herhalten. Der Atavismus ist sozusagen das Negativ der Renaissance.

Das Urteil über die Wechselwirkungen zwischen alten und jüngeren Schichten der Zeitstruktur schwankt; einerseits die Rückbesinnung auf vermutete Ressourcen der Geschichte, andererseits die Angst vor der Barbarei, die, schwer zu sagen warum, in der Vergangenheit lokalisiert wird.

Der Versuchung, den Anachronismus moralisch zu bewerten, ist schwer zu widerstehen. Vielleicht besteht sein eigentliches Skandalon aber gerade darin, daß er solchen Urteilen gegenüber indifferent ist. Der Blätterteig enthält eben *alle* Möglichkeiten, positive wie negative, in einer topologischen Mischung, die eine klare Trennung nicht erlaubt.

So wie der springende Punkt in der Bäcker-Transformation kaum jemals zu seinem Ausgangspunkt zurückkehrt, kommt auch der Anachronismus im übrigen mit dem, worauf er zielt, nie zur Deckung. Es bringt vielmehr etwas Drittes, noch nicht Dagewesenes zum Vorschein, in allen möglichen Stufen und Formen der Verwandlung, die vom Mißverständnis bis zur Reprise, von der Revision bis zur Selbsttäuschung, von der produktiven Aneignung bis zur Fälschung reichen.

Deshalb erreicht auch die allseits beliebte »Rückkehr zu den Wurzeln« das, worauf sie es abgesehen hat, nie und nimmer. Die Vorliebe der Romantik für das christliche Mittelalter verfehlte, wie alle rückwärtsgewandten Utopien, ihr Ziel. Niemand wird eine Kathedrale aus dem 13. Jahrhundert mit einer neugotischen Kirche, eine Palladio-Fassade mit einem römischen Tempel verwechseln. Alle Religionen kennen Bewegungen, die der verderbten Gegenwart den Rücken kehren wollten, um zur ursprünglichen Reinheit ihrer Gründer zurückzufinden. Die fundamentalistischen Bewegungen unter Christen, Hindus, Juden und Moslems am Ende des 20. Jahrhunderts geben dafür die krassesten Beispiele ab. Weit davon entfernt, zu altertümlichen religiösen Lebensformen zurückzukehren, sind sie durch und durch von den Krisen der Modernisierung geprägt; unter anderen Bedingungen wären sie gar nicht denkbar.

Es sieht ganz so aus, als wäre das Mißverständnis geradezu eine Bedingung anachronen Verhaltens. Die Projektion spielt dabei eine entscheidende Rolle. Der imaginäre Anteil an Renaissancen/Atavismen kann, wie der Abstand zwischen den Berührungspunkten im Blätterteig, kleiner oder größer sein.

Englische Historiker haben, nach einer Formel von Eric Hobsbawm, die *invention of tradition* untersucht, eine politische Praxis, die es im 19. Jahrhundert zur Blüte gebracht hat. Um sich zu legitimieren, haben Regierungen und Parteien, Verteidiger des Status quo und Revolutionäre, Traditionen gleichsam an den Haaren herbeigezogen. Ob es dabei um die Krönungszeremonie der britischen Monarchie, um die Popularisierung angeblich uralter Volkstrachten, um nationale Märtyrer oder heldenhafte Rebellen ging – der Anteil der Phantasie war in allen Fällen beträchtlich. Nicht alle Beteiligten waren so ehrlich wie der katholisch-konservative Ideologe Gonzague de Reynold aus der Schweiz, der seine Landsleute aufgefordert hat, »an die alten Traditionen anzuknüpfen, ja sie, wenn nötig, zu erfinden«.

Von der Nachahmung bis zur Fälschung ist es nur ein kleiner Schritt. Aber selbst dort, wo diese Schwelle überschritten wird, ist der Kontakt zur älteren Zeitschicht eine Vorbedingung dafür, daß die Operation gelingt. Jeder erfolgreiche Schwindel braucht einen wahren Kern, und so muß auch der Fälscher über eine möglichst genaue Kenntnis der Vergangenheit verfügen. Als der Schotte James Macpherson seine ossianischen Gesänge schrieb, war ganz Europa begeistert. Der Autor hatte sein Werk als Übersetzung aus dem Gälischen ausgegeben und das fiktive Original auf das dritte Jahrhundert datiert. Lange Zeit wurde die vermeintliche Reliquie für authentisch gehalten. Das hatte weitreichende Folgen. Macphersons Fälschung löste eine Renaissance des Keltentums aus, und die Erforschung der schottischen und irischen Geschichte hat ihr wesentliche Impulse zu verdanken.

Als sich manche Fraktionen der Studentenbewegung von 1968 auf Trotzkis permanente Revolution und auf die bolschewistische Idee der Kaderpartei beriefen, geriet ihnen das zur unfreiwilligen Parodie; zugleich aber förderte dieselbe Bewegung verschüttete Traditionen der europäischen Linken zutage. Auch in seinen schillernden Formen kann der Anachronismus produktiv sein.

Verwegen wäre es, das auch von seinen flüchtigsten und trivialsten Schwundstufen zu behaupten, die ihren Siegeszug unter der Parole der Postmoderne angetreten haben. Ob dieser Kostümball der Nostalgien in absehbarer Zeit zu Ende gehen wird? Das weiß niemand zu sagen. Jedenfalls ist die Wiederaufbereitung im industriellen Maßstab eine trostlose Angelegenheit. Retro, Remake, Recycling nennen sich die Strategien der kulturellen Plünderung und des Verschleißes. Die Rührung angesichts dieses ideologischen und künstlerischen Flohmarktes dürfte sich in Grenzen halten. Der kommerzielle Anachronismus geht all dem aus dem Wege, worauf es ankommt. Er möchte den springenden Punkt durchs Kalkül ersetzen. Zu Entdeckungen ist er unfähig, weil ihm die Bereitschaft zum Konflikt fehlt, zu eben jenem »Verstoß«, der die Wechselwirkung mit älteren Schichten der Zeitstruktur überhaupt erst produktiv macht. So könnte man zu der Vermutung kommen, daß auch der Anachronismus schon bessere Tage gesehen hat, ja, daß er selber anachronistisch zu werden droht.

Aber auch das wäre voreilig – ein Versuch, das Unvorhersehbare vorherzusehen, und wie jeder seinesgleichen zum Scheitern verurteilt. Der unerwartete Rest läßt sich auf keine Weise austreiben. Und hier spreche ich, ohne Übermut, aber auch ohne Scham, in eigener Sache. Denn wenn es eine anachronistische Figur *par excellence* gibt, dann ist es die des Dichters.
Kaum eine Erscheinung ist so oft totgesagt worden wie diese. Jeder Betriebswirtschaftler kann ja mühelos beweisen, daß es sich hier um eine Tätigkeit handelt, die es, den Marktgesetzen zufolge, gar nicht geben dürfte. Und was die Medientheoretiker betrifft, die seit Jahrzehnten vom Ende der Schrift und vom Exitus der Literatur schwärmen – ihre Zahl ist Legion, und ihres Jubels über die Gleichzeitigkeit ist kein Ende.
Einer der gescheitesten unter ihnen, Jochen Hörisch, hat die Dichtung mit dem Papiergeld verglichen: »Beide sind scheinhaft, beide verdichten, beide betreiben eine moralisch hochheikle Wechselwirtschaft und einen universalen Austausch mit schlechthin allem (Geld macht alles zur Ware, Dichtung macht alles zu ihrem Thema), beide simulieren (beziehungsweise fingieren), beide sind Elemente der Gutenberg-Galaxis, und beide werden im Medienzeitalter zu anachronistischen Phänomenen.« Aber ganz läßt der Terminator es dabei nicht bewenden. Er fährt mit einer virtuosen Volte fort: »Vielmehr gilt die Prognose [!]: die Zukunft des (belletristischen) Buches liegt in seinem Anachronismus – auch was die äußerliche Gestalt angeht. Mitteilungen gehören auch künftig ins Buch; Informationen in elektronische Speichermedien.«
Bisher jedenfalls existiert das Phänomen in seiner unbelehrbaren Art einfach weiter, *out of harmony with the present,* wie das Wörterbuch so schön sagt. Jeder Rentabilität zum Hohn

taucht es an den unerwartetsten Stellen wieder auf, eine imaginäre Rosine im Blätterteig, deren zukünftige Bahn niemand voraussagen kann.

Anmerkungen

Das Motto zitiert die Essais von Montaigne nach dem ersten Kapitel des zweiten und nach dem zweiten Kapitel des dritten Buchs; die Überschriften lauten »Von der Unbeständigkeit unseres Handelns« und »Von der Reue«.
Die berühmte Stelle aus den *Confessiones* von Augustinus steht im elften Buch, Abschnitt 14. Die Anachronismus-Definitionen finden sich in *Meyers Enzyklopädischem Lexikon* und im *Oxford English Dictionary von 1971*. Die Darstellung der Bäcker-Transformation folgt hauptsächlich Ivar Ekelands Essay *Le calcul, l'imprévu*, Paris 1984. Eine deutsche Fassung ist 1985 in München unter dem Titel *Das Vorhersehbare und das Unvorhersehbare* erschienen. Eine andere Interpretation haben Ilya Prigogine und Isabelle Stengers gegeben, in *Dialog mit der Natur*, München 1981. Grundlegend ist die Arbeit von V. Arnol'd und A. Alvez, *Ergodic Problems of Classical Mechanics*, New York 1968. Gonzague de Peynold wird zitiert nach Christoph Keller, »Der Homo alpinus helveticus«, in: *Passagen*, Heft 19, Zürich 1995. Jochen Hörischs geistreiches Buch *Kopf und Zahl. Die Poesie des Geldes* ist 1996 in Frankfurt am Main erschienen.
Die Darstellung der Blätterteig-Diagramme ist Klaus Meyer und Jan Riemer (München) zu verdanken.

Bewunderung

Er wundre sich allenthalben, er zittre,
ein frommer Schauder, behauptet er, überkomme ihn,
was er empfinde, lasse sich nur in Worte fassen
von Fall zu Fall:

So sei er einer Gießmaschine begegnet
mit dreißigtausend beweglichen Teilen,
die niemand mehr aufzuzählen,
geschweige denn nachzubauen verstünde –
verschwundene Arbeit, verlorene Fertigkeiten –,
und dennoch zische, klacke, dampfe sie vor sich hin,
unbeirrt; auch der psychische Apparat der Großmutter,
unbeweglich in ihrem Lehnstuhl, produziere
hinter zerknitterter Stirn nach wie vor
Eifersucht, Gier, Hinterlist, Euphorie;
oder der Mohn, *papaver somniferum,* weißgrau,
in seiner Tiefe unfehlbar tiefviolett gefleckt,
verzähle sich nie: Kron-, Kelch-, Fruchtblätter,
Haarleisten, Narbenlappen, alles in Zweierpotenzen;
und schließlich der Schließmuskel,
er komme ihm oft in den Sinn, der seine Arbeit tut,
glatt, und zwar, wenn es köstlich gewesen ist,
vier mal vier mal fünf Jahre lang:
dies alles empfindlich, fragil –
wo doch ein Fußtritt genüge, ein Sandkorn, ein Leck,
ein Granatsplitter, oder ein Zehntelgramm Atropin . . .

Je mehr er verstehe, im einzelnen, und er
verstehe beliebig viel, ein Griff in den Speicher genüge:
Auto-Antikörper-Synthese bei der Neuseeland-Maus,

Bebung und Vibrato im Wohltemperierten Klavier, Supersymmetrische Quanten-Feldtheorie usf.,
desto weniger verstehe er das Ganze,
manchmal auch umgekehrt; also bleibe ihm,
vor dem Einschlafen, nur der Schauder.

Eine Erklärung finde nicht statt. Lust allein
sei es offenbar nicht; alle gäben vor,
sie seien müde, hingen durch, wollten nichts wissen;
er verstehe das, doch es überzeuge ihn nicht.

Im Gegenteil, kein Kraut sei gewachsen gegen diesen Eifer,
kein Ende abzusehen. Eure Energie, ruft er höhnisch,
möchte ich haben! Und mit schwächerer Stimme
versichert er stockend, er halte uns
für hoffnungslos unbesiegbar,
von der Ameise bis zum letzten Genchirurgen.

Er für sein Teil erstarre,
vergesse, vor Bewunderung, ganz, zu essen,
und überlasse sich, schaudernd, der Entropie.

In höheren Lagen gewittrige Störungen

Von den Kalkalpen aus betrachtet
allerhand, diese Gegebenheiten,
die von mir absehen, nicht aber umgekehrt.
Mikro und Makro, von der Darmflora
bis zu den Galaxien, so weit
das Auge reicht und noch viel weiter.

Überwältigend, obwohl
die Einzelheiten mir unbekannt sind,
z. B. was der Blitz ist, keine Ahnung,
vom Abrakadabra der Physiker
verstehe ich nichts, ganz zu schweigen
vom Irrereden der Philosophen.

Ungleiche Ladungsverteilung,
homöopolare Bindungen,
Bifurkation – die Botschaft
hör ich wohl, aber ein Wolkenbruch
ist noch was anderes.

Ich bade in einem Gewitter
von Unwissenheit. Erfrischend.
Vom Sein des Seienden
kann man das kaum behaupten.
Das Unerforschliche ruhig verehren –
einverstanden, aber es fiele mir leichter,
wenn die Koryphäen die Klappe hielten.

Was der Berg ist, weiß ich nicht zu sagen.
Aber ich sitze auf dem Berg.
Für den Blitz bin ich entbehrlich.
Er ist mir gegeben.
Das genügt.

Bischof Berkeley ins Stammbuch

Lautlos versichert die Welt mir,
daß sie da ist, geduldig,
augenblicklich, immer von neuem:
der Staub, in der Hitze flimmernd,
auf dem Daumen der Hammer,
mit ihren Krallen die Katze,
auch jene fliehende Wolke dort,
die der Wirklichkeit
so leicht keiner nachmacht.

Sie fragt nicht nach euch,
liebe Mystiker, äußert sich nicht,
wenn ihr sie wieder einmal
für Augentrug haltet.
»Konstruktivismus«,
Philosophengemurmel,
physikalische Träumereien,
»ein paar Quarks und sonst nichts«,
läßt sie auf sich beruhen.

Sie hört nicht auf euch, die Welt
mit ihren Katzenaugen.
Sie läßt euch reden, geduldig,
so lang, bis sie zuschlägt
mit ihren Krallen, spielt
noch ein Weilchen mit euch,
vergißt euch, und bleibt.

Das Falsche

Ein Freund von mir, Ost-Berlin, Leipziger Straße,
Deutsche Akademie, hat der Forschung unlängst
ein vollkommen neues Feld eröffnet:
die Fehlerlinguistik. Ja,
da hätte man viel zu tun.

Als Laie kann ich mir kein Urteil erlauben,
doch ich habe den Eindruck,
die Fehler vermehren sich:
Weiße Mäuse, Albinos mit roten Augen,
die übereinander klettern,
über Sessel und Betten,
und immer mehr weiße Mäuse werfen.

Gespräche am Bankschalter,
Ansichten über die Viererbande,
Richtlinien für die Zukunft des Menschengeschlechts.
Falsches Bewußtsein, sagen die Philosophen.
Wenn es nur das wäre.

Bremsen oder beschleunigen,
Hosen mit oder ohne Aufschlag,
deine Moral oder meine.
Wer sich im Recht wähnt,
ist schon gerichtet.

Sich freischaufeln aus einem Berg
von immer mehr rostigen Schaufeln,
mit bloßen Händen – ich fürchte,
das hat keinen Zweck. Alles verkehrt,
vermutlich auch dieser Satz.

Wenn man den eigenen Worten
eine Zeitlang zuhört,
wie sie dröhnen im eigenen Kopf –
man möchte die Augen zudrücken
wie ein kleines Kind,
sich die Ohren zuhalten
und am liebsten gar nichts mehr sagen.
Aber das wäre falsch.

Welträtsel

Die Dunkelziffer, der Eifer, der Krach –
muß das sein?
Warum h = $6{,}625 \times 10^{-34}$ J . s,
und keinen Deut mehr?
Wie viele Götter, wenn überhaupt?
Woher diese plötzliche gute Laune
in der Badewanne?
Unbezwingliche Dummheit: zu klein
das Primatenhirn, oder zu groß?
Komisch, immer noch hie und da
ein Schmetterling ohne Nutzungsentgelt.
Fortwährendes Auf- und Ableben,
sich Verzehren, und andere,
aber zu welchem Ende?
Warum »ich«, und wozu?
Was, bitte, soll diese ewige Fragerei?
Wozu immer Treu und Redlichkeit,
und warum nicht? Wer ist schuld
an den unaufhaltsamen Fortschritten?
Gab es vor dem Big Bang
auch schon so viele Depressionen?
Was ist mit dem Sport,
dem Haß und dem Geld?
Warum ist nicht vielmehr weniger,
oder mehr? Und warum ist
nicht vielmehr nichts?

Endgültiges zur Frage der Gewißheit

Es gibt Aussagen.
Es gibt Aussagen, die wahr sind.
Es gibt Aussagen, die nicht wahr sind.
Es gibt Aussagen, bei denen sich nicht entscheiden läßt,
ob sie wahr sind oder nicht.
Es gibt Aussagen, bei denen sich nicht entscheiden läßt,
ob die Aussage, daß sich nicht entscheiden läßt,
ob sie wahr sind oder nicht,
wahr ist oder nicht,
usw.

Immer kleiner werdende Unterhaltungen

»Wohl dem, der nicht wandelt
im Rat der Gottlosen . . .«
Man wechselt taktvoll das Thema.

»Der Sinn des Lebens . . .«
Peinlicher Ausrutscher!

»Alle Verhältnisse gilt es umzuwerfen,
in denen der Mensch
ein erniedrigtes Wesen ist . . .«
Alles gähnt, geniert sich, lacht.

Dagegen Genome nach Maß,
Unsterblichkeit auf der Festplatte –
o Wissenschaft! Ecstasy! Euthanasie!
Wundertätige Schlaftablette,
wenn der Kurs in den Keller geht!

Erkenntnistheoretisches Modell

Hier hast du
eine große Schachtel
mit der Aufschrift
Schachtel.
Wenn du sie öffnest,
findest du darin
eine Schachtel
mit der Aufschrift
Schachtel
aus einer Schachtel
mit der Aufschrift
Schachtel.
Wenn du sie öffnest –
ich meine jetzt
diese Schachtel,
nicht jene –,
findest du darin
eine Schachtel
mit der Aufschrift
Und so weiter,
und wenn du
so weiter machst,
findest du
nach unendlichen Mühen
eine unendlich kleine
Schachtel
mit einer Aufschrift
so winzig,
daß sie dir gleichsam
vor den Augen
verdunstet.

Es ist eine Schachtel,
die nur in deiner Einbildung
existiert.
Eine vollkommen leere
Schachtel.

VII

Die Poesie der Wissenschaft
Ein Postskriptum

Die Mathematik ist eine Poesie von Ideen.
Armand Borel

I

Chacun devient idiot à sa façon – jeder macht sich auf seine Weise zum Idioten. Diese Maxime stammt von Peter Esterházy, dem Sproß einer fürstlichen Familie, der seine eigene Behauptung auf brillante Weise illustriert hat, indem er sich zuerst in einen Mathematiker, dann in einen Fußballspieler und zu guter Letzt in einen berühmten Romancier verwandelte. Womöglich hat er dabei auf eine klassische Injurie aus dem achtzehnten Jahrhundert angespielt. Damals beschimpften sich die Akademiker, indem einer den andern *idiot savant* nannte. Auch heute noch dürfte jedem Gelehrten der eine oder andere Kollege einfallen, auf den diese Charakteristik zutrifft. Das massenhafte Auftreten des Fachidioten ist vermutlich eine unvermeidliche Folge der Spezialisierung in den Wissenschaften. Selbst innerhalb des eigenen Faches haben die Verständigungsschwierigkeiten zugenommen. Kaum jemand wird sich zu der Behauptung versteigen, er überblicke die Forschungssituation auf allen Feldern der exakten Wissenschaften. Die beliebte Rede von der Interdisziplinarität kann über den Zusammenhang von Wissensvermehrung und Borniertheit nicht hinwegtäuschen.

Um so weniger kann es überraschen, daß von einem gemeinsamen kulturellen Horizont der Human- und der Naturwissenschaftler seit langem keine Rede mehr sein kann, von den Künsten ganz zu schweigen. P. C. Snows berühmte These von den zwei Kulturen ist von der Wirklichkeit eingeholt worden. Mit zunehmender Differenzierung könnte man heute ebensowohl von drei, fünf oder hundert Kulturen sprechen. Insofern hat sich die Diagnose des englischen Physikers und Romanautors von 1959 im Regime des babylonischen Pluralismus als allzu optimistisch erwiesen.

2

Die Figur des *idiot savant*, des »Wissenschaftlers als Idioten«, ist nicht ohne ihr Pendant zu denken, das sicherlich noch weit häufiger anzutreffen ist. Der *idiot lettré* ist eine Spezies, die unter Geisteswissenschaftlern, Künstlern und Schriftstellern gedeiht und sich in ihrer Beschränktheit womöglich noch wohler fühlt als ihr Spiegelbild. Jeder von uns ist bekanntlich fast überall auf der Erde ein Ausländer, und ebenso ist jeder fast auf allen Wissensgebieten ein halber oder ganzer Analphabet. Dies einzusehen ist eine Sache, eine andere ist es, auf den Status des Ignoranten stolz zu sein. Der Shakespeare-Forscher, der nie eine Seite von Darwin gelesen hat, der Maler, dem schon schwarz vor den Augen wird, wenn von komplexen Zahlen die Rede ist, der Psychoanalytiker, der nichts von den Resultaten der Insektenforscher weiß, und der Dichter, der keinem Neurologen zuhören kann, ohne einzuschlafen – das sind doch unfreiwillig komische Figuren, nicht weit entfernt von einer Art selbstverschuldeter Verblödung!

3

So ist es natürlich nicht immer gewesen. Um das einzusehen, sind tiefere historische Kenntnisse nicht erforderlich. Daß Philosophie, Dichtung und Wissenschaft ursprünglich Hand in Hand gingen, ist ja kein Geheimnis. Ihre gemeinsame Wurzel ist der Mythos. Die Astronomie war in ihren Anfängen eine magische Praktik, untrennbar verbunden mit der Astrologie. Die vorsokratischen Philosophen sind es gewesen, die in Europa die Physik begründet haben. Empedokles ist der Autor einer dichterischen Kosmologie; und Pythagoras von Samos, dem die Mathematik legendäre Sätze verdankt, war ein Mystiker.

Ganz Ähnliches gilt für die Anfänge des wissenschaftlichen Denkens in Indien. Die sakrale Mathematik der Sulvasutras geht auf das erste Jahrtausend vor Christus zurück. Auch in Mesopotamien, Ägypten und China waren Religion, Philosophie, Wissenschaft und Dichtung nicht voneinander zu trennen.

4

In seinem großen Lehrgedicht *De rerum natura* hat Lukrez den gesamten wissenschaftlichen Horizont seiner Zeit durchmessen. Er will, heißt es bei Italo Calvino, »das Gedicht der Materie schreiben, aber er weist uns sofort darauf hin, daß die wahre Realität dieser Materie aus unsichtbaren Korpuskeln besteht. Er ist der Dichter der physischen Konkretheit, gesehen in ihrer fortdauernden und unveränderlichen Substanz, aber er sagt uns als erster, daß die Leere genauso konkret ist wie die Festkörper ... Selbst während er die rigorosen Gesetze der Mechanik aufstellt, die jedes Ereignis determinieren, verspürt er das Bedürfnis, den Atomen unvorhersehbare Abweichungen von der geraden Linie zu gestatten, dergestalt, daß sowohl der Materie wie dem Menschen Freiheiten garantiert werden. Die Poesie des Unsichtbaren, die Poesie der unendlichen unvorhersehbaren Möglichkeiten stammt also wie die Poesie des Nichts von einem Dichter, der keine Zweifel an der Konkretheit der Welt hat.«

5

Die Tradition des Lehrgedichts, wie sie die Alten begründet haben, hat das Mittelalter überlebt und ist in der Renaissance zu neuer Blüte gelangt. Die Dichter, die Maler, die Architekten und die Philosophen jener Zeit haben die wissenschaftlichen Forschungen ihrer Zeitgenossen begierig aufgegriffen. Oft, wie bei Cardano, Dürer und Leonardo, ging dieses Interesse mit der künstlerischen Produktion Hand in Hand. Giordano Bruno und Cyrano de Bergerac zogen keine Grenze zwischen Poesie und Wissenschaft. Bis weit ins achtzehnte Jahrhundert kann von einer Trennung dieser Sphären kaum die Rede sein. Für seine monumentale Enzyklopädie ging Diderot mit dem Mathematiker d'Alembert eine folgenreiche Allianz ein. Lichtenberg, dem übrigens die Erfindung der Fotokopie zu verdanken ist, war ein beachtlicher Physiker, und Goethe war leidenschaftlich an geologischen, botanischen und physiologischen Fragen interessiert, ganz zu schweigen von seinem eigensinnigen Großunternehmen, der *Farbenlehre*. Eines der letzten bedeutenden Lehrgedichte ist die Fragment gebliebene *Metamorphose der Pflanzen*. Noch den Romantikern war die strikte Trennung der wissenschaftlichen von der literarischen Sphäre fremd. Autoren wie Ritter, Carus und Chamisso haben selbst als Naturforscher gearbeitet, und das *Allgemeine Brouillon* zeugt von den weitreichenden mathematischen, chemischen, physikalischen und biologischen Studien Friedrich von Hardenbergs.

6

Es spricht alles dafür, daß das große Schisma zwischen den Naturwissenschaften auf der einen, den Künsten und den Humaniora auf der anderen Seite eine typische Erfindung des neunzehnten Jahrhunderts ist. Die fortschreitende Spezialisierung des Wissens und seine Abkapselung im universitären Betrieb, die Ausbildung des wissenschaftlichen Jargons und der Sieg des Positivismus sind Ursachen und Symptome dieser Entwicklung zugleich. Die reduktionistische Attitüde vieler Naturwissenschaftler, oft mit einer gewissen Überheblichkeit gepaart, mag dazu beigetragen haben, daß es auf seiten der Künste und der Kulturwissenschaften zu allergischen Reaktionen kam. Dieser Bruderzwist im Hause der Intelligentsia hat lange genug angehalten, und wie immer in solchen Fällen bedingen sich die feindseligen Haltungen der Teilnehmer an solchen Turnieren gegenseitig. Der *idiot savant* und der *idiot lettré* sind einander ähnlicher, als sie ahnen.

7

Unter diesen Umständen ist es kein Wunder, daß das alte Lehrgedicht, vielleicht zum Nachteil der Literatur, im neunzehnten Jahrhundert so gut wie ausgestorben ist. Seine Grabschrift stammt von Flaubert. Sie trägt den Titel *Bouvard und Pécuchet*. In diesem hochironischen enzyklopädischen Prosa-Projekt wird das Schisma der Kultur gnadenlos vorgeführt. Das Resultat ist eine Blamage, von der niemand verschont bleibt; denn Flauberts bedauernswerte Helden verkörpern die komplementären Idiotien beider Seiten. »So ist ihnen alles unter den Händen zerbrochen.« Wie ein fernes Echo ihres heißen Bemühens mutet die berüchtigte Sokal-Affäre aus den neunziger Jahren des vergangenen Jahrhunderts an, eine Blamage vergleichbaren Formats, die dem Kasperltheater der Dekonstruktion manchen Buhruf eingebracht hat.

8

Es könnte allerdings sein, daß das neunzehnte Jahrhundert auch in dieser Hinsicht zu Ende geht. Zunächst unbemerkt, doch allmählich immer sichtbarer scheint sich das Blatt zu wenden. Neue Grenzüberschreitungen bahnen sich an. Vielleicht ist die Literatur dabei, sich aus ihrer selbstverschuldeten wissenschaftlichen Unmündigkeit zu befreien. Einer der ersten, die sich mit ihrer Rolle als *idiot lettré* nicht abfinden wollten, war Raymond Queneau. Nicht nur hat er, in der *Pléiade*, eine wissenschaftliche Enzyklopädie herausgeben und ein Buch über die neuere Mathematik geschrieben (*Bords*, 1963); es gibt von ihm auch eine *Petite cosmogonie portative* (1950) und ein Gedicht, das auf einem kombinatorischen Modell beruht (*Cent milliards de poèmes,* 1961). Im Werk von Primo Levi, der von Beruf Chemiker war, spielt die Naturwissenschaft ein zentrale Rolle. Aus Stanisław Lems *Summa technologiae* (1963) sprechen nicht nur weitreichende Kenntnisse aus Informatik und Kosmologie, es entfaltet darüber hinaus verblüffende prognostische Intuitionen. Thomas Pynchons *Gravity's Rainbow* (1973; deutsch: *Die Enden der Parabel*) ist ohne eine polyhistorische Ambition, die den Stand der Forschung einschließt, nicht zu denken.

9

Auch manche Lyriker haben sich vom Schema des neunzehnten Jahrhunderts emanzipiert und begriffen, daß die Poesie von allem handeln kann, was der Fall ist. Das alberne Mißverständnis, daß sie ausschließlich als Spezialistin für den Ausdruck von Gefühlen zu dienen hat, ist ebenfalls ein Erbe aus dem neunzehnten Jahrhundert, das allmählich vermodert. Immer mehr Poeten thematisieren in ihrem Werk wissenschaftliche Ideen. Inger Christensen, vermutlich die wichtigste dänische Dichterin der Gegenwart, greift in ihrem epischen *alfabet* (1981; zweisprachige Ausgabe dänisch/deutsch *Alfabet/Alphabet*) auf die Zahlentheorie und die kombinatorische Analysis zurück; genauer gesagt beruht dieses Gedicht auf der Fibonacci-Folge. In der Arbeit von Durs Grünbein spielen Physiologie und Neurowissenschaften eine wesentliche Rolle, und die britische Autorin Lavinia Greenlaw läßt sich in ihrer Poesie von Ideen aus der Biologie, der Kommunikationstheorie und der Wissenschaftsgeschichte inspirieren. Ein paar Beispiele für derartige Wechselwirkungen:

10

Lars Gustafsson, *Diskussionen*

Ältere Lehrbücher der Akustik
raten uns zu seltsamen Experimenten:

Man begebe sich in einen absolut symmetrischen Hof
von Mauern an allen Seiten begrenzt
die rechtwinklig zueinander stehn
suche sodann eine der Ecken auf
und löse einen Pistolenschuß.

Es gibt einen Punkt wo der Schall unhörbar ist.

Du hast den akustischen Knoten erreicht:
Das Auge nimmt ihn nicht wahr.

Man gruppiere drei Personen
in einem gewissen Winkelverhältnis
um die vollkommen blanke Oberfläche eines Sees

und lasse sie in einem bestimmten Takt
einander zurufen: »Hier«.

Nicht lange, und es ruft »Hier Hier Hier«
von allen Seiten, ununterbrochen
und der eine kann von den Stimmen der andern
die eigne nicht mehr unterscheiden.

Was für ein anmutiger Wechselgesang!

Und eine kleine elektrische Uhr
unter eine Glasglocke gestellt
(eine Saugpumpe entfernt die Luft)
ist am Ende tatsächlich nicht mehr zu hören.

Derart bestätigt sich der Verdacht
daß das tragende Medium nicht verläßlich ist,
daß es, seltsamerweise, auf eigene Faust handeln kann.

Auf eigene Faust, auf eigene Faust.

Die Zeit die noch bleibt ist immer sehr kurz.
Nur wer sehr einsam ist bringt Schälle hervor.
Der Winter ist sehr kalt. Alle Boote liegen fest im Eis.

Und bei klarem Wetter Schlittschuhe, rote Schlitten
mit einem Geräusch wie von kleinen Uhren,
unter der »hermetischen Glasglocke«.

Still, es spricht jemand, bist du's oder bin ich es?

Echo, anmutige Nymphe mit der verstümmelten Stimme!

11

Alberto Blanco, *Theorie der Evolution*

Daß manches von manchem herrührt,
um das zu kapieren, brauchen wir
kein Kalkül und keinerlei Theorien.

Daß es im unendlichen Netz der Veränderungen
Wesen gibt, die von anderen Wesen abstammen,
liegt derart auf der Hand, daß man sich fragt:

Wie ist es möglich, daß es immer noch Leute gibt,
die an der Evolutionstheorie zweifeln?

»Der Mensch«, sagt Shakespeare,
und Milton wiederholt es, »ist ein Meisterwerk.«

Aber wenn wir sehen, wie sich die Wolke
in Regen, der Regen in Hagelschlag
und der Hagel in Schlamm verwandelt,
beginnt man ernstlich, an allem zu zweifeln.

12

Miroslav Holub, *Ein fernes Geheul*

Am 6. Juli 1885
fiel im Elsaß ein tollwütiger Hund
den neunjährigen Joseph Meister an
und fügte ihm vierzehn Bisse zu.

Meister war der erste Patient,
den Pasteur retten konnte
mit seinem Impfstoff,
einer dreizehnfachen Dosis
des abgeschwächten Virus.

Pasteur starb zehn Jahre später
an einem Schlaganfall.
Meister trat als Portier
in die Dienste des Institut Pasteur.
Als er fünfundfünfzig war,
brachte er sich und ein ganzes Rudel
von armen Hunden um,
als die Deutschen einfielen.

Nur der Virus hat überlebt.

13

Wer weiß, wie zukunftsträchtig solche Begegnungen zwischen Poesie und Wissenschaft sind? Handelt es sich um bloße Zufallsbekanntschaften, oder zeigt sich hier ein Abschied vom *idiot lettré* und eine Rückkehr zur *intelligiblen* Dichtung an? Schon ein flüchtiger Blick auf die Machtverhältnisse könnte skeptisch stimmen. Während die Poesie ein minoritäres Medium ist, sind die Naturwissenschaften zur kulturellen Supermacht aufgestiegen. Insofern wirkt jede Begegnung dieser Art wie ein ungleiches Spiel.

Doch ein solches Urteil wäre voreilig, einseitig und oberflächlich. Zugegeben, daß die Dichter, die ein tieferes Interesse für die Wissenschaften an den Tag legen, nur eine marginale Rolle spielen. Anders sieht die Sache aus, wenn man die Blickrichtung umkehrt und, statt die Wissenschaft in der Poesie ins Auge zu fassen, die Poesie in der Wissenschaft aufsucht.

14

Der große englische Zahlentheoretiker G. H. Hardy, dem niemand nachsagen kann, er sei ein Vertreter der »weichen« Wissenschaften, erzählt in seinem Buch *A Mathematician's Apology* (1967) von einem Besuch bei einem befreundeten Genetiker namens Steve Jones, der offenbar literarisch bewandert war; denn er zitierte Samuel Taylor Coleridge, einen Dichter der englischen Romantik, der die Chemie-Vorlesungen in der Royal Institution zu besuchen pflegte. Als man ihn fragte, warum er sich diese Mühe mache, soll Coleridge geantwortet haben: »Um meinen Vorrat an Metaphern anzureichern.« Und Hardy bemerkt dazu: »Jones schien diesen Gebrauch wissenschaftlicher Erkenntnis zu mißbilligen; er hätte ein stringenteres Verfahren bevorzugt. Andererseits: Was wäre die Wissenschaft ohne ihre Metaphern?«
In der Tat beruht jede wissenschaftliche Erzählung – und es gibt keinen Fortgang der Forschung, der ohne sprachliche Überlieferung auskäme – auf der metaphorischen Rede. Alle Versuche der Logiker, von Leibniz bis zum Wiener Kreis, sie auf formale Kalküle zu reduzieren, sind schließlich gescheitert. Die natürliche Sprache hat sich als ein ebenso unentbehrliches wie flexibles Medium erwiesen. Und gerade in ihrem Gebrauch haben die Mathematiker und Naturwissenschaftler der Moderne eine bewundernswerte Fähigkeit bewiesen, ihre Konzepte, Entdeckungen und Hypothesen zu verbalisieren. Ihre Metaphern-Produktion zeugt von beneidenswertem poetischen Talent.

15

In der Astronomie, der Kosmologie und der Physik gibt es Fakkeln, Fleckenherde, Koronae, Sonnenwinde, Tierkreislicht, galaktisches Rauschen, Bremsstrahlung, Urknall, Eichfelder,

Schwarze Löcher (ein Ausdruck, der J. A. Wheeler zu verdanken ist), Dunkelwolken, verbotene Linien, Rote Riesen, Weiße Zwerge, Röntgen-Burster, Pulsare, Zwerggalaxien, Kugelhaufen, Spiralnebel, Wurmlöcher, schwarze Strahlung, weißes Rauschen, Strings und Superstrings, gekrümmten Raum, aufgewickelte Dimensionen, Händigkeit, Partikelfamilien, Paarvernichtung, klaustrophobe Partikel, Strangeness, Quantentunneln, Quantenschaum und Quarks (von Murray Gell-Mann benannt nach James Joyce, *Finnegans Wake*; man unterscheidet strange, top, bottom, up, down und charm, rote, grüne und blaue Quarks).

Die Mathematik kennt Wurzeln, Fasern, Keime, Büschel, Garben, Hüllen, Knoten, Schlingen, Schleifen, Strahlen, Fahnen, Flaggen, Spuren, Kreuzhauben, Ober- und Unterkörper, Geschlechter, Skelette, Maximal-, Haupt- und Nullideale, Ringe, Einsiedler, Monster, Irrfahrten, Fluchtgeraden, endlich erzeugte freie Gruppen, Mannigfaltigkeiten, leere Mengen, Urbilder, Nabelpunkte, Böschungslinien, Brückenkanten, Schwalbenschwänze, Filter, wilde Knoten, Zopfgruppen, Tunnelzahlen, Cantor-Staub, Hodge-Diamanten, Stukas, Schmetterlinge und Enten . . .

16

Die Versuchung, mit solchen Aufzählungen fortzufahren, ist groß. Sie ließen sich, auch mit Beispielen aus anderen Disziplinen, seitenlang fortsetzen. Auch wer nicht die geringste Ahnung hat, was diese Termini bedeuten, wird einsehen, mit welcher Kühnheit die Wissenschaften neues sprachliches Terrain erobert haben, und es kann gar keine Frage sein, daß sie sich dabei poetischer Techniken bedienen.

Wie Karl Weierstraß, der die Theorie der elliptischen Funktionen neu begründet hat, schon vor mehr als hundert Jahren wußte, »wird ein Mathematiker, der nicht zugleich ein Stück von einem Poeten ist, niemals ein vollkommener Mathematiker sein.«

Niels Bohr wiederum hat von der Quantenphysik gesagt, sie sei ein Beispiel dafür, daß man physikalische Vorgänge sehr wohl verstehen könne, ohne daß es möglich wäre, anders über sie zu reden als in Bildern und Gleichnissen; da seine Wissenschaft nicht von der Natur handle, sondern von dem, was Menschen über die Natur aussagen können, würden literarische Techniken zu einem wichtigen Bestandteil der Physik.

17

Ästhetische Gesichtspunkte sind der Mathematik und der theoretischen Physik nie fremd gewesen. Der bloße Beweis hat ihnen nie genügt; die Besten haben immer nach eleganten, um nicht zu sagen sublimen Lösungen gesucht. In dieser Hinsicht hat der Positivismus viel gesündigt. Er litt an einem chronischen Mangel: er hatte keine Phantasie. Das hatte auch erkenntnistheoretische und methodische Konsequenzen.

Es spricht viel dafür, daß die Naturwissenschaften dabei sind, sich von den Dogmen des neunzehnten Jahrhunderts zu verabschieden. Der klassische Materialismus befindet sich, wie sein Substrat, in Auflösung. In der Kosmologie und in den Neurowissenschaften sind spekulative Ideen, die keine unmittelbare experimentelle Verifizierung zulassen, nicht mehr tabu. Selbst die Mathematiker setzen sich, seit Gödel, mit der Ambiguität ihrer Erkenntnismöglichkeiten auseinander, und in der Quantenphysik ist das Undenkbare alltäglich.

Auf die Gefahr hin, manchen »harten« Verteidiger des Status quo vor den Kopf zu stoßen, kann man die Behauptung riskieren, daß die avancierteste Wissenschaft zur zeitgenössischen Form des Mythos geworden ist. Gleichsam hinter dem Rücken ihrer eigenen Ideologie kehren in ihren Konzeptionen, von den meisten Forschern unbemerkt, alle Ursprungsfragen, Träume und Albträume der Menschheit in neuer Gestalt wieder. Ihre Metaphern sind nur der sprachliche Ausdruck dieser Mythenproduktion.

18

Die Poesie der Wissenschaft liegt nicht offen zutage. Sie stammt aus tieferen Schichten. Ob die Literatur imstande ist, mit ihr auf gleicher Höhe umzugehen, ist eine offene Frage. Letzten Endes kann es der Welt gleichgültig sein, wo sich die Einbildungskraft der Spezies zeigt, solange sie nur lebendig bleibt. Was die Dichter angeht, so mögen diese Andeutungen zeigen, daß es ohne ihre Kunst nicht geht. Unsichtbar wie ein Isotop, das der Diagnose und der Zeitmessung dient, unauffällig, doch kaum verzichtbar wie ein Spurenelement, ist die Poesie auch dort am Werk, wo niemand sie vermutet.

Quellen

Italo Calvino, *Sechs Vorschläge für das nächste Jahrtausend. Harvard-Vorlesungen.* Aus dem Italienischen von Burkhart Kroeber, München 1991.

Alan Sokal und John Bricmont, »Transgressing the boundaries: Toward a Transformative Hermeneutics of Quantum Gravity«, in: *Social Text*, 46/47, Cambridge, Mass. 1996; dt.: Dies., *Eleganter Unsinn. Wie die Denker der Postmoderne die Wissenschaften mißbrauchen,* München 1999.

Niels Bohr, nach John Canaday, *The Nuclear Muse. Literature, Physics and the First Atomic Bombs,* Madison 2000.

Lars Gustafsson, Diskussionen, in: *En resa till jordens medelpunkt och andra dikter.* Stockholm 1966. Deutsch von H. M. E. in: *Die Maschinen,* München 1967.

Alberto Blanco, Theorie der Evolution, in: *El corazón del instante.* México, D.F.: Fondo de Cultura Economica 1998. Deutsch von H.M.E.

Miroslav Holub, Ein fernes Geheul, aus dem Manuskript einer englischen Übersetzung. Deutsch von H.M.E.

Ergänzungen

»Bedenkt man, daß ein Forscher wie John Locke gleichzeitig Ökonom, Politikwissenschaftler, Philosoph und Arzt sein konnte und ein Wissen besaß, für das man heute eine ganze Flotte von Spezialisten beschäftigen müßte, dann wird klar, welch ungeheurer Wandel seither stattgefunden hat ... Ästhetik und Erkenntnis gehörten noch nicht verschiedenen Sphären an. Bildung, Kunst und Wissenschaft lagen eng beisammen ... Selbstverständlich adressierte ein Mann namens Galilei seine Schriften an den ›gebildeten Laien‹ bei Hofe, an der Kurie und an den Universitäten. Er wollte überzeugen und verstanden werden, mit wissenschaftlichen und ästhetischen Mitteln ... War Galilei das die Neuzeit überragende Forschergenie *trotz* seiner literarischen und politischen Neigungen? Entdeckte er die Jupitermonde, *obwohl* oder *weil* Kunst und Wissenschaft zu seiner Zeit noch ungeschieden koexistierten?«

Bodo von Greiff, »Hat Galilei seine Zeit verschwendet?«, in *Gegenworte. Zeitschrift für den Disput über Wissen,* Heft 7, Berlin 2001.

»Die Metapher reklamiert eine Ursprünglichkeit, in der nicht nur die privaten und müßigen Provinzen unserer Erfahrung, die Spaziergänger- oder Dichterwelten verwurzelt sind, sondern auch die fachsprachlich verfremdeten Präparataspekte theoretischer Einstellung.«

Hans Blumenberg, *Ausblick auf eine Theorie der Unbegrifflichkeit.*

»In den Naturwissenschaften ... wird der Hinweis auf die erkenntnisleitende Funktion der Metapher oft zurückgewiesen und bestenfalls für geisteswissenschaftliche Propaganda gehalten. Wenn in der Physik der Gebrauch von Bildern wie ›Welle‹ und ›Teilchen‹ üblich ist, so wird dies zumeist als umgangssprachliche Nachlässigkeit gedeutet, die durch exakte Terminologie und formale Beschreibung zu beheben ist. Kann es aber sein, daß metaphorische Bilder auch hier eine konstitutive Rolle für den Erkenntnisprozeß spielen? ...

Vielleicht ist die Metapher das letzte Bindeglied zwischen den zwei

(Snow), drei (Lepenies) oder unendlich vielen (Feyerabend) Wissenschaftskulturen? Dann aber wäre sie deren Lingua franca. Noch Kritiker wie Kay bestätigen diese Annahme, wenn sie aufgrund ihrer Vorbehalte nichts anderes tun als eine bessere Metapher vorzuschlagen, wie etwa: Man sollte das Genom ›weit eher als Gedicht denn als Gebrauchsanweisung‹ lesen. Dazu müßte allerdings die Kunst, Gedichte zu lesen, wiederbelebt werden.«

Gerald Hubmann, »Von der Notwendigkeit der Metapher«, in: *Gegenworte. Zeitschrift für den Disput über Wissen,* Heft 7, Berlin 2001.
Lily E. Kay, *Who Wrote the Book of Life: A History of the Genetic Code,* Stanford 2000.

Zum Trend in der angelsächsischen Literatur ferner: Michael Frayn, *Copenhagen* (Quantenphysik); Martin Amis, *Time's Arrow* (Kosmologie); Margaret Drabble, *The Peppered Moth* (Genetik); Philip Pullman, *His Dark Materials* (Physik), David Lodge, *Thinks . . .* (Kognitionswissenschaft). Der Kritiker John Lanchester bemerkt dazu: »Zweiundvierzig Jahre nach C. P. Snows Klage über die Blockade zwischen den Künsten und den Wissenschaften, sieht es ganz danach aus, als hätten wir es mit einer zunehmenden Osmose zwischen den Naturwissenschaften und der Kunst zu tun.« *NYRB*, New York 2001, Heft 13.

Quellennachweis

Die Bücher von Hans Magnus Enzensberger werden aufgeführt in der Reihenfolge ihrer Veröffentlichung. Die Texte werden nachgewiesen in der Reihenfolge in diesem Band.

Hans Magnus Enzensberger, *Blindenschrift,* Suhrkamp Verlag Frankfurt am Main 1964: Bibliographie

Hans Magnus Enzensberger, *Landessprache.* Gedichte, Suhrkamp Verlag Frankfurt am Main 1969: John von Neumann (1903-1957); Isotop

Hans Magnus Enzensberger, *Mausoleum. Siebenunddreißig Balladen aus der Geschichte des Fortschritts,* Suhrkamp Verlag Frankfurt am Main 1975: Gottfried Wilhelm Leibniz (1646-1716); Antoine Caritat de Condorcet (1743-1794); Charles Babbage (1792-1871); Alan Mathison Turing (1912-1954); Giovanni de' Dondi (1318-1389); Jacques de Vaucanson (1709-1782); Étienne Jules Marey (1830-1904); Frederick Winslow Taylor (1856-1915); Tycho Brahe (1546-1601); Charles Messier (1730-1817); Carl von Linné (1701-1778); Lazzaro Spallanzani (1729-1799); Charles Robert Darwin (1809-1882); Raimondo di Sangro (1710-1771); Ignaz Philipp Semmelweis (1818-1865); Ugo Cerletti (1877-1963); Wilhelm Reich (1897-1957); Bernardino de Sahagún (1499-1590); Thomas Robert Malthus (1766-1834); Alexander von Humboldt (1769-1859)

Hans Magnus Enzensberger, *Der Untergang der Titanic. Eine Komödie,* Suhrkamp Verlag Frankfurt am Main 1978: Forschungsgemeinschaft; Fachschaft Philosophie; Erkenntnistheoretisches Modell

Hans Magnus Enzensberger, *Die Gedichte,* Suhrkamp Verlag Frankfurt am Main 1983 *(Weißes Programm)*: Hommage à Gödel; Berliner Modell 1967; Schwarz-Weiß-Zeichnung; Das Falsche

Hans Magnus Enzensberger, *Der fliegende Robert. Gedichte, Szenen, Essays,* Suhrkamp Verlag Frankfurt am Main 1989: Vermutungen über die Turbulenz

Hans Magnus Enzensberger, *Zukunftsmusik,* Suhrkamp Verlag Frankfurt am Main 1991: Die Mathematiker; Ein Hase im Rechenzentrum; Seltsamer Attraktor; Limbisches System; Zungenwerk; Bewunderung; In höheren Lagen gewittrige Störungen

Hans Magnus Enzensberger, *Kiosk. Neue Gedichte,* Suhrkamp Verlag Frankfurt am Main 1995: Zur Erinnerung an Sir Hiram Maxim (1840-1916); Näheres über einen Baum; Bifurkationen; Neuronales Netz; A; Was die Ärzte sagen; Klinische Meditation; Unter der Haut; Der Renaissanceforscher

Hans Magnus Enzensberger, *Zickzack. Aufsätze,* Suhrkamp Verlag Frankfurt am Main 1997: Vom Blätterteig der Zeit. Eine Meditation über den Anachronismus

Hans Magnus Enzensberger, *Leichter als Luft, Moralische Gedichte,* Suhrkamp Verlag Frankfurt am Main 1999: Astrale Wissenschaft; Wissenschaftliche Theologie; Das Einfache, das schwer zu erfinden ist

Nach dem Manuskript: Zugbrücke außer Betrieb oder Die Mathematik im Jenseits der Kultur; Unheimliche Fortschritte; Das digitale Evangelium. Propheten, Nutznießer und Verächter; Die unterirdische Kathedrale; Klimamaschine; Astrolabium; Fragen an die Kosmologen; Putschisten im Labor. Über die neueste Revolution in den Wissenschaften; Atomgewicht 12, 011; Bischof Berkeley ins Stammbuch; Welträtsel; Endgültiges zur Frage der Gewißheit; Immer kleiner werdende Unterhaltungen; Postskriptum: Die Poesie der Wissenschaft

Inhalt

III

IV

V

VI

VII

Hans Magnus Enzensberger im Suhrkamp und im Insel Verlag

NF 274/1/6.04

Die Furie des Verschwindens. Gedichte. es 1066. 86 Seiten

Gedichte. Verteidigung der Wölfe. Landessprache. Blindenschrift. Die Furie des Verschwindens. Zukunftsmusik. Kiosk. Sechs Bände in Kassette. st 3047. 633 Seiten

Gedichte. Eine Auswahl 1950 - 2000. Mit Original-Hörprobe auf CD. st 3353. 178 Seiten

Geisterstimmen. Übersetzungen und Imitationen. Gebunden. 394 Seiten

Die Geschichte der Wolken. 99 Meditationen. 150 Seiten. Gebunden. Auch als limitierte und signierte Vorzugsausgabe

Die große Wanderung. Dreiunddreißig Markierungen. Mit einer Fußnote ›Über einige Besonderheiten bei der Menschenjagd‹. 84 Seiten. Bütten-Broschur. st 2334. 76 Seiten

Kiosk. Neue Gedichte. Leinen und BS 1256. 134 Seiten

Der kurze Sommer der Anarchie. Buenaventura Durrutis Leben und Tod. Roman. Gebunden und st 395. 300 Seiten

Landessprache. Gedichte. es 304. 98 Seiten

Leichter als Luft. Moralische Gedichte. Leinen. 132 Seiten. Auch als limitierte und signierte Vorzugsausgabe

Mausoleum. Siebenunddreißig Balladen aus der Geschichte des Fortschritts. 125 Seiten. Halbleinen.
BS 602 und st 2377. 128 Seiten

NF 274/2/6.04

Mittelmaß und Wahn. Gesammelte Zerstreuungen. Gebunden. 282 Seiten. st 1800. 279 Seiten

Nomaden im Regal. Essays. es 2443. 198 Seiten

Politik und Verbrechen. Neun Beiträge. st 442. 396 Seiten

Politische Brosamen. Pappband. 236 Seiten

Die Tochter der Luft. Ein Schauspiel. Nach dem Spanischen des Calderón de la Barca. 130 Seiten. Broschur

Der Untergang der Titanic. Eine Komödie. Gebunden und st 681. 115 Seiten

Das Verhör von Habana. Mit 12 Abbildungen. 280 Seiten. Gebunden

Verteidigung der Wölfe. BS 711. 107 Seiten

Voltaires Neffe. Eine Fälschung in Diderots Manier. 71 Seiten. Bütten-Broschur.

Der Weg ins Freie. Fünf Lebensläufe, überliefert von Hans Magnus Enzensberger. es 759. 116 Seiten

Zickzack. Aufsätze. 200 Seiten. Gebunden. st 2940. 201 Seiten

Zukunftsmusik. Leinen und st 2223. 119 Seiten

NF 274/3/6.04

Hans Magnus Enzensberger als Herausgeber

Allerleirauh. Viele schöne Kinderreime, versammelt von Hans Magnus Enzensberger. Mit 391 Holzschnitten. it 115. 381 Seiten

Freisprüche. Revolutionäre vor Gericht. st 111. 478 Seiten

Museum der modernen Poesie. Eingerichtet von Hans Magnus Enzensberger. Mehrsprachige Ausgabe. Leinen im Schmuckschuber. 866 Seiten. st 3446. Großformat im Schuber. 866 Seiten

Requiem für eine romantische Frau. Die Geschichte von Auguste Bußmann und Clemens Brentano. Nach gedruckten und ungedruckten Quellen. Mit farbigen Fotos aus dem Film. it 2273. 357 Seiten

Über Hans Magnus Enzensberger

Jörg Lau. Hans Magnus Enzensberger. Ein öffentliches Leben. st 3179. 400 Seiten

Der Zorn altert, die Ironie ist unsterblich. Über Hans Magnus Enzensberger. Herausgegeben von Rainer Wieland. Mit Beiträgen von Irene Dische, Robert Gernhardt, Reinhold Grimm, Jochen Hörisch, Péter Nádas, Peter Rühmkorf, Gaston Salvatore, Frank Schirrmacher u. v. a. st 3099. 349 Seiten

NF 274/4/6.04